UNE ENFANCE DE JÉSUS

J. M. COETZEE
Prix Nobel de littérature

UNE ENFANCE DE JÉSUS

roman

TRADUIT DE L'ANGLAIS (AFRIQUE DU SUD)
PAR CATHERINE LAUGA DU PLESSIS

ÉDITIONS DU SEUIL
25, bd Romain-Rolland, Paris XIVe

Ce livre est édité par Anne Freyer-Mauthner

Titre original : *The Childhood of Jesus*
Éditeur original : Harvill Secker, London
ISBN original : 978-1-846-55726-2

Cette traduction est publiée
en accord avec Peter Lampack Agency, New York

ISBN 978-2-02-109985-0

www.seuil.com

pour D.C.K.

Chapitre 1

Le garde au portail d'entrée leur indique un bâtiment bas, tout en longueur, à quelque distance de là.

« Si vous vous dépêchez, dit-il, vous pourrez vous enregistrer avant qu'ils ferment pour la journée. »

Ils se dépêchent. CENTRO DE REUBICACIÓN NOVILLA, dit le panneau. « *Reubicación* » : qu'est-ce que cela veut dire ? Ce n'est pas un mot qu'il a appris.

Le bureau est vaste et désert. Il y fait chaud – plus chaud encore qu'à l'extérieur. Au fond de la pièce, un comptoir va d'un mur à l'autre, divisé en guichets par des panneaux de vitre dépolie. Contre le mur, une série de classeurs en bois verni.

Au-dessus d'un des guichets, il y a une pancarte : RECIÉN LLEGADOS, mots tracés en noir au pochoir sur un rectangle de carton. L'employée à ce guichet, une jeune femme, l'accueille avec le sourire.

« Bonjour, dit-il. Nous sommes de nouveaux arrivants. » Il articule lentement, dans l'espagnol qu'il a eu si grand-peine à maîtriser. « Je cherche du travail ainsi que de quoi me loger. » Il prend le garçon sous les bras et le soulève afin qu'elle le voie bien. « J'ai un enfant avec moi. »

La fille tend le bras pour prendre la main du garçon.

« Bonjour, jeune homme ! C'est votre petit-fils ?

– Ni mon petit-fils ni mon fils, mais je suis responsable de lui.

– De quoi vous loger… » Elle jette un coup d'œil à ses papiers. « Nous avons une chambre libre, ici au Centre, que vous pouvez occuper pendant que vous cherchez quelque chose de mieux. Ce n'est guère luxueux, mais vous n'y verrez peut-être pas d'inconvénient. Pour ce qui est d'un emploi, voyons ça demain matin. Vous avez l'air fatigués. Je suis sûre que vous voulez vous reposer. Vous venez de loin ?

– Nous sommes sur la route depuis toute une semaine. Nous arrivons de Belstar, du camp. Vous savez ce qu'est Belstar ?

– Oui, je connais bien Belstar. Moi aussi en arrivant je suis passée par Belstar. C'est là que vous avez appris votre espagnol ?

– Nous avons eu des leçons tous les jours pendant six semaines.

– Six semaines ! Vous avez eu de la chance. Moi, j'ai passé trois mois à Belstar. J'ai failli y mourir d'ennui. Heureusement, il y avait les leçons d'espagnol pour me stimuler. Est-ce que par hasard vous avez eu la señora Piñera comme professeur ?

– Non. Notre professeur était un homme. » Il hésite. « Est-ce que je peux aborder un autre sujet ? Mon garçon… », il jette un coup d'œil vers l'enfant « … est mal en point. C'est en partie parce qu'il est désemparé, désorienté et désemparé, et aussi parce qu'il n'a pas mangé comme il faut. Il n'aimait pas ce qu'on donnait à manger au camp. Il trouvait ça bizarre. Est-ce que je peux me procurer ici un repas convenable ?

– Quel âge a-t-il ?

– Cinq ans. C'est l'âge qu'on lui a donné.

– Et vous me dites que ce n'est pas votre petit-fils.

– Ni mon petit-fils ni mon fils. Nous ne sommes pas apparentés. Tenez. »

Il tire de sa poche les deux laissez-passer et les lui tend. Elle examine les documents.

« Ils ont été délivrés à Belstar ?

– Oui, c'est là qu'ils nous ont donné nos noms, nos noms espagnols. »

Elle se penche par-dessus le comptoir.

« David – c'est un joli nom. Il te plaît ce nom, jeune homme ? »

Le garçon la regarde en face mais ne répond pas. Que voit-elle en lui ? Un enfant menu, pâlot, vêtu d'un manteau de lainage boutonné jusqu'au cou, de culottes grises qui lui descendent plus bas que les genoux, et portant des souliers noirs lacés sur des chaussettes de laine, une casquette de drap de travers.

« Tu n'as pas trop chaud avec ces vêtements ? Tu ne veux pas enlever ton manteau ? »

Le garçon fait non de la tête.

Il explique :

« Sa tenue vient de Belstar. C'est lui qui a choisi cela dans ce qu'ils avaient à offrir. Il s'est attaché à ces vêtements.

– Je comprends. J'ai posé la question parce qu'il me semble vêtu un peu trop chaudement pour une journée comme aujourd'hui. Mais je vous signale que nous avons ici au Centre un stock-dépôt de vêtements donnés par des parents quand ils sont devenus trop petits pour leurs enfants. Le magasin est ouvert tous les matins en semaine. Vous verrez qu'il y a plus de choix qu'à Belstar.

– Merci.

– Lorsque vous aurez rempli tous les formulaires réglementaires, vous pourrez tirer de l'argent sur votre laissez-passer. Vous avez une allocation d'installation de quatre cents réaux. L'enfant aussi. Quatre cents chacun.

– Merci.

– Maintenant, je vais vous conduire à votre chambre. »

Elle se penche et à voix basse s'adresse à la femme derrière le guichet voisin, qui porte l'écriteau TRABAJOS. La femme ouvre un tiroir, en fouille le contenu, secoue la tête.

« Un petit ennui, dit la fille. Il semble que nous n'ayons pas la clé de votre chambre. C'est la responsable du bâtiment qui doit l'avoir. Le nom de la responsable est señora Weiss. Allez au Bâtiment C. Je vais vous faire un dessin pour vous indiquer le chemin. Quand vous trouverez la señora Weiss, demandez-lui de vous donner la clé de la C-55. Dites-lui que c'est Ana, du bureau principal, qui vous envoie.

– Est-ce que ça ne serait pas plus facile de nous donner une autre chambre ?

– Malheureusement, C-55 est la seule chambre libre.

– Et pour manger ?

– Manger ?

– Oui. Y a-t-il un endroit où nous pouvons manger ?

– Pour ça aussi voyez avec la señora Weiss. Elle devrait pouvoir faire quelque chose pour vous.

– Merci. Une dernière question : y a-t-il ici des organisations qui s'occupent de réunir les gens ?

– Réunir les gens ?

– Oui. Il y a sûrement beaucoup de gens qui cherchent des membres de leur famille. Y a-t-il des organisations qui aident à réunir les gens – familles, amis, amants ?

– Non. Je n'ai jamais entendu parler d'une organisation de ce genre. »

Un peu parce qu'il est fatigué et désorienté, un peu parce que le croquis qu'elle lui a fait n'est pas clair, et aussi parce qu'il n'y a pas de poteaux indicateurs, il met longtemps à trouver le Bâtiment C et le bureau de la señora Weiss. La porte est fermée. Il frappe. Pas de réponse.

Il arrête un petit bout de femme avec un visage de fouine, vêtue de l'uniforme couleur chocolat des employés du Centre.

« Je cherche la señora Weiss, dit-il.

– Elle n'est pas de service », dit la jeune femme. Et comme il ne comprend pas : « Pas de service aujourd'hui. Revenez demain matin.

– Alors peut-être pouvez-vous nous dépanner : nous cherchons la clé de la chambre C-55. »

La jeune femme secoue la tête.

« Désolée, je ne m'occupe pas des clés. »

Ils retournent à l'accueil. La porte est fermée à clé. Il frappe à la vitre. Aucun signe de vie à l'intérieur. Il frappe à nouveau.

« J'ai soif, pleurniche le gamin.

– Tiens bon encore un peu, dit-il. Je vais chercher un robinet. »

La fille, Ana, surgit de derrière le côté du bâtiment. À nouveau, il est impressionné par sa jeunesse, par la santé et la fraîcheur qui émanent d'elle.

« On dirait que la señora Weiss est rentrée chez elle, dit-il.

– Est-ce que vous avez frappé ? demande-t-elle.

– Vous ne pourriez pas faire quelque chose ? Vous n'avez pas... comment appelle-t-on ça ?... une *llave universal* pour ouvrir notre chambre ?

– "*Llave maestra*". "*Llave universal*", ça n'existe pas. Si nous avions une *llave universal*, on n'aurait plus aucun souci. Non, la señora Weiss est seule à avoir une *llave maestra* pour le Bâtiment C. N'avez-vous pas un ami qui pourrait vous héberger pour la nuit ? Et demain matin vous voyez avec la señora Weiss.

– Un ami qui pourrait nous héberger ? Nous sommes arrivés sur ces rivages il y a six semaines, et depuis nous avons vécu sous la tente dans un camp, en plein désert. Comment pouvez-vous imaginer que nous avons ici des amis qui vont nous héberger ? »

Ana fronce les sourcils.

« Allez jusqu'au portail d'entrée, ordonne-t-elle, attendez-moi dehors. Je vais voir ce que je peux faire. »

Ils sortent par le portail, traversent la rue et s'asseyent à l'ombre d'un arbre. Le gamin pose sa tête sur son épaule.

« J'ai soif, se plaint-il. Quand est-ce que tu vas trouver un robinet ?

– Chut ! Écoute donc les oiseaux. »

Ils écoutent ces étranges chants d'oiseaux, sentent ce vent étrange qui souffle sur leur peau.

Ana reparaît. Il se lève et lui fait signe. L'enfant se lève aussi, les bras rigides le long du corps, les poings serrés sur ses pouces.

« J'ai apporté de l'eau pour votre fils, dit-elle. Tiens, David, bois. »

Le garçon boit et lui rend la tasse. Elle la met dans son sac.

« Ça t'a fait du bien ? demande-t-elle.

– Oui.

– Bon. Maintenant vous me suivez. Ça fait une trotte, mais vous n'avez qu'à voir ça comme de l'exercice. »

Elle avance vite, à grands pas, sur le chemin qui traverse l'espace vert. Une jeune femme séduisante, il n'y a pas à dire, même si ses vêtements ne l'avantagent pas : jupe de couleur foncée, informe, chemisier blanc, le col serré autour du cou, chaussures plates.

S'il était seul, il pourrait suivre son rythme. Mais comme il porte le petit il n'y arrive pas. Il lui crie :

« Je vous en prie, pas si vite ! »

Elle ne lui prête aucune attention. La distance entre eux s'accroît ; il la suit de loin. Ils traversent le parc, une rue, puis une autre.

Devant une maison que rien ne distingue des autres, elle s'arrête, attend.

« Voilà, c'est chez moi. » Elle ouvre la porte d'entrée. « Suivez-moi. »

Elle les conduit par un couloir sombre jusqu'à une porte à l'arrière de la maison, leur fait descendre un escalier de bois délabré, et ils arrivent dans une petite cour envahie de mauvaises herbes, fermée sur deux côtés par une clôture de bois. Sur le troisième côté, du fil de fer.

« Asseyez-vous, dit-elle, montrant une chaise de fer forgé rouillée, à demi recouverte d'herbe. Je vais vous chercher quelque chose à manger. »

Il n'a pas envie de s'asseoir. Il attend à la porte avec le garçon.

La fille réapparaît, portant une assiette et un pichet. Dans le pichet, de l'eau. Sur l'assiette, quatre tranches de pain tartinées à la margarine. C'est exactement ce qu'ils ont eu pour le petit déjeuner au Centre de charité.

« En tant que nouveaux arrivants, vous êtes censés, selon la loi, résider dans un logement agréé, ou alors au Centre, dit-elle. Mais il n'y aura pas de difficultés si vous passez votre première nuit ici. Comme je suis employée par le Centre, nous pourrons faire valoir que ma maison se qualifie comme logement agréé.

– C'est très gentil, très généreux de votre part.

– Il y a des restes de matériaux de construction dans le coin, là-bas. » Elle les montre d'un geste. « Vous pouvez vous faire un abri, si vous voulez. Bon, je vous laisse faire ? »

Il la regarde fixement, perplexe.

« Je ne sais pas si je comprends bien, dit-il. Où exactement allons-nous passer la nuit ?

– Ici. » Elle montre la cour. « Je reviendrai dans un petit moment pour voir où vous en êtes. »

Les matériaux de construction en question consistent en une demi-douzaine de plaques de tôle galvanisée, trouées par la rouille ici et là – du matériel retiré d'une vieille toiture, sans doute –, et quelques bouts de bois de construction. Est-ce qu'elle le met à l'épreuve ? Est-ce qu'elle a vraiment l'intention de les faire coucher dehors, l'enfant et lui ? Il attend qu'elle revienne, comme elle l'a promis, mais elle ne vient pas. Il essaie la porte de derrière : fermée à clé. Il frappe. Pas de réponse.

Qu'est-ce qui se passe ? Est-ce qu'elle l'observe de derrière les rideaux pour voir sa réaction ?

Ils ne sont pas prisonniers. Il serait facile d'escalader la clôture métallique et de filer. Est-ce ça qu'ils devraient faire, ou doit-il attendre pour voir ce qui va se passer ?

Il attend. Quand finalement elle réapparaît, le soleil est en train de se coucher.

« Vous n'avez pas fait grand-chose, remarque-t-elle en fronçant les sourcils. Tenez. »

Elle lui donne une bouteille d'eau, une petite serviette, un rouleau de papier hygiénique ; et comme il la regarde d'un air interrogatif :

« Personne ne vous verra.

– J'ai changé d'avis. Nous allons retourner au Centre. Il doit bien y avoir une salle ouverte au public où nous pourrons passer la nuit.

– Impossible. Les portes du Centre sont fermées. Elles ferment à six heures. »

Exaspéré, il marche à grands pas vers le tas de tôle, en tire deux plaques et les dispose de biais contre la clôture de bois. Il fait de même avec une troisième et une quatrième plaque, bricolant un appentis sommaire.

« Est-ce que c'est ça que vous avez en tête pour nous ? » dit-il en se tournant vers elle.

Mais elle est partie.

« C'est là que nous allons dormir ce soir, dit-il au garçon. Ça va être une aventure.

– J'ai faim.

– Tu n'as pas mangé ton pain.

– J'aime pas le pain.

– Eh bien, il va falloir que tu t'y fasses, parce que c'est tout ce qu'il y a. Demain on trouvera quelque chose de meilleur. »

D'un air méfiant, le gamin prend une tranche de pain

et la grignote. Il remarque que ses ongles sont noirs de crasse.

Aux derniers rayons du jour, ils s'installent dans leur abri, lui sur une couche d'herbes, le petit au creux de son bras. Bientôt l'enfant s'endort, en suçant son pouce. Pour ce qui est de lui, le sommeil est long à venir. Il n'a pas de manteau ; au bout d'un moment, le froid le pénètre : il se met à grelotter.

Ce n'est pas grave, rien que du froid, tu n'en mourras pas, se dit-il. La nuit va passer, le soleil va se lever, le jour viendra. Au moins, pas d'insectes qui lui courent dessus. Des insectes, ça serait le comble.

Le voilà qui dort.

Dès la première heure, il se réveille, transi. La colère monte en lui. Pourquoi ce supplice inutile ? Il rampe hors de l'abri, gagne à tâtons la porte de derrière et frappe, discrètement d'abord, puis de plus en plus fort.

Une fenêtre s'ouvre à l'étage ; à la lumière de la lune il distingue vaguement le visage de la fille.

« Oui ? dit-elle. Quelque chose ne va pas ?

– Non. Rien ne va. Il fait froid ici dehors. Voulez-vous nous laisser entrer, s'il vous plaît ? »

Long silence. Puis :

« Attendez », dit-elle.

Il attend. Puis :

« Tenez », dit sa voix.

Quelque chose tombe à ses pieds : une couverture, pas bien grande, pliée en quatre, d'une étoffe rêche et qui sent le camphre.

« Pourquoi nous traiter comme ça ? lance-t-il. Plus bas que terre ? »

La fenêtre se referme avec un bruit sec.

Il retourne dans l'abri à quatre pattes, s'enveloppe avec l'enfant qui dort dans la couverture.

Le vacarme des chants d'oiseaux le réveille. Le garçon, qui dort toujours à poings fermés, lui tourne le dos, une joue posée sur sa casquette. Ses vêtements à lui sont humides de rosée. Il se rendort. Quand il rouvre les yeux, la fille le regarde de tout son haut.

« Bonjour, dit-elle. Je vous ai apporté un petit déjeuner. Il faut que je parte bientôt. Quand vous serez prêts, je vous ferai sortir.

– Vous nous ferez sortir ?

– Je vous ferai traverser la maison pour vous faire sortir. Faites vite, s'il vous plaît. N'oubliez pas de rapporter la couverture et la serviette. »

Il réveille l'enfant.

« Allons, dit-il, c'est l'heure de se lever. L'heure du petit déjeuner. »

Ils font pipi côte à côte dans un coin de la cour.

Pour le petit déjeuner, pas de surprise : encore du pain et de l'eau. L'enfant fait la grimace ; lui-même n'a pas faim. Il laisse le plateau intact sur une marche.

« Nous sommes prêts à partir ! » crie-t-il.

La fille leur fait traverser la maison jusqu'à la rue déserte.

« Au revoir, dit-elle. Vous pouvez revenir ce soir, si c'est nécessaire.

– Et pour la chambre que vous nous avez promise au Centre ?

– Si on ne peut trouver la clé, ou si quelqu'un d'autre a pris la chambre entre-temps, vous pouvez encore dormir ici. Au revoir.

– Un instant... Est-ce que vous pouvez me dépanner avec un peu d'argent ? »

Jusqu'ici, il n'a pas eu à mendier, mais il ne sait à qui d'autre s'adresser.

« J'ai dit que je vous aiderais, je n'ai pas dit que je vous fournirais de l'argent. Pour ça, il faudra vous rendre aux bureaux de l'Asistencia social. Vous pouvez prendre un autobus jusqu'au centre-ville. N'oubliez pas d'emporter votre laissez-passer, et votre attestation de résidence : alors vous pourrez retirer votre indemnité de réinstallation. Vous pourrez aussi trouver un emploi et demander une avance. Je ne serai pas au Centre ce matin, j'ai des réunions, mais si vous y allez et expliquez que vous voulez chercher du travail et qu'il vous faut un *vale*, ils sauront de quoi il s'agit. Un *vale*. Bon, maintenant, il faut vraiment que j'y aille. »

La piste qu'ils suivent à travers le parc désert se révèle n'être pas le bon chemin ; quand ils finissent par arriver au Centre, le soleil est déjà haut dans le ciel. Le guichet TRABAJOS est tenu par une femme plus toute jeune, au visage austère, les cheveux tirés derrière les oreilles et serrés sur la nuque.

« Bonjour, dit-il. Nous nous sommes enregistrés hier. Nous sommes de nouveaux arrivants et je cherche du travail. J'ai cru comprendre que vous pouviez me délivrer un *vale*.

– *Vale de trabajo*, dit la femme. Montrez-moi votre laissez-passer. »

Il le lui donne. Elle étudie le document et le lui rend.

« Je vais vous délivrer un *vale*, mais pour ce qui est du genre de travail que vous voulez faire, c'est à vous de décider.

– Pouvez-vous me conseiller par où commencer ? Je suis en territoire inconnu ici.

– Essayez les docks. En général ils cherchent du personnel. Prenez l'autobus, le 29. Il part de devant le portail d'entrée toutes les demi-heures.

– Je n'ai pas d'argent pour payer l'autobus. Je n'ai pas un sou.

– L'autobus est gratuit. Tous les autobus sont gratuits.

– Et pour un logement ? Est-ce que je peux soulever cette question du logement ? La jeune femme qui était de service hier – elle s'appelle Ana – nous a attribué une chambre, mais nous n'avons pas pu y avoir accès.

– Nous n'avons pas de chambres libres.

– Il y avait une chambre libre hier, la chambre C-55, mais on ne peut trouver la clé. Elle est entre les mains de la señora Weiss.

– Je ne suis pas au courant. Revenez cet après-midi.

– Est-ce que je peux parler à la señora Weiss ?

– Il y a une réunion des cadres du Centre, ce matin. La señora Weiss est à la réunion. Elle sera là cet après-midi. »

Chapitre 2

Dans l'autobus 29, il étudie le *vale de trabajo* qu'on lui a délivré. Ce n'est rien qu'une feuille de calepin, sur laquelle on a griffonné : *Le porteur est un nouvel arrivant. Voyez si vous pouvez lui procurer un emploi.* Pas de tampon officiel, pas de signature, tout juste les initiales P.X. Cela n'a guère l'air sérieux. Est-ce que cela suffira pour obtenir un emploi ?

Ils sont les derniers passagers à descendre. Compte tenu de leur taille – les quais s'étendent vers l'amont du fleuve à perte de vue –, les docks sont étrangement déserts. Il ne semble y avoir quelque activité que sur un des quais : on charge ou décharge un cargo, des hommes montent et descendent une passerelle.

Il s'approche d'un homme de haute taille en bleu de travail qui paraît surveiller les opérations.

« Bonjour, dit-il. Je cherche du travail. Au Centre d'accueil, on m'a dit de venir ici. Est-ce bien à vous que je dois m'adresser ? J'ai un *vale*.

– Oui, c'est bien à moi, dit l'homme. Mais n'êtes-vous pas un peu vieux pour faire l'*estibador* ? »

« *Estibador* » ? Il doit avoir l'air ahuri, car l'homme

(le contremaître ?) fait mine de balancer un fardeau sur son dos et de chanceler sous le poids.

« Ah ! *Estibador* ! s'exclame-t-il. Désolé, mon espagnol n'est pas très bon. Non, pas trop vieux du tout. »

Est-ce que c'est vrai, ce qu'il vient de s'entendre dire ? N'est-il vraiment pas trop vieux pour un travail pénible ? Il ne se sent pas vieux – ni jeune non plus, d'ailleurs. Il ne lui semble pas avoir un âge précis. Il se sent sans âge, si c'est possible.

« Donnez-moi ma chance, propose-t-il. Si vous décidez que je ne suis pas à la hauteur, je me retirerai tout de suite, et sans vous en vouloir.

– Bon », dit le contremaître. Il froisse en boule le *vale* et le balance à l'eau. « Vous pouvez commencer tout de suite. Le petit est avec vous ? Il peut attendre ici avec moi, si vous voulez. Je le surveillerai. Pour ce qui est de votre espagnol, ne vous inquiétez pas. Persistez dans vos efforts. Un jour, ça ne vous semblera plus être une langue, ça viendra tout naturellement. »

Il se tourne vers le garçon.

« Tu veux bien rester avec ce monsieur pendant que j'aide à porter les sacs ? »

Le garçon fait signe que oui. Il a de nouveau son pouce dans la bouche.

Un seul homme à la fois peut utiliser l'étroite passerelle. Il attend pendant qu'un docker qui porte un sac plein à craquer descend devant lui. Puis il monte sur le pont et descend dans la cale par une solide échelle de bois. Ses yeux mettent quelque temps à s'accoutumer à la pénombre. Dans la cale s'entassent des sacs bourrés, identiques, des centaines, des milliers peut-être.

« Qu'est-ce qu'il y a dans les sacs ? » demande-t-il à l'homme à son côté.

L'homme le regarde d'un air bizarre.

« *Granos* », dit-il.

Il voudrait demander ce que les sacs pèsent, mais il n'a pas le temps. C'est son tour.

Au sommet d'une pile de sacs se dresse un grand gaillard aux avant-bras musclés, le visage fendu d'un large sourire, dont le travail est de lâcher un sac sur les épaules du premier docker qui attend dans la file à ses pieds. Il présente son dos, le sac tombe ; il chancelle, puis saisit les coins du sac comme il voit faire les autres, il fait un pas, puis un second. Va-t-il vraiment être capable de monter l'échelle avec ce lourd fardeau sur le dos, comme le font les autres ? En a-t-il la force ?

« Doucement, *viejo*, dit une voix derrière lui. Prends ton temps. »

Il met le pied gauche sur le premier barreau de l'échelle. C'est une question d'équilibre, se dit-il. Ne pas donner d'à-coups, ne pas laisser le sac glisser ou son contenu se déplacer. Si ça glisse, si la charge se déplace dans le sac, tu es perdu. De docker tu redeviendras un mendiant qui frissonne dans un abri de tôle dans l'arrière-cour d'une inconnue.

Il avance le pied droit. Il commence à comprendre quelque chose : si on appuie la poitrine contre les barreaux de l'échelle, alors le poids du sac, au lieu de risquer de vous déséquilibrer, vous stabilise. Son pied gauche trouve le deuxième barreau. Quelques applaudissements légers montent de la cale. Il grince des dents. Encore dix-huit barreaux (il les a comptés). Il va y arriver.

Lentement, une pause à chaque barreau, il écoute

son cœur battre à tout rompre. Et s'il avait une crise cardiaque ? Comme cela serait gênant. Il continue à monter. Arrivé en haut, il titube, puis se penche en avant pour laisser le sac tomber sur le pont.

Il se remet sur pied et montre le sac.

« Est-ce que quelqu'un peut me donner un coup de main ? » dit-il en essayant de contrôler son essoufflement et d'avoir l'air naturel.

Des mains bienveillantes soulèvent le sac et le replacent sur son dos.

La passerelle présente ses propres difficultés : elle oscille doucement tandis que le bateau suit le mouvement de l'eau et n'offre en rien le soutien qu'il trouvait sur l'échelle. Il fait de son mieux pour rester bien droit comme il descend, même si cela veut dire qu'il ne voit pas où il met les pieds. Il porte les yeux sur le petit, qui est complètement immobile à côté du contremaître et observe la scène. Il ne faut pas que je lui fasse honte, se dit-il.

Sans trébucher, il gagne le bord du quai.

« Tournez à gauche ! » crie le contremaître.

Il tourne à grand-peine.

Une carriole s'approche, une carriole basse à fond plat, tirée par deux énormes chevaux aux boulets à longs poils. Des percherons. Il n'a jamais vu de percheron en chair et en os. L'odeur âcre d'urine qu'ils dégagent le submerge.

Il se retourne et laisse tomber le sac de grain sur le plateau de la carriole. Un jeune gars avec un chapeau cabossé saute dans la carriole et tire le sac vers l'avant. L'un des chevaux lâche un tas de crottin fumant.

« Pousse-toi ! » crie derrière lui le suivant dans la file

des dockers, le suivant parmi ses compagnons de travail, portant le sac suivant.

Il retourne dans la cale et revient avec une deuxième charge, puis une troisième. Il est plus lent à la tâche que ses compagnons (il faut parfois qu'ils l'attendent), mais pas beaucoup plus ; il fera de mieux en mieux à mesure qu'il s'habituera au travail et que son corps s'endurcira. Pas trop vieux, en fin de compte.

Même s'il les ralentit, il ne perçoit aucune animosité chez les hommes. Au contraire, ils lui lancent des encouragements et le tapent amicalement dans le dos. Si c'est ça le métier de docker, ce n'est pas un mauvais boulot. Au moins on fait quelque chose d'utile. Au moins on aide à transporter du grain, du grain dont on fera du pain, le soutien de la vie.

Un coup de sifflet.

« C'est la pause, explique l'homme à côté de lui. Si tu veux en profiter… »

Ils urinent tous les deux derrière un appentis, se lavent les mains à un robinet.

« Est-ce qu'on peut trouver une tasse de thé quelque part ? demande-t-il. Et peut-être quelque chose à manger ?

– Du thé ? » dit l'autre. Cela a l'air de l'amuser. « Pas que je sache. Si tu as soif, tu peux utiliser ma chope, mais apporte la tienne demain. » Il remplit sa chope au robinet et la lui offre. « Apporte aussi une miche de pain, ou une moitié. La journée est longue sans rien dans le ventre. »

La pause n'est que de dix minutes, puis on reprend le travail de déchargement. Lorsque le coup de sifflet du contremaître annonce la fin de la journée, il a remonté trente et un sacs de la cale jusque sur le quai. Dans une journée normale, il pourrait peut-être en transporter cinquante. Cinquante sacs par jour : deux tonnes, plus ou moins. Ça ne va pas loin. Une grue pourrait déplacer deux tonnes en une seule opération. Pourquoi est-ce qu'ils ne se servent pas d'une grue ?

« Un jeune homme très bien, votre fils, dit le contremaître. Aucun problème avec lui. »

Il parle de lui comme d'un jeune homme, *un jovencito*, pour lui faire plaisir, c'est sûr. Un jeune homme très bien qui va grandir et sera docker, lui aussi.

« Si vous faisiez venir une grue, fait-il remarquer, vous pourriez décharger en dix fois moins de temps. Même avec une petite grue.

– On pourrait, en effet. » Le contremaître est d'accord. « Mais ça servirait à quoi ? Ça servirait à quoi de faire le travail en dix fois moins de temps ? Il n'y a pas urgence, pas pénurie de vivres, par exemple. »

« Ça servirait à quoi ? » Ça a l'air d'être une vraie question, et non une rebuffade.

« On pourrait consacrer nos efforts à une tâche meilleure, propose-t-il.

– Meilleure que quoi ? Meilleure que de fournir du pain à notre prochain ? »

Il hausse les épaules. Il aurait dû tenir sa langue. Et il ne va certainement pas dire : Meilleure que de traîner de lourds fardeaux comme des bêtes de somme.

« Il faut que le garçon et moi partions vite. Nous devons être au Centre avant six heures, sinon il nous faudra coucher dehors. Est-ce que je reviens demain matin ?

– Bien sûr, bien sûr. Vous avez bien travaillé.

– Et est-ce que je pourrais avoir une avance sur ma paye ?

– Pas possible, malheureusement. Le payeur ne fait pas sa tournée avant le vendredi. Mais si vous manquez d'argent… » Il fouille dans sa poche et en sort une poignée de pièces. « Tenez, prenez ce qu'il vous faut.

– Je ne sais pas ce qu'il me faut. Je suis nouveau ici, je n'ai aucune idée des prix.

– Prenez tout. Vous pourrez me rembourser vendredi.

– Merci. C'est très gentil de votre part. »

Et c'est bien vrai. Surveiller votre *jovencito* pendant que vous travaillez et vous prêter de l'argent par-dessus le marché : on n'attendrait pas ça d'un contremaître.

« Ce n'est rien. Vous feriez la même chose. Au revoir, jeune homme, dit-il, se tournant vers le garçon. On se voit à la première heure, demain matin. »

Ils arrivent au bureau au moment où la femme au visage peu avenant est en train de fermer. Aucune trace d'Ana.

« Quelles nouvelles de notre chambre ? Vous avez trouvé la clé ? »

La femme fronce les sourcils.

« Suivez la route, prenez la première à droite et cherchez un long bâtiment sans étage. C'est le Bâtiment C. Demandez la señora Weiss. Elle vous montrera votre chambre. Et demandez à la señora Weiss si vous pouvez utiliser la buanderie pour laver vos vêtements. »

Il saisit l'allusion et rougit. Au bout d'une semaine sans bain, l'enfant s'est mis à sentir ; et nul doute que lui sent encore plus mauvais.

Il lui montre son argent.

« Pouvez-vous me dire combien j'ai là ?

– Vous ne savez pas compter ?

– Je veux dire : qu'est-ce que je peux acheter avec ça ? Est-ce que c'est assez pour un repas ?

– Le Centre n'offre pas de repas, seulement le petit déjeuner. Mais parlez à la señora Weiss. Expliquez votre situation. Elle pourra peut-être vous aider. »

C-41, le bureau de la señora Weiss, est fermé à clé, une fois de plus. Mais au sous-sol, dans un réduit sous l'escalier, éclairé d'une seule ampoule nue, il tombe sur un jeune homme qui lit un magazine, affalé sur une chaise. En plus de l'uniforme couleur chocolat du Centre, le gars a sur la tête un petit chapeau rond avec une mentonnière, comme un singe de foire.

« Bonsoir, dit-il. Je cherche la señora Weiss, pas facile à trouver. Savez-vous par hasard où elle se trouve ? On nous a attribué une chambre dans ce bâtiment et c'est elle qui a la clé, ou du moins le passe. »

Le jeune homme se lève, s'éclaircit la gorge et répond. Sa réponse est polie mais il n'a, en fin de compte, rien d'utile à proposer. Si le bureau de la señora Weiss est fermé, c'est sans doute que la señora est rentrée chez elle. Pour ce qui est du passe, s'il y en a un, il est probablement dans le bureau fermé. Même chose pour la clé de la buanderie.

« Pouvez-vous au moins nous indiquer où est la chambre C-55 ? C-55 est la chambre qui nous a été attribuée. »

Sans un mot, le jeune homme les conduit par un long couloir ; ils passent devant C-49, C-50… C-54. Ils arrivent à la C-55. Il essaie la poignée. La porte n'est pas fermée à clé.

« Voilà la fin de vos problèmes », dit-il avec un sourire.

Et il s'en va.

La C-55 est une pièce exiguë, sans fenêtre et meublée de façon extrêmement sommaire : un lit à une place, une commode, un lavabo. Sur la commode, il y a un plateau avec une soucoupe et deux morceaux et demi de sucre. Il donne le sucre au garçon.

« Est-ce qu'on est obligés de rester ici ?

– Oui, nous sommes obligés de rester ici. Mais ça ne sera pas pour longtemps, seulement le temps de trouver quelque chose de mieux. »

Tout au bout du couloir, il repère une cabine de douche. Il n'y a pas de savon. Il déshabille l'enfant, se déshabille aussi. Ensemble ils se tiennent sous un faible jet d'eau tiède tandis qu'il s'efforce de laver l'un et l'autre. Puis, pendant que l'enfant attend, il tient leurs sous-vêtements sous le même jet (qui se fait bientôt à peine tiède, puis froid) et il tord le tout. Nu, d'un air de défi, l'enfant à son côté, il reprend le couloir à pas de loup pour regagner leur chambre et verrouille la porte. Avec leur seule et unique serviette il essuie le garçon.

« Maintenant, tu te couches, dit-il.

– J'ai faim, se plaint le garçon.

– Un peu de patience. Nous aurons un bon petit déjeuner demain matin, je te le promets. Pense à ça. »

Il le met au lit, l'embrasse pour lui dire bonne nuit. Mais le garçon n'a pas sommeil.

« Pourquoi est-ce qu'on est là, Simón ? demande-t-il doucement.

– Je te l'ai dit : nous sommes là pour une nuit ou deux, pas plus, jusqu'à ce que nous trouvions un meilleur logement.

– Non. Je veux dire : pourquoi est-ce que nous sommes ici ? »

Il fait un geste qui englobe la chambre, le Centre, la ville de Novilla, tout.

« Tu es ici pour trouver ta mère. Je suis là pour t'aider.

– Mais quand on l'aura trouvée, pourquoi est-ce qu'on sera là ?

– Je ne sais quoi te dire. Nous sommes ici pour la même raison que tous les autres. On nous a donné une chance de vivre, et nous avons accepté cette chance. C'est formidable, de vivre. C'est ce qu'il y a de mieux au monde.

– Mais est-ce qu'on est obligés de vivre ici ?

– Ici plutôt que où ? Il n'y a nulle part d'autre. Maintenant, ferme les yeux. C'est l'heure de dormir. »

Chapitre 3

Il se réveille de bonne humeur, en pleine forme. Ils sont logés. Il a un emploi. Il est temps de s'atteler à la tâche essentielle : trouver la mère de l'enfant.

Il laisse le garçon dormir et se glisse hors de la pièce. Le bureau principal vient d'ouvrir. Derrière le comptoir, Ana l'accueille avec un sourire.

« Vous avez passé une bonne nuit ? demande-t-elle. Vous êtes installés ?

– Merci, nous sommes installés. Mais maintenant j'ai un autre service à vous demander. Vous vous rappelez peut-être que je vous ai demandé comment retrouver la trace des membres d'une famille. J'ai besoin de retrouver la mère de David. Le problème est que je ne sais pas par où commencer. Est-ce que vous gardez les archives des arrivées à Novilla ? Si ce n'est pas le cas, y a-t-il un registre national que je pourrais consulter ?

– Nous gardons la liste de tous ceux qui passent par le Centre, mais nos archives ne serviront à rien si vous ne savez pas ce que vous cherchez. La mère de David aura un nouveau nom. Une nouvelle vie, un nouveau nom. Est-ce qu'elle vous attend ?

– Elle n'a jamais entendu parler de moi, elle n'a donc aucune raison de m'attendre. Mais dès que l'enfant la verra il la reconnaîtra. J'en suis sûr.

– Ça fait longtemps qu'ils sont séparés ?

– C'est une histoire compliquée, que je ne vais pas vous infliger. Disons seulement que j'ai promis à David que je trouverais sa mère. Je lui ai donné ma parole. Alors puis-je jeter un œil sur vos registres ?

– Mais, sans un nom, à quoi cela va-t-il vous servir ?

– Vous gardez une copie des livrets. Le garçon la reconnaîtra sur une photo. Ou moi. Je saurai que c'est elle quand je verrai la photo.

– Vous ne l'avez jamais rencontrée mais vous la reconnaîtrez ?

– Oui, séparément ou ensemble, lui et moi la reconnaîtrons. J'en suis sûr.

– Et que penser de cette mère anonyme ? Êtes-vous bien sûr qu'elle souhaite retrouver son fils ? Cela peut sembler cruel de dire ça, mais la plupart des gens, quand ils arrivent ici, ne s'intéressent plus à leurs anciennes attaches.

– Ce cas est différent, vraiment. Je ne peux expliquer pourquoi. Maintenant : est-ce que je peux voir vos registres ? »

Elle secoue la tête.

« Non, ça, je ne peux pas le permettre. Si vous aviez le nom de la mère, ce serait une autre affaire. Mais je ne peux pas vous laisser fouiller dans nos fiches à votre gré. Ce n'est pas seulement contraire au règlement, c'est absurde. Nous avons des milliers de gens sur nos fiches, des centaines de milliers, plus que vous n'en pourriez compter. D'ailleurs, comment savez-vous qu'elle est passée par le centre de Novilla ? Il y a un centre d'accueil dans chaque ville.

– Je reconnais que cela n'a aucun sens. Néanmoins, permettez-moi de vous supplier. L'enfant n'a pas de mère. Il est perdu. Vous avez dû voir à quel point il est perdu. Il est dans les limbes.

– "Dans les limbes". Je ne sais pas ce que ça veut dire. La réponse est non. Je ne céderai pas, n'insistez pas. Je regrette pour le garçon, mais ce n'est pas la bonne façon de s'y prendre. »

Un long silence s'installe entre eux.

« Je peux faire ça tard le soir. Personne n'en saura rien. Je ne ferai pas de bruit, je serai discret. »

Mais elle ne lui prête pas attention.

« Bonjour ! dit-elle en regardant par-dessus son épaule. Tu viens de te lever ? »

Il se retourne. Dans l'embrasure de la porte, les cheveux en bataille, pieds nus, dans ses sous-vêtements, le pouce dans la bouche, encore à moitié endormi, se tient le garçon.

« Viens ! dit-il. Dis bonjour à Ana. Ana va nous aider dans notre quête. »

Le garçon s'approche à pas lents.

« Je vous aiderai, dit Ana, mais pas comme vous me le demandez. Les gens ici se sont lavés à grande eau du passé. Vous devriez faire de même : laissez les vieilles attaches, ne cherchez pas à renouer les liens d'autrefois. » Elle tend une main, qu'elle passe dans les cheveux du garçon. « Bonjour, mon petit dormeur, dit-elle. Est-ce que tu ne t'es pas encore lavé de tout ? Dis à ton papa que tu t'es lavé de tout. »

Le garçon tourne son regard d'elle sur lui, puis sur elle de nouveau.

« Je me suis lavé de tout, murmure-t-il.

– Vous voyez, dit Ana. C'est bien ce que je vous avais dit. »

Ils sont dans l'autobus, en route vers les docks. Après un solide petit déjeuner, le garçon est clairement plus gai que la veille.

« Est-ce qu'on va revoir Álvaro ? demande-t-il. Álvaro m'aime bien. Il me laisse souffler dans son sifflet.

– C'est gentil à lui. Est-ce qu'il a dit que tu pouvais l'appeler Álvaro ?

– Oui, c'est son nom. Álvaro Avocado.

– Álvaro Avocado ? Eh bien, n'oublie pas qu'Álvaro est un homme occupé. Il a beaucoup de choses à faire en dehors de surveiller un enfant. Alors fais attention à ne pas te mettre dans ses pattes.

– Il n'est pas occupé, dit le garçon. Il se tient juste debout sur le quai et regarde ce qui se passe.

– Il te semble qu'il est juste là debout à regarder, mais en fait il nous surveille, s'assure que les bateaux sont déchargés en temps voulu, que chacun fait ce qu'il doit faire. C'est un travail important.

– Il dit qu'il va m'apprendre à jouer aux échecs.

– Très bien. Ça va te plaire, les échecs.

– Est-ce que je serai toujours avec Álvaro ?

– Non, bientôt tu vas trouver d'autres garçons avec qui tu pourras jouer.

– Je ne veux pas jouer avec d'autres garçons. Je veux être avec toi et Álvaro.

– Mais pas tout le temps. Ce n'est pas bon pour toi d'être avec des grandes personnes tout le temps.

– Je ne veux pas que tu tombes dans la mer. Je ne veux pas que tu te noies.

– Ne t'inquiète pas, je prendrai bien garde de ne pas me noyer, je te le promets. Tu peux chasser ces sombres idées. Laisse-les s'envoler comme des oiseaux. Tu feras ça ? »

Le garçon ne répond pas.

« Quand est-ce qu'on va rentrer ? dit-il.

– Retraverser la mer pour rentrer ? On ne rentre pas. Maintenant nous sommes ici. C'est là que nous habitons.

– Pour toujours ?

– Pour de bon. Bientôt nous allons nous mettre à la recherche de ta mère. Ana va nous aider. Une fois qu'on aura trouvé ta mère, tu n'auras plus l'idée de rentrer.

– Est-ce que ma mère est ici ?

– Elle est quelque part pas loin d'ici, elle t'attend. Il y a longtemps qu'elle t'attend. Tout deviendra clair dès que tu jetteras les yeux sur elle. Tu te souviendras d'elle et elle se souviendra de toi. Tu peux penser que tu t'es lavé de tout, mais ce n'est pas le cas. Tu as encore tes souvenirs, mais ils sont enfouis, provisoirement. Allons, il faut qu'on descende. C'est notre arrêt. »

Le garçon s'est pris d'amitié pour un des chevaux, auquel il a donné le nom d'El Rey. Bien qu'il soit petit par rapport à El Rey, il n'a pas peur du tout. Sur la pointe des pieds, il lui offre des poignées de foin, que l'énorme bête accepte en baissant la tête paresseusement.

Álvaro fait un trou dans l'un des sacs qu'ils ont déchargés. Le grain s'écoule lentement.

« Tiens, donne ça à El Rey et son compagnon. Mais fais attention à ne pas leur en donner trop, sinon leur ventre va gonfler comme un ballon et il faudra le piquer avec une épingle. »

El Rey et son compagnon sont en fait des juments, mais il remarque qu'Álvaro ne corrige pas le garçon.

Ses camarades dockers sont assez aimables mais étrangement pas curieux. Personne ne demande d'où ils viennent ni où ils habitent. Il suppose qu'ils le prennent pour le père du garçon – ou peut-être, comme Ana au Centre, pour son grand-père. *El viejo*. Personne ne demande où est la mère du garçon, ni pourquoi il faut qu'il passe toute la journée à traîner sur les docks.

Il y a un petit abri de bois sur le quai que les hommes utilisent comme vestiaire. Bien que le réduit ne ferme pas à clé, ils y laissent sans problème leur bleu de travail et leurs bottes. Il demande à l'un des hommes où il peut se procurer un bleu de travail. L'homme écrit une adresse sur un bout de papier.

« Il faut s'attendre à payer combien, pour une paire de bottes ? demande-t-il.

– Deux, peut-être trois réaux, dit l'homme.

– Ça me paraît bien peu, dit-il. Au fait, je m'appelle Simón.

– Eugenio, répond l'autre.

– Est-ce que je peux me permettre de te demander, Eugenio, si tu es marié ? Est-ce que tu as des enfants ? »

Eugenio fait signe que non.

« Tu es encore jeune.

– Oui », dit Eugenio, sans autre commentaire.

Il attend qu'on lui pose des questions sur le garçon – le garçon qui peut sembler être son fils ou son petit-fils mais qui n'est ni l'un ni l'autre. Il attend qu'on lui demande le nom du garçon, son âge, pourquoi il n'est pas à l'école. Il attend en vain.

« David, l'enfant dont je m'occupe, est trop jeune

pour aller à l'école. Est-ce que tu sais quelque chose sur les écoles du coin ? Y a-t-il... » il cherche le mot « *... un jardín para los niños* ?

– Tu veux dire une aire de jeux ?

– Non, une école pour les enfants en bas âge. Une école maternelle, avant la grande école.

– Désolé. Je ne puis t'être utile. » Eugenio se lève. « C'est l'heure de reprendre le boulot. »

Le lendemain, au moment même où le sifflet signale la pause-déjeuner, un inconnu arrive sur un vélo. Avec son chapeau, son costume noir et sa cravate, il offre un spectacle insolite sur les quais. Il descend de son vélo, salue Álvaro amicalement. Le bas de son pantalon est retenu par des pinces de cycliste, qu'il ne prend pas la peine d'enlever.

« C'est l'officier payeur », dit quelqu'un à côté de lui – Eugenio.

L'officier payeur détache les courroies de son porte-bagages, enlève une toile cirée, découvrant une caisse de métal peinte en vert qu'il pose sur un bidon retourné. Álvaro fait signe aux hommes de s'approcher. Ils s'avancent l'un après l'autre, donnent leur nom et reçoivent leur paye. Il se met au bout de la file et attend son tour.

« Le nom, c'est Simón, dit-il à l'officier payeur. Je suis nouveau, je ne suis peut-être pas encore sur la liste.

– Si si, je vous ai là », dit l'officier payeur en cochant son nom.

Il compte la somme donnée, en pièces. Tant de pièces qu'elles lui plombent les poches.

« Merci, dit-il.

– Je vous en prie. C'est ce qu'on vous doit. »

Álvaro fait rouler le bidon plus loin. L'officier payeur replace la caisse sur son vélo, la bloque, serre la main d'Álvaro, remet son chapeau et s'éloigne sur le quai en pédalant.

« Qu'est-ce que tu comptes faire cet après-midi ? demande Álvaro.

– Je n'ai pas de projet. Je peux emmener le garçon faire une promenade. Ou, s'il y a un zoo, je peux l'y emmener pour voir les animaux. »

C'est samedi midi, fin de la semaine de travail.

« Vous voulez venir voir le football ? Est-ce que ton jeune homme aime le football ?

– Il est encore un peu jeune pour le football.

– Il faut bien qu'il s'y mette un jour ou l'autre. Le match commence à trois heures. Retrouvez-moi à l'entrée, disons, à trois heures moins le quart.

– D'accord, mais à quelle entrée ? Et où ?

– À l'entrée du stade. Il n'y a qu'une entrée.

– Et où se trouve le stade ?

– Vous suivez le chemin qui longe le fleuve – vous ne pouvez le manquer. C'est à environ une vingtaine de minutes d'ici, je pense. Mais si vous n'avez pas envie de marcher, vous pouvez prendre le bus numéro 7. »

Le stade est plus loin que ce qu'a indiqué Álvaro : le garçon se fatigue et traîne ; ils arrivent en retard. Álvaro les attend à l'entrée.

« Dépêchons-nous, dit-il, ils vont donner le coup d'envoi dans un instant. »

Ils entrent dans le stade par le portail.

« Est-ce qu'il ne faut pas que nous achetions des billets ? » demande-t-il.

Álvaro lui décoche un regard bizarre.

« C'est du football, dit-il. C'est un match. On n'a pas à payer pour voir un match. »

Le stade est plus modeste que ce à quoi il s'attendait. Le terrain est délimité par des cordes ; la tribune, couverte, peut accueillir au maximum un millier de spectateurs. Ils trouvent des places sans difficulté. Les joueurs sont déjà sur le terrain à se passer le ballon pour s'échauffer.

« Qui joue ? dit-il.

– En bleu c'est les Docks et en rouge le Quartier Nord. C'est un match de deuxième série. Les matchs de championnat se jouent le dimanche matin. Si vous entendez les sirènes un dimanche matin, c'est qu'il y a un match de championnat.

– Quelle équipe soutenez-vous ?

– Les Docklands, bien sûr. Qui d'autre ? »

Álvaro semble de bonne humeur, excité, exubérant même. Il s'en réjouit, et il lui est reconnaissant de l'avoir choisi pour l'accompagner. Álvaro lui paraît être un type bien. En fait, tous ses compagnons dockers lui donnent l'impression d'être des types bien ; ils travaillent dur, ils sont gentils, serviables.

Dès la première minute de jeu, l'équipe en rouge fait une faute en défense toute bête et les Docks marquent. Álvaro lève les bras en l'air, lâche un cri de triomphe, puis se tourne vers le garçon.

« Tu as vu ça ? Tu as vu, mon petit gars ? »

Le petit gars n'a pas vu. Ne connaissant rien au football, le petit gars ne pige pas qu'il devrait porter son attention sur les hommes qui courent d'un bout à l'autre du terrain plutôt que sur la mer d'inconnus qui les entoure.

Il prend le garçon sur ses genoux.

« Tu vois, dit-il en montrant du doigt, ce qu'ils essaient de faire est d'envoyer le ballon dans les filets. Et l'homme là-bas, avec les gants, c'est le gardien de but. Il faut qu'il arrête le ballon. Il y a un gardien de but à chaque bout du terrain. Quand ils envoient le ballon dans les filets, ça s'appelle un but. L'équipe en bleu vient de marquer un but. »

Le garçon fait un signe de tête, mais il semble avoir l'esprit ailleurs.

Il baisse la voix.

« Tu as besoin d'aller aux toilettes ?

– J'ai faim, répond le garçon à voix basse.

– Je sais. Moi aussi j'ai faim. Il faut juste qu'on s'y habitue. Je vais voir si je peux nous trouver des chips à la mi-temps, ou des cacahuètes. Ça te plairait, des cacahuètes ? »

Le garçon fait signe que oui.

« C'est quand la mi-temps ?

– Bientôt. D'abord il faut que les footballeurs jouent encore et essaient de marquer d'autres buts. Regarde. »

Chapitre 4

En rentrant dans leur chambre ce soir-là, il trouve un message glissé sous la porte. C'est d'Ana. *Est-ce que vous et David voudriez venir à un pique-nique pour les nouveaux arrivants ? Rendez-vous demain à midi, dans le parc, près de la fontaine. A.*

Ils sont à la fontaine à midi. Il fait déjà chaud. Même les oiseaux semblent pris de léthargie. À l'écart du bruit de la circulation, ils s'installent sous un arbre aux larges branches. Au bout d'un moment, Ana arrive, portant un panier.

« Désolée, dit-elle. Un imprévu.

– Combien d'entre nous attendez-vous ? demande-t-il.

– Je ne sais pas. Une demi-douzaine, peut-être. Attendons, on verra. »

Ils attendent. Personne ne vient.

« Eh bien, on dirait qu'il n'y a que nous, finit-elle par dire. On commence ? »

Il se trouve que le panier ne contient rien de plus qu'un paquet de crackers, un pot de pâte de haricots non salée et une bouteille d'eau. Mais l'enfant engloutit sa part sans se plaindre.

Ana bâille, s'étire dans l'herbe, ferme les yeux.

« Qu'est-ce que vous vouliez dire l'autre jour quand vous avez employé les mots "lavés à grande eau" ? lui demande-t-il. Vous avez dit que David et moi devions nous laver de nos anciennes attaches. »

Ana secoue la tête, d'un air paresseux.

« Une autre fois, dit-elle. Pas maintenant. »

Dans son ton, dans le regard voilé qu'elle lui adresse, il perçoit une invite. La demi-douzaine d'hôtes qui ne se sont pas montrés n'étaient-ils qu'une fiction ? Si l'enfant n'était pas là, il s'allongerait sur l'herbe à côté d'elle et peut-être poserait-il sa main très légèrement sur la sienne.

« Non », murmure-t-elle comme si elle lisait dans ses pensées. Le soupçon d'un froncement de sourcils passe sur son front. « Pas de ça. »

« Pas de ça. » Que doit-il penser de cette jeune femme, tantôt chaleureuse, tantôt froide ? Y a-t-il quelque chose dans l'étiquette des sexes ou des générations de cette nouvelle contrée qu'il n'arrive pas à comprendre ?

Le garçon le pousse du coude et montre le paquet de biscuits presque vide. Il étale de la pâte de haricots sur un cracker et le lui fait passer.

« Il a un solide appétit, dit la fille sans ouvrir les yeux.

– Il a tout le temps faim.

– Ne vous inquiétez pas, il s'adaptera. Les enfants s'adaptent vite.

– S'adaptent à avoir faim ? Pourquoi devrait-il s'adapter à avoir faim quand la nourriture ne manque pas ?

– Je veux dire, s'adapter à un régime sans excès. La faim est comme un chien dans votre ventre : plus vous lui donnez à manger, plus il réclame. » Elle se redresse tout d'un coup. Elle s'assoit brusquement et s'adresse à l'enfant : « On me dit que tu cherches ta maman. Elle te manque, ta maman ? »

Le garçon fait signe que oui.

« Et quel est le nom de ta maman ? »

Le garçon lui jette un regard interrogateur.

« Il ne la connaît pas par son nom, dit-il. Il avait une lettre avec lui quand il est monté à bord du bateau, mais cette lettre s'est perdue.

– La ficelle s'est cassée, dit le garçon.

– La lettre était dans une pochette, explique-t-il, attachée autour de son cou par une ficelle. La ficelle s'est cassée et la lettre s'est perdue. On a fouillé le bateau de fond en comble. C'est comme ça que David et moi avons fait connaissance. Mais la lettre n'a jamais été retrouvée.

– Elle est tombée dans la mer, dit le garçon, et les poissons l'ont mangée. »

Ana fronce les sourcils.

« Si tu ne te rappelles pas le nom de ta maman, peux-tu nous dire à quoi elle ressemble ? Tu peux nous faire un dessin d'elle ? »

L'enfant fait signe que non.

« Alors ta maman est perdue et tu ne sais pas où la chercher. » Ana prend le temps de réfléchir. « Et qu'est-ce que tu dirais si ton *padrino* se mettait à la recherche d'une autre maman pour toi, qui t'aimerait et s'occuperait de toi ?

– Qu'est-ce que c'est un *padrino* ? demande le garçon.

– Vous n'arrêtez pas de me faire endosser des rôles, interrompt-il. Je ne suis pas le père de David, ni son *padrino*. Je me contente de l'aider à retrouver sa mère. »

Elle ignore la rebuffade.

« Si vous vous trouviez une femme, dit-elle, elle pourrait être une mère pour lui. »

Il éclate de rire.

« Quelle femme voudrait épouser un homme comme moi, un étranger qui n'a même pas de quoi changer de chemise ? » Il s'attend que la fille montre son désaccord, mais elle n'en fait rien. « D'ailleurs, même si je trouvais une femme, comment savoir si elle voudrait… vous savez… un enfant adoptif ? Ou que notre jeune ami l'accepterait ?

– On ne sait jamais. Les enfants s'adaptent.

– Vous n'arrêtez pas de le dire. » Il sent la colère monter en lui. Qu'est-ce que cette jeune femme, cette bêcheuse, sait des enfants ? Et qu'est-ce qui lui donne le droit de lui faire la leçon ? Et puis les morceaux du puzzle se mettent en place. Ces vêtements peu avenants, cette sévérité déroutante, les discours sur les parrains… « Ana, est-ce que, par hasard, vous seriez une nonne ? » demande-t-il.

Elle sourit.

« Qu'est-ce qui vous fait dire ça ?

– Êtes-vous une de ces nonnes qui ont quitté leur couvent pour vivre dans le siècle ? Pour faire des boulots que personne d'autre ne veut faire – dans les prisons, les orphelinats, les asiles ? Dans les centres d'accueil pour réfugiés ?

– C'est ridicule. Bien sûr que non. Le Centre n'est pas une prison. Ce n'est pas une maison de bienfaisance. Ça fait partie des services de l'Asistencia social.

– Quand bien même. Comment qui que ce soit pourrait-il supporter un flot ininterrompu de gens comme nous, sans ressources, ignorants et dans le besoin, sans une sorte de foi pour lui donner de la force ?

– La foi ? La foi n'a rien à voir avec tout ça. La foi veut dire que vous croyez en ce que vous faites même quand cela ne porte pas de fruits visibles. Le Centre n'est pas comme ça. Les gens arrivent, ils ont besoin d'assistance et nous les aidons. Nous les aidons et leur vie s'améliore. Rien de tout cela n'est invisible. Rien de tout cela n'exige une foi aveugle. Nous faisons notre travail et tout se termine bien. C'est aussi simple que ça.

– Rien n'est invisible ?

– Rien n'est invisible. Il y a deux semaines, vous étiez à Belstar. La semaine dernière, on vous a trouvé du boulot sur les quais. Aujourd'hui, vous faites un pique-nique dans le parc. Qu'est-ce qu'il y a d'invisible dans tout ça ? C'est un progrès, un progrès visible. Quoi qu'il en soit, pour en revenir à votre question, non, je ne suis pas une nonne.

– Alors pourquoi cet ascétisme que vous prêchez ? Vous nous dites de contrôler notre faim, d'affamer le chien en nous. Pourquoi ? Qu'est-ce que la faim a de mauvais ? À quoi servent nos appétits sinon à nous dire de quoi nous avons besoin ? Si nous n'avions pas d'appétits, pas de désirs, comment est-ce qu'on vivrait ? »

Cela lui semble une bonne question, une question sérieuse qui pourrait désorienter la novice la mieux instruite.

Sa réponse lui vient facilement, si facilement mais à voix si basse, comme si l'enfant n'était pas censé entendre, que l'espace d'un instant il ne la comprend pas.

« Et dans votre cas, où vos désirs vous entraînent-ils ?

– Mes propres désirs ? Je peux être franc ?

– Bien sûr.

– Sans manquer de respect envers votre personne et votre hospitalité, mes désirs m'entraînent vers autre chose que les crackers et la pâte de haricots. Ils me font souhaiter, par exemple, du bifteck, avec de la purée et de la sauce. Et je suis sûr que ce jeune homme… » il tend le bras et saisit celui du garçon « … est du même avis. N'est-ce pas ? »

Le garçon approuve vigoureusement de la tête.

« Du bifteck couvert de jus de viande, poursuit-il. Vous savez ce qui me surprend le plus dans votre pays ? » Le ton de sa voix se fait agressif ; il serait plus sage d'en rester là, mais il n'en fait rien. « Tout ça manque tellement de sang ! Tous ceux que je rencontre sont si corrects, si aimables, si pleins de bonnes intentions… Personne ne jure ou ne se met en colère. Personne ne se soûle. Personne même n'élève la voix. Vous vivez de pain, d'eau et de pâte de haricots et vous prétendez être rassasiés. Comment cela se peut-il, d'un point de vue humain ? Est-ce que vous mentez ? Est-ce que vous vous mentez à vous-mêmes ? »

Les bras autour des genoux, la fille le fixe sans un mot, attendant la fin de sa tirade.

« Nous avons faim, cet enfant et moi. » Il attire avec force le garçon vers lui. « Nous avons faim tout le temps. Vous me dites que notre faim est quelque chose venu d'ailleurs, que nous avons apporté avec nous, qui n'a pas sa place ici, que nous devons mater cette faim en la faisant mourir de faim. Quand nous aurons annihilé notre faim, dites-vous, nous aurons prouvé que nous pouvons nous adapter, et alors nous serons heureux pour le restant de nos jours. Mais je ne veux pas affamer le chien de la faim ! Je veux le nourrir ! N'êtes-vous pas d'accord ? » Il secoue le garçon, qui se blottit sous son bras, sourit en hochant la tête. « Tu es bien d'accord, mon garçon ? »

Un silence s'installe.

« Vous êtes vraiment en colère, dit Ana.

– Je ne suis pas en colère, j'ai faim ! Mais dites-moi : qu'est-ce qu'il y a de mal à satisfaire un appétit normal ? Pourquoi devons-nous combattre à toute force nos envies normales, nos faims, nos désirs ?

– Vous êtes sûr que vous voulez continuer comme ça devant l'enfant ?

– Je n'ai pas honte de ce que je dis. Il n'y a rien dans tout ça dont un enfant doive être protégé. Si un enfant peut dormir dehors à même le sol, alors il peut sûrement entendre un échange musclé entre des adultes.

– Bon. Alors voilà ma contribution à notre échange musclé : ce que vous voulez de moi est quelque chose que je ne fais pas. »

Il la regarde, ahuri.

« Ce que je veux de vous ?

– Oui. Vous voulez que je vous laisse m'étreindre. Vous et moi savons ce qu'"étreindre" veut dire. Et je ne le permets pas.

– Je n'ai pas parlé de vous étreindre. Et d'ailleurs, qu'est-ce qu'il y a de mal à s'étreindre, si vous n'êtes pas une nonne ?

– Refuser les désirs n'a rien à voir avec être nonne ou pas. Je ne fais simplement pas ça. Je ne le permets pas. Je n'aime pas ça. Je n'ai pas d'appétit pour la chose. Je n'ai aucun appétit pour la chose en soi et je ne souhaite pas voir ce que ça fait aux êtres humains. Ce que ça fait à un homme.

– Qu'est-ce que vous voulez dire, "ce que ça fait à un homme" ? »

Elle lance un regard d'un air entendu vers l'enfant.

« Vous êtes sûr que vous voulez que je continue ?

– Continuez. Il n'est jamais trop tôt pour apprendre les choses de la vie.

– Fort bien. Vous me trouvez séduisante, je le vois bien. Peut-être même me trouvez-vous belle. Et comme vous me trouvez belle, votre appétit, votre envie, est de m'étreindre. Est-ce que je lis les signaux correctement ? Les signaux que vous m'adressez ? Alors que si vous ne me trouviez pas belle vous n'éprouveriez pas ce genre d'envie. »

Il garde le silence.

« Plus vous me trouvez belle, plus votre appétit se fait pressant. C'est ainsi que fonctionnent ces appétits, que vous prenez pour votre étoile Polaire et suivez aveuglément. Maintenant, réfléchissez. Dites-moi, je vous en prie, ce que la beauté a en commun avec l'étreinte à laquelle vous voulez que je me prête ? Quel est le lien entre l'une et l'autre ? Expliquez-vous. »

Il reste silencieux. Plus que silencieux, il est abasourdi.

« Allez-y. Vous avez dit que ça ne vous gênait pas que votre filleul nous entende. Vous avez dit que vous vouliez qu'il apprenne les choses de la vie.

– Entre un homme et une femme, finit-il par dire, il arrive que survienne une attirance naturelle, imprévue, non préméditée. L'un et l'autre se trouvent attirants, ou même, pour utiliser l'autre mot, beaux. La femme plus belle que l'homme, d'habitude. Pourquoi une chose devrait-elle entraîner l'autre, la beauté entraîner l'attirance et le désir d'étreindre, c'est un mystère que je ne saurais expliquer, sauf à dire qu'être attiré par une femme est le seul hommage que moi, mon moi physique, je sais rendre à la beauté de la femme. J'appelle ça un hommage parce que je considère que c'est une offrande, pas une insulte. »

Il marque une pause.

« Continuez, dit-elle.

– C'est tout ce que j'ai à dire.

– C'est tout. Et en hommage envers moi – une offrande, pas une insulte – vous voulez vous emparer de moi et enfoncer une partie de votre corps en moi. Un hommage, prétendez-vous. Je suis ahurie. À mes yeux, toute cette histoire est absurde – il est absurde pour vous de vous livrer à l'opération et pour moi de l'autoriser.

– Ce n'est que lorsque vous l'exprimez en ces termes que cela semble absurde. En soi, ce n'est pas absurde. Cela ne saurait être absurde puisque c'est un désir naturel du corps naturel. C'est la nature qui parle en nous. C'est ainsi que vont les choses. Et la façon dont vont les choses ne peut être absurde.

– Vraiment ? Et si je disais que, pour moi, ça ne semble pas seulement absurde, mais horrible aussi ? »

Il secoue la tête, incrédule.

« Vous ne pouvez pas dire ça. Personnellement, je peux avoir l'air vieux et sans charmes – moi et mes désirs. Mais vous ne pouvez sûrement pas croire que la nature elle-même est laide.

– Mais si. La nature peut participer de la beauté, mais elle peut aussi participer de la laideur. Ces parties de notre corps que par pudeur vous évitez de nommer, au cas où votre filleul entendrait, vous les trouvez belles ?

– En elles-mêmes ? Non. En elles-mêmes, elles ne

sont pas belles. C'est l'ensemble qui est beau, pas les parties.

– Et ces parties qui ne sont pas belles, vous voulez les enfoncer en moi ! Qu'est-ce que je dois penser de ça ?

– Je n'en sais rien. Dites-moi ce que vous en pensez.

– Que tous vos beaux discours pour rendre hommage à la beauté sont *una tontería*. Si vous voyiez en moi une incarnation du bien, vous ne voudriez pas vous livrer à un acte pareil sur moi. Alors pourquoi souhaiter le faire si je suis une incarnation du beau ? Est-ce que le beau est inférieur au bien ? Expliquez-moi.

– "*Una tontería*" ? Qu'est-ce que c'est que ça ?

– Des bêtises, de la foutaise. »

Il se met debout.

« Je ne vais pas m'expliquer plus longtemps, Ana. Je trouve que cette discussion ne nous mène nulle part. Je crois que vous ne savez pas de quoi vous parlez.

– Vraiment ? Vous pensez que je suis une petite ignorante ?

– Vous n'êtes peut-être pas une gamine mais, oui, je pense en effet que vous ignorez tout de la vie. Viens, dit-il, prenant la main du garçon. On a eu notre pique-nique, il est temps de remercier la dame et de partir nous chercher quelque chose à manger. »

Ana s'allonge, étend ses jambes, joint ses mains sur son ventre et lui sourit d'un air moqueur.

« J'ai appuyé là où ça fait mal, non ? » dit-elle.

Sous un soleil de feu, il traverse à grands pas le parc désert avec le garçon qui trotte pour rester à sa hauteur.

« Qu'est-ce que c'est un *padrino* ? demande-t-il.

– Un *padrino*, c'est quelqu'un qui te tient lieu de père

quand pour une raison ou pour une autre ton père ne peut se trouver là.

– Est-ce que tu es mon *padrino* ?

– Non. Personne ne m'a invité à être ton *padrino*. Je suis simplement ton ami.

– Je peux t'inviter à être mon *padrino*.

– Ça ne dépend pas de toi, mon garçon. Tu ne peux te choisir toi-même un *padrino*, pas plus que tu ne peux choisir ton père. Il n'y a pas de mot juste pour désigner ce que je suis pour toi, pas plus qu'il n'y a de mot juste pour ce que tu es pour moi. Mais, si tu veux, tu peux m'appeler "oncle". Quand les gens disent : "Qui est-il pour toi ?", tu peux dire : "C'est mon oncle. C'est mon oncle et il m'aime." Et moi je dirai : "C'est mon garçon."

– Mais est-ce que cette dame va être ma mère ?

– Ana ? Non. Ça ne l'intéresserait pas d'être une mère.

– Est-ce que tu vas te marier avec elle ?

– Bien sûr que non. Je ne suis pas ici pour me trouver une femme, je suis ici pour t'aider à trouver ta mère, ta vraie mère. »

Il s'efforce de contrôler sa voix, de garder un ton léger ; mais la vérité est que l'attaque de la fille l'a ébranlé.

« Tu étais fâché contre elle, dit le garçon. Pourquoi est-ce que tu étais fâché ? »

Il s'arrête net, soulève le garçon, lui donne un baiser sur le front.

« Désolé d'avoir été fâché. Je n'étais pas fâché contre toi.

– Mais tu étais fâché avec la dame et elle avec toi.

– J'étais fâché contre elle parce qu'elle nous traite mal, et je ne comprends pas pourquoi. Nous avons eu une discussion, nous nous sommes emportés, elle et moi. Mais c'est complètement fini maintenant. Ce n'était pas important.

– Elle a dit que tu voulais enfoncer quelque chose en elle. »

Il garde le silence.

« Qu'est-ce qu'elle voulait dire ? Tu veux vraiment enfoncer quelque chose en elle ?

– C'était juste une façon de parler. Elle voulait dire que j'essayais de lui imposer mes idées. Et elle avait raison. On ne devrait pas essayer d'imposer ses idées aux autres.

– Est-ce que je t'impose mes idées ?

– Non, bien sûr que non. Maintenant, allons chercher quelque chose à manger. »

Ils patrouillent les rues à l'est du parc, à la recherche d'un endroit où manger. C'est un quartier de villas modestes, avec de temps à autre un immeuble peu élevé. Ils ne trouvent qu'un seul magasin. NARANJAS, dit l'enseigne, en grosses lettres. Les volets d'acier sont tirés, de sorte qu'il ne peut pas voir si effectivement ils vendent des oranges ou si « Naranjas » n'est qu'un nom.

Il arrête un passant, un vieux monsieur qui promène un chien en laisse.

« Excusez-moi, dit-il. Mon garçon et moi cherchons un bistrot ou un restaurant où on pourrait prendre un repas, ou, à défaut, un magasin pour acheter des provisions.

– Un dimanche après-midi ? » s'exclame l'homme. Son chien renifle les chaussures du garçon, puis son entrejambe. « Je ne sais quoi vous suggérer, à moins que vous ne soyez disposés à aller en ville.

– Il y a un autobus ?

– Le 42. Mais il ne circule pas le dimanche.

– Donc, en fait, nous ne pouvons pas aller en ville. Et par ici il n'y a nulle part où trouver de quoi manger. Tous les commerces sont fermés. Que devrions-nous faire, à votre avis ? »

Le visage de l'homme se ferme. Il tire sur la laisse du chien.

« Viens, Bruno », dit-il.

De sale humeur, il retourne vers le Centre. Ils n'avancent pas vite parce que le garçon n'arrête pas d'hésiter et de sauter pour éviter les crevasses entre les fêlures.

« Allons, dépêche-toi ! dit-il, irrité. Tu joueras à ça un autre jour.

– Non, je ne veux pas tomber dans une crevasse.

– Tu dis des sottises. Comment un grand garçon comme toi pourrait-il tomber dans une petite crevasse comme ça ?

– Pas cette crevasse. Une autre crevasse.

– Quelle crevasse ? Montre-moi la crevasse.

– Je ne sais pas ! Je ne sais pas quelle crevasse. Personne ne sait.

– Personne ne sait parce que personne ne peut tomber dans une crevasse dans le pavé. Allez, dépêche-toi !

– Moi je peux ! Toi aussi ! N'importe qui peut ! Tu ne sais pas. »

Chapitre 5

Durant la pause de midi au travail, le lendemain, il prend Álvaro à part.

« Excuse-moi de soulever une question d'ordre privé, dit-il, mais je suis de plus en plus inquiet pour la santé du petit. Et surtout de son alimentation, qui, comme tu le vois, consiste en du pain, encore du pain et toujours plus de pain. » En effet, ils peuvent voir le garçon, assis parmi les dockers, à l'abri de l'appentis, grignotant sans enthousiasme sa demi-miche humectée d'eau. « Il me semble, poursuit-il, qu'un enfant qui grandit a besoin de plus de variété, de choses plus nourrissantes. On ne peut vivre seulement de pain. Ce n'est pas une nourriture universelle. Tu ne sais pas où je pourrais acheter de la viande, sans faire une expédition jusqu'en centre-ville ? »

Álvaro se gratte la tête.

« Pas par ici, pas sur les quais. J'ai entendu dire qu'il y avait des gens qui attrapaient des rats. On ne manque pas de rats. Mais pour ça il te faudrait un piège. Et je ne sais trop où tu pourrais te procurer un bon piège à rats. Il faudrait probablement que tu le fabriques toi-même. Tu pourrais utiliser du fil de fer et une espèce de déclencheur…

– Des rats ?

– Oui. Tu ne les as pas vus ? Partout où il y a des navires, il y a des rats.

– Mais qui mange des rats ? Tu manges des rats ?

– Non, ça ne me viendrait pas à l'idée. Mais tu as demandé où tu pourrais te procurer de la viande, et c'est tout ce que j'ai à proposer. »

Il plonge longuement son regard dans les yeux d'Álvaro. Il ne détecte aucun signe qu'il plaisante. Ou si c'est une plaisanterie, c'est une plaisanterie profondément dissimulée.

Après le travail, le garçon et lui retournent directement chez l'énigmatique Naranjas. Ils arrivent alors que le propriétaire est sur le point de baisser le rideau de fer. Naranjas se révèle être bien un magasin, et on y vend bien des oranges, ainsi que d'autres fruits et légumes. Tandis que le propriétaire attend impatiemment, il choisit autant de provisions qu'ils en peuvent porter à eux deux : un petit sac d'oranges, une demi-douzaine de pommes, quelques carottes et des concombres.

De retour dans leur chambre au Centre, il coupe une pomme en quartiers et pèle une orange pour le garçon. Pendant qu'il mange ces fruits, il coupe une carotte et un concombre en fines rondelles et les dispose sur une assiette.

« Voilà ! » dit-il.

D'un air soupçonneux, le garçon tâte du doigt le concombre, le renifle.

« J'aime pas ça, dit-il. Ça sent.

– Bêtise ! Le concombre n'a aucune odeur. La partie verte n'est que la peau. Goûte donc. C'est bon pour toi. Ça va te faire grandir. »

Lui-même mange la moitié du concombre et une carotte entière, et une orange.

Le lendemain matin, il retourne chez Naranjas et achète d'autres fruits – des bananes, des poires, des abricots – qu'il rapporte à la chambre. Ils ont maintenant un bon stock de provisions.

Il est en retard pour le travail, mais Álvaro ne lui fait pas de réflexion.

Malgré ces ajouts bienvenus à leur alimentation, il ne cesse d'éprouver un sentiment d'épuisement physique. Au lieu de développer ses forces, son travail quotidien, soulever et porter les fardeaux, semble le vider. Il commence à se sentir plutôt décharné : il a peur de s'évanouir devant ses camarades et de se déconsidérer.

De nouveau il va trouver Álvaro.

« Je ne me sens pas bien. Ça fait déjà un bout de temps que je ne me sens pas bien. Est-ce que tu pourrais me recommander un médecin ?

– Il y a sur le Quai Sept un dispensaire qui est ouvert l'après-midi. Vas-y tout de suite. Dis que tu travailles ici : comme ça tu n'auras pas à payer. »

Il suit les panneaux jusqu'au Quai Sept, où il y a en effet un petit dispensaire, signalé par la simple enseigne Dispensaire. La porte est ouverte. Personne à la réception. Il presse le bouton d'appel, mais il ne marche pas.

« Bonjour ! appelle-t-il. Il y a quelqu'un ? »

Silence.

Il passe derrière le comptoir et frappe à la porte fermée marquée Consultations.

« Bonjour ! » lance-t-il.

La porte s'ouvre et il se trouve face à un homme grand

et fort au visage rubicond dans une blouse blanche sur le col de laquelle il y a une épaisse traînée de ce qui semble être du chocolat. L'homme transpire à grosses gouttes.

« Bonjour, dit-il. Est-ce que vous êtes le médecin ?

– Entrez, dit l'homme, asseyez-vous. » Il lui indique une chaise, enlève ses lunettes, en nettoie les verres soigneusement avec un mouchoir en papier. « Vous travaillez ici, sur les quais ?

– Sur le Quai Deux.

– Ah, le Quai Deux ! Et qu'est-ce que je peux faire pour vous ?

– Voilà une semaine ou deux que je ne me sens pas bien. Pas de symptômes particuliers, sauf que je fatigue vite, et, de temps à autre, j'ai des vertiges. Je pense que c'est probablement dû à mon alimentation, qui n'est pas assez nourrissante.

– Quand éprouvez-vous ces accès de vertige ? À des moments particuliers de la journée ?

– Non, pas spécialement. Ça me vient quand je suis fatigué. Je travaille comme docker, je charge et je décharge toute la journée, comme je vous ai dit. Ce n'est pas un travail dont j'ai l'habitude. Au cours d'une journée je dois franchir une passerelle à maintes reprises. Parfois, quand je regarde l'espace qui sépare le flanc du bateau et le quai, et que je vois les vagues se briser contre le quai, je suis pris de vertige. J'ai l'impression que je vais glisser, tomber, peut-être me cogner la tête et me noyer.

– Ça ne ressemble pas à de la sous-alimentation.

– Peut-être pas. Mais si j'étais mieux nourri je pourrais mieux résister aux vertiges.

– Vous avez déjà eu de telles peurs – peur de tomber et de vous noyer ?

– Ce n'est pas un problème psychologique, docteur. Je suis un travailleur. Je fais un travail pénible. Je porte des heures d'affilée de lourds fardeaux. Mon cœur bat à tout rompre. Je suis sans relâche à la limite de mes capacités. Il me semble naturel, vraiment, que mon corps soit parfois au bord de s'effondrer, de me lâcher.

– Bien sûr que c'est naturel. Mais si c'est naturel, pourquoi êtes-vous venu au dispensaire ? Qu'est-ce que vous attendez de moi ?

– Est-ce que vous ne pensez pas que vous devriez écouter mon cœur ? Vous ne pensez pas que vous devriez m'examiner pour l'anémie ? Est-ce que vous ne pensez pas que nous devrions discuter des insuffisances possibles dans mon alimentation ?

– Je vérifierai votre cœur, comme vous le suggérez, mais je ne peux faire un examen pour l'anémie. Nous ne sommes pas un laboratoire médical. Nous sommes simplement un dispensaire pour les soins de première urgence pour les travailleurs des docks. Ôtez votre chemise. »

Il enlève sa chemise. Le médecin applique le stéthoscope sur sa poitrine, lève les yeux vers le plafond, écoute. Son haleine sent l'ail.

« Rien d'anormal avec votre cœur, finit-il par dire. C'est un cœur solide qui vous fera de l'usage pendant des années encore. Vous pouvez retourner au travail. »

Il se lève.

« Comment pouvez-vous dire ça ? Je suis épuisé. Je ne suis plus moi-même. Mon état général se détériore de jour en jour. Je ne m'attendais pas à ça quand je suis arrivé. La maladie, l'épuisement, le malheur – je ne m'attendais à rien de tout cela. J'ai le pressentiment – pas un simple pressentiment intellectuel, mais des pressentiments vraiment physiques – que je vais m'effondrer. Mon corps me fait savoir par tous les moyens qu'il est en train de lâcher. Comment pouvez-vous dire que rien ne va mal chez moi ? »

Silence. Le médecin replie soigneusement son stéthoscope, le remet dans sa pochette noire et le range dans un tiroir. Il met ses coudes sur son bureau, croise les mains, pose son menton sur ses mains, parle :

« Mon bon monsieur, vous n'êtes sûrement pas venu dans ce petit dispensaire en vous attendant à un miracle. Si vous aviez espéré un miracle, vous seriez allé dans un hôpital digne de ce nom, équipé d'un bon laboratoire. Tout ce que je peux vous offrir, ce sont des conseils. Et mon conseil est simple : ne regardez pas vers le bas. Le vertige est une question psychologique, pas un problème médical. Regarder vers le bas déclenche la crise.

– C'est tout ce que vous avez à me proposer : “ne regardez pas vers le bas” ?

– C'est tout, sauf si vous avez des symptômes objectifs dont vous souhaitez me parler.

– Non, pas de symptômes de ce genre. Aucun symptôme du tout. »

« Comment ça s'est passé ? lui demande Álvaro à son retour. Tu as trouvé le dispensaire ?

– J'ai trouvé le dispensaire et j'ai vu le médecin. Il dit que je devrais regarder vers le haut. Tant que je regarderai vers le haut, tout ira bien. Alors que si je regarde vers le bas, je peux tomber.

– Ça m'a l'air d'un bon conseil, d'un conseil de bon sens, dit Álvaro. Rien d'extraordinaire. Maintenant, pourquoi ne pas prendre la journée et te reposer un peu ? »

Malgré les fruits frais de chez Naranjas, malgré l'assurance du médecin comme quoi son cœur est en bon état et qu'il n'y a aucune raison qu'il ne fasse pas de vieux os, il continue à se sentir épuisé. Et les vertiges ne disparaissent pas non plus. Il a beau suivre le conseil du médecin et ne pas regarder vers le bas quand il est sur la passerelle, il ne peut pas ne pas entendre le bruit menaçant des vagues qui viennent heurter le quai gluant.

« Ce n'est que du vertige, le rassure Álvaro en lui donnant une petite tape dans le dos. Beaucoup de gens souffrent de vertige. Heureusement, c'est seulement dans leur tête. Ce n'est pas pour de vrai. N'y prête pas attention et bientôt ça disparaîtra. »

Il n'est pas convaincu. Il ne croit pas que ce qui l'oppresse va disparaître.

« De toute façon, dit Álvaro, si par hasard tu glisses et tu tombes, tu ne te noieras pas. Quelqu'un te sauvera. Je te sauverai. C'est pour ça que les camarades sont là, non ?

– Tu sauterais pour me sauver ?

– S'il le faut. Ou je te jetterais une corde.

– Oui, une corde serait plus efficace. »

Álvaro ne relève pas le tranchant de sa remarque, ou peut-être ne l'a-t-il pas senti.

« Plus pratique », dit-il.

« C'est toujours ce qu'on décharge, ici – du blé ? demande-t-il à Álvaro à un autre moment.

– Du blé et du seigle, répond Álvaro.

– C'est tout ce que nous importons sur les docks : du grain ?

– Ça dépend de ce qu'on entend par “nous”. Le Quai Deux est le quai pour les cargaisons de grain. Si tu travaillais sur le Quai Sept, tu déchargerais des cargaisons diverses. Si tu travaillais sur le Quai Neuf, tu déchargerais de l'acier et du ciment. Tu n'as pas fait le tour des quais ? Tu n'as pas exploré les lieux ?

– Si. Mais les autres quais étaient toujours vides. Comme ils le sont maintenant.

– Mais voyons, c'est compréhensible, non ? On n'a pas besoin d'un vélo neuf tous les jours. On n'a pas besoin de chaussures neuves tous les jours, ou de vêtements neufs. Mais il faut manger tous les jours. Il nous faut donc beaucoup de grain.

– Donc si je passais au Quai Sept ou au Quai Neuf, j'aurais la vie plus facile. Je pourrais avoir des semaines d'affilée sans travailler.

– Très juste. Si tu travaillais sur le Sept ou sur le Neuf, ta vie serait plus facile. Mais aussi tu n'aurais pas un travail à plein temps. Donc, l'un dans l'autre, tu es mieux sur le Deux.

– Je vois. C'est donc pour le mieux, après tout, que je me trouve là, sur ce quai, dans ce port, dans cette ville, dans ce pays. Tout est pour le mieux dans le meilleur des mondes possibles. »

Álvaro fronce les sourcils.

« Ce n'est pas un monde possible, dit-il, c'est le seul monde. Que cela en fasse le meilleur, ce n'est ni à toi ni à moi d'en décider. »

Il lui vient plusieurs répliques, mais il se retient de les exprimer. Peut-être, dans ce monde qui est le seul monde, serait-il prudent de laisser tomber l'ironie.

Chapitre 6

Comme promis, Álvaro a commencé à apprendre au garçon à jouer aux échecs. Quand il n'y a pas trop de travail, on peut les voir penchés sur un échiquier de poche, dans un coin d'ombre, absorbés dans une partie.

« Il vient de me battre, lui rapporte Álvaro. Deux semaines seulement et il est déjà meilleur que moi. »

Eugenio, le plus intello des dockers, jette un défi au garçon :

« Une partie-éclair ? propose-t-il. On a chacun cinq secondes pour bouger une pièce. Un, deux, trois, quatre, cinq. »

Au milieu d'un cercle de spectateurs, ils jouent leur partie-éclair. En quelques minutes le garçon accule Eugenio dans un coin. Eugenio donne une pichenette à son roi, qui tombe sur le côté.

« J'y réfléchirai à deux fois avant de rejouer avec toi, dit-il. Tu as vraiment le diable dans la peau. »

Dans l'autobus, ce soir-là, il essaie de discuter de la partie et de la remarque bizarre d'Eugenio ; mais le garçon se montre réticent.

« Est-ce que tu voudrais que je t'achète ton propre jeu

d'échecs ? propose-t-il. Comme ça, tu pourras t'exercer à la maison. »

Le garçon secoue la tête.

« Je ne veux pas m'exercer. J'aime pas les échecs.

– Mais tu y es si bon. »

Le garçon hausse les épaules.

« Quand on a la chance d'avoir un talent, on a le devoir de ne pas le cacher, insiste-t-il.

– Pourquoi ?

– Pourquoi ? Parce que le monde devient meilleur, j'imagine, si chacun d'entre nous peut exceller à quelque chose. »

Le garçon regarde par la fenêtre d'un air boudeur.

« Est-ce que tu es contrarié par ce qu'a dit Eugenio ? Il ne faut pas. Il ne le pensait pas vraiment.

– Je ne suis pas contrarié. Je n'aime pas les échecs, c'est tout.

– Eh bien, Álvaro va être déçu. »

Le lendemain, un inconnu apparaît sur les quais. Il est petit, filiforme ; sa peau brûlée est très brune ; ses yeux sont très enfoncés, son nez crochu comme un bec de faucon. Il porte des jeans délavés, tachés de traînées d'huile de moteur, et des bottes de cuir mal en point. De la poche de sa chemise il sort un bout de papier, le tend à Álvaro, et sans un mot il reste là, les yeux fixés au loin.

« Bien, dit Álvaro. On va décharger le reste de la journée et la plus grande partie de demain. Quand tu seras prêt, mets-toi dans la file. »

De la même poche de chemise l'inconnu sort un paquet de cigarettes. Sans en offrir autour de lui, il en allume une et tire une longue bouffée.

« N'oublie pas, dit Álvaro, on ne fume pas dans la cale. »

L'homme ne fait pas mine d'avoir entendu. Il regarde tranquillement autour de lui. La fumée de sa cigarette monte dans l'air immobile.

Son nom, fait savoir Álvaro, est Daga. Personne ne l'appelle autrement, ni « le nouveau » ni « le nouveau type ».

Malgré sa petite stature, Daga est fort. Il ne chancelle pas d'un millimètre quand le premier sac lui tombe sur les épaules ; il monte à l'échelle rapidement, à un rythme régulier ; il descend la passerelle à petits bonds, et soulève le sac pour le déposer dans la carriole sans manifester le moindre signe d'effort. Ensuite il se met à l'écart à l'ombre de l'appentis, s'accroupit et allume une autre cigarette.

Álvaro va vers lui à grands pas.

« Pas de pause, Daga. Retourne au boulot.

– Quel est le quota ? demande Daga.

– Il n'y a pas de quota. On est payé à la journée.

– Cinquante sacs par jour, dit Daga.

– On décharge plus que ça.

– Combien ?

– Plus de cinquante. Pas de quota. Chacun porte ce qu'il peut.

– Cinquante. Pas plus.

– Allez, debout. Si tu dois fumer, attends la pause. »

La situation s'envenime à midi, ce vendredi-là, quand ils sont payés. Comme Daga s'approche de la planche de bois qui tient lieu de table, Álvaro se penche pour chuchoter quelque chose à l'oreille du payeur. Le payeur fait un signe de tête. Il pose l'argent de Daga sur la planche devant lui.

« C'est quoi, ça ? dit Daga.

– Ta paye pour les jours où tu as travaillé », dit Álvaro.

Daga ramasse les pièces et d'un geste vif et méprisant les jette à la tête du payeur.

« Qu'est-ce qui te prend ? demande Álvaro.

– C'est une paye pour les rats.

– C'est le tarif. C'est ce que tu as gagné. C'est ce que nous gagnons tous. Tu veux dire que nous sommes tous des rats ? »

Les hommes s'attroupent autour d'eux. Discrètement, le payeur rassemble ses papiers et ferme le couvercle de sa caisse.

Lui, Simón, sent le garçon s'agripper à sa jambe.

« Qu'est-ce qu'ils font ? » demande-t-il d'un ton plaintif. Son visage est pâle et tendu. « Est-ce qu'ils vont se battre ?

– Non, bien sûr que non.

– Dis à Álvaro de ne pas se battre. Dis-lui ! »

Le garçon lui tire sur les doigts, tire et tire.

« Viens, éloignons-nous. » Il entraîne le garçon vers la digue. « Regarde ! Tu vois les phoques ? Le gros qui a le nez en l'air, c'est le mâle, le mâle dominant. Et les autres, les plus petits, sont ses femmes. »

De la foule parvient un cri aigu. Une agitation soudaine.

« Ils se battent, gémit le garçon. Je ne veux pas qu'ils se battent ! »

Un demi-cercle s'est formé autour de Daga, qui se tient accroupi, un vague sourire aux lèvres, un bras tendu en avant. Dans sa main luit l'éclat d'une lame de couteau.

« Approchez ! » dit-il. Il fait un signe avec le couteau. « À qui le tour ? »

Álvaro est assis par terre, penché en avant. On dirait

qu'il serre sa poitrine. Il y a une traînée de sang sur sa chemise.

« À qui le tour ? » répète Daga.

Personne ne bouge. Il se relève, referme le couteau et le glisse dans sa poche revolver, soulève la caisse et la renverse sur la planche. Des pièces s'éparpillent partout.

« Mauviettes ! » dit-il. Il compte ce qu'il veut et flanque un coup de pied dans le bidon. « Servez-vous. »

Il tourne le dos aux hommes. Sans se presser, il enfourche le vélo du payeur et s'en va.

Álvaro se relève. Le sang sur sa chemise vient de sa main, suintant d'une coupure en travers de sa paume.

Lui, Simón, est le senior de l'équipe, ou du moins le plus vieux : il doit prendre l'initiative.

« Il te faut un médecin, dit-il à Álvaro. Allons-y. » Il fait signe au garçon. « Viens, nous allons amener Álvaro chez le docteur. »

Le garçon ne bouge pas.

« Qu'est-ce qui ne va pas ? »

Les lèvres du garçon bougent mais il n'entend pas un mot. Il se penche, de plus près il demande :

« Qu'est-ce qui ne va pas ?

– Est-ce qu'Álvaro va mourir ? » murmure le garçon. Tout son corps s'est raidi. Il frissonne.

« Bien sûr que non. Il a une coupure à la main, c'est tout. Il lui faut un pansement pour arrêter le saignement. Viens. On va l'amener chez le docteur, et le docteur va arranger ça. »

En fait, Álvaro est déjà en route, accompagné par un autre membre de l'équipe.

« Il se battait, dit le garçon. Il se battait et maintenant le docteur va lui couper la main.

– Bêtises ! Les docteurs ne coupent pas les mains. Le docteur va nettoyer la coupure et y mettre un pansement, ou peut-être la refermer avec une aiguille et du fil. Demain, Álvaro sera de retour au travail, et on aura oublié toute l'affaire. »

Le garçon lui jette un regard perçant.

« Je ne raconte pas d'histoires, dit-il. Je ne te raconterais pas d'histoires, pas à toi. La blessure d'Álvaro n'est pas sérieuse. Et cet homme, le señor Daga, ou quel que soit son nom, n'avait pas l'intention de le blesser. C'était un accident. Le couteau a dérapé. Les couteaux coupants sont dangereux. Voilà une leçon à se rappeler : ne pas jouer avec des couteaux. Si tu joues avec des couteaux, tu peux te blesser. Álvaro a été blessé, une blessure heureusement sans gravité. Et le señor Daga nous a quittés : il a pris son argent et il est parti. Il ne reviendra pas. Il n'avait pas sa place ici, et il le sait.

– Toi, tu ne dois pas te battre, dit le garçon.

– Je ne me battrai pas, je te le promets.

– Tu ne dois jamais te battre.

– Je n'ai pas l'habitude de me battre. Et Álvaro ne se battait pas. Il essayait juste de se protéger. Il a essayé de se protéger et il s'est fait couper. »

Il tend la main pour montrer comment Álvaro a essayé de se protéger, et comment il s'est fait couper.

« Álvaro se battait, dit le garçon d'un ton solennel et décisif.

– Se protéger n'est pas se battre. Se protéger est un instinct naturel. Si quelqu'un essayait de te frapper, tu te protégerais. Instinctivement, sans réfléchir. Regarde. »

Durant tout le temps qu'ils ont passé ensemble, il n'a jamais porté la main sur le garçon. Maintenant, tout d'un coup, il lève une main menaçante. Le garçon ne cille pas. Il feint de lui donner une claque sur la joue. Il ne bronche pas.

« D'accord, dit-il. Oui, d'accord avec toi. » Il laisse retomber sa main. « Tu as raison, j'avais tort. Álvaro n'aurait pas dû essayer de se protéger. Il aurait dû faire comme toi. Il aurait dû se montrer brave. Alors maintenant, est-ce qu'on fait un tour jusqu'au dispensaire pour voir comment il va ? »

Le jour d'après, Álvaro vient travailler, sa main blessée en écharpe. Il refuse de discuter de l'incident. Suivant son exemple, les hommes n'en parlent pas non plus.

Mais le garçon ne cesse de le harceler.

« Est-ce que le señor Daga va rapporter le vélo ? Pourquoi est-ce qu'il s'appelle señor Daga ?

– Non, il ne reviendra pas, répond-il. Il ne nous aime pas. Le travail que nous faisons ne lui plaît pas, il n'a aucune raison de revenir. Je ne sais pas si Daga est son vrai nom. Ça n'a pas d'importance. Les noms n'ont pas d'importance. S'il veut s'appeler Daga, à sa guise.

– Mais pourquoi est-ce qu'il a volé l'argent ?

– Il n'a pas volé l'argent. Il n'a pas volé le vélo. Voler veut dire qu'on prend ce qui ne vous appartient pas quand personne ne vous voit. On était tous là à regarder quand il a pris l'argent. On aurait pu l'en empêcher mais on ne l'a pas fait. On a choisi de ne pas se battre avec lui. On a choisi de le laisser filer. Tu ne peux qu'être d'accord. C'est toi qui dis qu'on ne doit pas se battre.

– L'homme aurait dû lui donner plus d'argent.

– Le payeur ? Le payeur aurait dû lui donner tout ce qu'il voulait ? »

Le garçon fait signe que oui.

« Il ne pouvait pas faire ça. Si le payeur payait à chacun de nous tout ce que nous réclamons, il serait à court d'argent.

– Pourquoi ?

– Pourquoi ? Parce que nous voulons tous plus que ce qu'on nous doit. C'est la nature humaine. Parce que nous voulons tous plus que ce que nous valons.

– C'est quoi la nature humaine ?

– C'est comment nous, les êtres humains, nous sommes faits, toi et moi, et Álvaro et le señor Daga et tous les autres. C'est comment nous sommes quand nous venons au monde. C'est ce que nous avons tous en commun. On aime croire qu'on est spécial, mon garçon, tous autant que nous sommes. Mais, à strictement parler, il ne peut en être ainsi. Si chacun était spécial, il n'y aurait plus personne de spécial. Et pourtant nous continuons à croire en nous-même. On descend dans la cale du bateau, dans la chaleur et la poussière, on charge des sacs sur notre dos et on les trimbale vers la lumière, on voit nos amis qui peinent à faire le même travail, qui font exactement le même boulot, rien de spécial dans tout ça, et on est fier d'eux et de nous-même, tous camarades qui travaillons dans le même but ; et pourtant, dans un coin de notre cœur, qu'on garde bien caché, on se dit tout bas : Malgré tout, malgré tout, tu es spécial, tu verras ! Un jour où tu t'y attendras moins que jamais, le sifflet d'Álvaro résonnera, et on nous convoquera tous au bord du quai, où patientera une grande foule, et un homme dans un costume noir et un chapeau haut de forme. Et l'homme en costume noir te demandera de t'avancer en disant : "Voyez cet étonnant travailleur dont nous sommes bien contents" ; et il te serrera la main et il épinglera une médaille sur ta poitrine. "Pour bons et loyaux services", dira la médaille – et tout le monde applaudira avec enthousiasme. C'est dans la nature humaine d'avoir des rêves comme ça, même s'il serait sage de les garder pour soi. Comme chacun d'entre nous, le señor Daga pensait qu'il était spécial ; mais il n'a pas gardé cette idée pour lui. Il voulait se faire remarquer. Il voulait qu'on le reconnaisse comme tel. »

Il s'arrête. Rien sur le visage du garçon n'indique qu'il ait compris un traître mot. Est-ce que c'est un de ces jours où il fait l'idiot, ou est-ce qu'il se montre simplement têtu ?

« Le señor Daga voulait qu'on le complimente et qu'on lui donne une médaille. Comme on ne lui a pas donné la médaille dont il rêvait, il a pris l'argent à la place. Il a pris ce qu'il croyait qu'il valait. C'est tout.

– Pourquoi est-ce qu'il n'a pas eu de médaille ?

– Parce que si nous recevions tous des médailles, les médailles ne vaudraient plus rien. Parce que, les médailles, ça se mérite. Comme l'argent. On ne te donne pas une médaille simplement parce que tu en veux une.

– Moi, je donnerais une médaille au señor Daga.

– Eh bien, on devrait te demander d'être notre payeur. Alors on recevra tous des médailles et autant d'argent qu'on veut, et la semaine prochaine il ne restera plus rien dans la caisse.

– Il y a toujours de l'argent dans la caisse, dit le garçon. C'est pour ça qu'on l'appelle la caisse. »

Il baisse les bras.

« Je ne discute plus avec toi si tu fais l'idiot. »

Chapitre 7

Quelques semaines après qu'ils se sont présentés au Centre, une lettre arrive des bureaux du ministerio de Reubicación à Novilla, l'informant qu'un appartement lui a été attribué, à lui et sa famille, dans le Village Est ; l'appartement doit être occupé au plus tard avant midi le lundi suivant.

Le Village Est, au surnom familier de « Barres Est », est un domaine situé à l'est du parc, un groupe d'immeubles d'habitation séparés par des pelouses. Le garçon et lui ont déjà exploré le quartier, comme ils ont exploré l'autre domaine, le Village Ouest. Les bâtiments qui constituent le village sont tous construits sur le même modèle, sur quatre étages. À chaque étage, six appartements donnent sur une place où on trouve des équipements collectifs comme une aire de jeux, une piscine pour enfants, des porte-vélos et des cordes à linge. Le Village Est est généralement considéré comme plus agréable que le Village Ouest ; ils peuvent s'estimer heureux d'y être envoyés.

Le déménagement du Centre se fait sans difficultés, car ils ne possèdent pas grand-chose et ne se sont pas fait d'amis. Les voisins étaient, d'un côté, un vieillard qui traîne dans sa robe de chambre et parle tout seul, de l'autre côté, un couple distant qui fait semblant de ne pas comprendre l'espagnol qu'il parle.

Le nouvel appartement, au deuxième étage, est de taille modeste et meublé sommairement : deux lits, une table et des chaises, une commode, des étagères en acier. Une petite annexe contient un réchaud électrique et un évier avec l'eau courante. Une porte coulissante dissimule une douche et des toilettes.

Pour leur premier souper dans les Barres, il fait le plat préféré du garçon, des crêpes au beurre et à la confiture.

« On va se plaire ici, non ? Ça va être un nouveau chapitre dans notre vie. »

Comme il a prévenu Álvaro qu'il n'était pas bien, il n'a pas de scrupules à ne pas se rendre au travail pendant quelques jours. Il gagne plus qu'assez pour faire face à leurs besoins ; il n'y a d'ailleurs pas grand-chose à acheter, il ne voit pas pourquoi il devrait s'épuiser pour rien. D'ailleurs, il y a toujours de nouveaux arrivants qui cherchent du travail temporaire et qui peuvent faire le travail à sa place sur les docks. Alors il passe quelques matinées tout simplement à paresser au lit, à somnoler et se réveiller, à profiter de la chaleur du soleil qui entre à flots par les fenêtres de leur nouveau logement.

Je prends des forces, se dit-il, je prends des forces pour le prochain chapitre de cette entreprise. Par « prochain chapitre », il veut dire la quête de la mère du garçon, cette quête qu'il ne sait encore par où commencer. Je concentre toute mon énergie ; je fais des plans.

Pendant qu'il se détend, le garçon joue dehors dans

le bac à sable ou sur les balançoires, ou il va et vient parmi les cordes à linge, fredonnant pour lui-même, s'enveloppant comme dans un cocon dans les draps qui sèchent, puis tournant sur place et se dégageant. C'est un jeu dont il ne semble pas se lasser.

« Je ne crois pas que ça va plaire aux voisins de te voir tripoter leur lessive fraîche. Qu'est-ce qui te plaît tant à jouer à ça ?

– J'aime l'odeur. »

Puis, traversant à nouveau la cour, il plonge discrètement son visage dans un drap et respire profondément. C'est une odeur de propre, chaude et réconfortante.

Plus tard ce jour-là, jetant un coup d'œil par la fenêtre, il voit le garçon à plat ventre sur la pelouse, tête à tête avec un autre garçon plus grand que lui. Ils ont l'air d'avoir une conversation intime.

« Je vois que tu as un nouvel ami, remarque-t-il pendant le déjeuner. Qui est-ce ?

– Fidel. Il sait jouer du violon. Il m'a montré son violon. Est-ce que moi aussi je peux avoir un violon ?

– Il habite dans les Barres ?

– Oui. Est-ce que moi aussi je peux avoir un violon ?

– On verra. Les violons coûtent cher et il te faudra un professeur. Tu ne peux pas simplement prendre un violon et te mettre à jouer.

– La mère de Fidel lui apprend à jouer. Elle dit qu'elle peut m'apprendre aussi.

– C'est bien que tu te sois fait un ami, je suis content pour toi. Pour ce qui est des leçons de violon, il faudrait peut-être que je parle d'abord à la mère de Fidel.

– On peut y aller maintenant ?

– On peut y aller plus tard, après ta sieste. »

L'appartement de Fidel se trouve à l'autre bout de la cour. Avant même qu'il ne frappe, la porte s'ouvre en grand et Fidel se tient devant eux, costaud, les cheveux frisés, le sourire aux lèvres.

Quoique l'appartement ne soit pas plus grand que le leur et pas aussi ensoleillé, il est plus accueillant, peut-être à cause des rideaux aux couleurs vives et aux motifs de fleurs de cerisier qui se retrouvent sur les dessus-de-lit.

La mère de Fidel s'avance pour le saluer : une jeune femme maigre, qui n'a quasiment que la peau sur les os, avec des dents qui avancent et les cheveux bien tirés derrière les oreilles. Sans trop savoir pourquoi, il est déçu par cette première image d'elle, bien qu'il n'ait aucune raison de l'être.

« Oui, confirme-t-elle, j'ai dit à votre fils qu'il pouvait assister aux leçons de musique de Fidelito. Plus tard on réévaluera la situation s'il a les aptitudes et la volonté de faire des progrès.

– C'est très gentil à vous. En fait, David n'est pas mon fils. Je n'ai pas de fils.

– Où sont ses parents ?

– Ses parents… c'est une question délicate. Je vous expliquerai quand nous aurons plus de temps. Pour ce qui est des leçons, est-ce qu'il lui faudra son propre violon ?

– Avec les débutants, je commence en général par la flûte à bec. Fidel… », elle attire son fils vers elle, et il l'entoure de ses bras affectueusement « … Fidel a appris la flûte à bec pendant un an avant de commencer le violon. »

Il se tourne vers David.

« Tu entends ça, mon garçon ? Tu commences par apprendre la flûte à bec. Et ensuite le violon. D'accord ? »

Le garçon fait la grimace, jette un regard à son nouvel ami, garde le silence.

« Ce n'est pas une mince affaire de devenir violoniste. Tu n'y arriveras pas si tu n'y mets pas tout ton cœur. » Il se tourne vers la mère de Fidel. « Est-ce que je peux vous demander combien vous faites payer ? »

Elle lui lance un regard surpris.

« Je ne fais pas payer, dit-elle. Je le fais pour la musique. »

Elle s'appelle Elena. Ce n'est pas le nom qu'il aurait deviné. Il aurait plutôt pensé à Manuela, ou même à Lourdes.

Il invite Fidel et sa mère pour une promenade en bus dans la Nouvelle Forêt, une sortie qu'Álvaro a recommandée (« C'était autrefois une plantation, mais on l'a laissée retourner à l'état sauvage – ça vous plaira »). Depuis le terminus, les deux garçons font la course sur le chemin, tandis qu'Elena et lui flânent en arrière.

« Vous avez beaucoup d'élèves ? lui demande-t-il.

– Oh, je ne suis pas une vraie prof de musique. J'ai juste quelques enfants que j'aide à apprendre les rudiments.

– Comment gagnez-vous votre vie si vous ne faites pas payer ?

– Je prends des travaux de couture. Une chose ou l'autre. Je reçois une petite allocation de l'Asistencia. J'ai assez. Il y a des choses plus importantes que l'argent.

– Vous voulez dire la musique ?

– La musique, oui, mais aussi comment on vit. Comment on doit vivre. »

Une bonne réponse, une réponse sérieuse, une réponse philosophique. Pendant un moment, il reste silencieux.

« Est-ce que vous voyez beaucoup de monde ? demande-t-il. Je veux dire… » Il se jette à l'eau : « Est-ce qu'il y a un homme dans votre vie ? »

Elle fronce les sourcils.

« J'ai des amis, des hommes et des femmes. Je ne fais pas de différence entre eux. »

Le chemin se fait plus étroit. Elle passe devant ; il se retrouve derrière, observant le balancement de ses hanches. Il préfère les femmes avec plus de chair sur les os. Néanmoins, Elena lui plaît.

« Quant à moi, ce n'est pas une différence à laquelle je souhaiterais renoncer », dit-il.

Elle ralentit pour le laisser la rattraper et le regarde bien en face.

« Personne ne devrait avoir à renoncer à ce qui est important pour lui », dit-elle.

Les deux garçons reviennent, à bout de souffle après leur course, respirant la santé.

« Est-ce qu'on a quelque chose à boire ? » demande Fidel.

Ce n'est que dans l'autobus, sur le chemin du retour, qu'il a une autre occasion de parler à Elena.

« Je ne sais pas ce qu'il en est pour vous, dit-il, mais le passé n'est pas mort en moi. Les détails se sont peut-être brouillés, pourtant le sentiment de ce qu'était la vie reste bien vif. Les hommes et les femmes, par exemple : vous dites que vous êtes maintenant au-delà de ces distinctions ; moi pas. Je me sens encore un homme, et je vous perçois comme une femme.

– Je suis d'accord. Les hommes et les femmes sont différents. Ils ont des rôles différents à jouer. »

Les deux garçons, sur le siège devant eux, parlent ensemble à voix basse et ricanent. Il prend la main d'Elena dans la sienne. Elle ne se dégage pas. Cependant, à la manière inscrutable dont le corps s'exprime, sa main répond. Elle meurt dans son étreinte comme un poisson sorti de l'eau.

« Est-ce que je peux vous demander, dit-il, si vous êtes au-delà d'éprouver quoi que ce soit pour un homme ?

– Ce n'est pas que je n'éprouve rien, répond-elle lentement, pesant ses mots. Au contraire, j'éprouve de la bonne volonté, beaucoup de bonne volonté. Envers vous et votre fils. De la chaleur et de la bonne volonté.

– Par "bonne volonté", vous voulez dire que vous nous souhaitez du bien ? J'ai du mal à saisir ce concept. Vous éprouvez de la bienveillance envers nous ?

– Oui, exactement.

– La bienveillance, il faut que je vous le dise, est ce que nous ne cessons de rencontrer ici. Tout le monde nous veut du bien, tout le monde est bien disposé envers nous. Nous planons vraiment sur un nuage de bonne volonté. Mais tout cela reste un peu abstrait. Est-ce que la bonne volonté, à elle seule, peut satisfaire nos besoins ? N'est-il pas dans notre nature d'aspirer à quelque chose de plus tangible ? »

D'un geste délibéré, Elena retire sa main de la sienne.

« Vous voulez peut-être plus que de la bonne volonté ; mais ce que vous voulez vaut-il mieux que de la bonne volonté ? C'est ce que vous devriez vous demander. » Elle marque une pause. « Vous parlez toujours de David comme "le garçon". Pourquoi n'utilisez-vous pas son nom ?

– David est le nom qu'ils lui ont donné au camp. Il ne l'aime pas, il dit que ce n'est pas son vrai nom. J'essaie de ne pas l'utiliser, sauf si j'y suis obligé.

– C'est assez facile de changer de nom, vous savez. Vous allez au bureau d'enregistrement et vous remplissez un formulaire de changement de nom. C'est tout. On ne vous pose pas de questions. » Elle se penche en avant. « Alors, vous deux, qu'est-ce que vous marmonnez ? » demande-t-elle aux enfants.

Son fils lui sourit, met son doigt sur ses lèvres, comme si ce qui les occupait tous les deux était une affaire secrète.

L'autobus les dépose devant les Barres.

« J'aurais aimé vous inviter à prendre une tasse de thé, dit Elena, malheureusement, c'est l'heure du bain et du dîner de Fidel.

– Je comprends, dit-il. Au revoir, Fidel. Merci pour la promenade. On a passé un bon moment. »

« Vous avez l'air de bien vous entendre, Fidel et toi, dit-il au garçon quand ils se retrouvent seuls.

– C'est mon meilleur ami.

– Alors, comme ça, Fidel éprouve de la bonne volonté envers toi ?

– Plein de bonne volonté.

– Et toi ? Tu éprouves aussi de la bonne volonté ? »

Le garçon hoche vigoureusement la tête.

« Et quoi d'autre en dehors de ça ? »

Le garçon le regarde, perplexe.

« Rien. »

Alors voilà, de la bouche même des tout-petits et des nourrissons. De la bonne volonté viennent l'amitié et le bonheur, des pique-niques en bonne compagnie dans le parc, ou des promenades en bonne compagnie dans la forêt. Alors que de l'amour, ou du moins du désir dans ses manifestations les plus pressantes, nous viennent la frustration, le doute, les peines de cœur. Aussi simple que ça.

Et, de toute façon, qu'est-ce qu'il a en tête avec Elena, une femme qu'il connaît à peine, la mère du nouvel ami de l'enfant ? Espère-t-il la séduire parce que, dans des souvenirs qui ne sont pas tout à fait perdus pour lui, se séduire mutuellement est quelque chose que font les hommes et les femmes ? Tient-il à la primauté de ce qui est personnel (le désir, l'amour) sur ce qui est universel (la bonne volonté, la bienveillance) ? Et pourquoi ne cesse-t-il de se poser des questions, au lieu de simplement vivre, comme tout le monde ? Est-ce que tout ça fait partie d'une transition bien trop tardive entre ce qui est ancien et confortable (le personnel) et ce qui est nouveau et dérangeant (l'universel) ? Est-ce que cette série d'auto-interrogations n'est rien d'autre qu'une phase dans le développement de chaque nouvel arrivant, une phase que des gens comme Álvaro, Ana et Elena ont à présent dépassée avec succès ? Si c'est le cas, combien de temps devra-t-il attendre avant d'émerger, comme un homme nouveau, parachevé ?

Chapitre 8

« L'autre jour vous me parliez de la bonne volonté, la bonne volonté comme un baume universel pour tous nos maux, dit-il à Elena. Mais est-ce qu'il ne vous arrive pas parfois d'éprouver le manque des bons vieux contacts physiques ? »

Ils sont dans le parc, à côté d'un champ sur lequel se jouent dans le désordre une demi-douzaine de matchs de football. Fidel et David ont été admis à participer à l'un des matchs, bien qu'en fait ils soient trop jeunes. Ils s'appliquent à aller et venir avec les autres joueurs, mais on ne leur passe jamais le ballon.

« Quelqu'un qui élève un enfant ne manque pas de contacts physiques, répond Elena.

– Par "contacts physiques" je veux dire autre chose. Je veux dire aimer et être aimé. Je veux dire dormir avec quelqu'un tous les soirs. Ça ne vous manque pas ?

– Est-ce que ça me manque ? Je ne suis pas le genre de personne que les souvenirs font souffrir, Simón. Ce dont vous parlez me semble très loin. Et – si par "dormir avec quelqu'un" vous parlez du sexe – aussi étrange. C'est une préoccupation étrange.

– Mais sûrement il n'y a rien de mieux que le sexe

pour rapprocher les gens. Le sexe nous rapprocherait, vous et moi, par exemple. »

Elena se détourne.

« Fidelito ! crie-t-elle en faisant un signe de la main. Viens, il faut rentrer maintenant ! »

Est-ce qu'il se trompe ou est-ce qu'il a vu ses joues rougir ?

En vérité, il ne trouve Elena que modérément séduisante. Il n'aime pas son physique osseux, sa forte mâchoire, ses dents proéminentes. Mais il est un homme, et elle une femme, et l'amitié des deux garçons ne cesse de les rapprocher l'un de l'autre. Ainsi, même si elle l'a poliment envoyé promener à plusieurs reprises, il continue à se permettre quelques petites libertés, des libertés qui semblent plus l'amuser que la fâcher. Bon gré mal gré, il se laisse aller à rêvasser d'un coup du sort favorable qui pousserait Elena dans ses bras.

Ledit coup du sort, lorsqu'il arrive, prend la forme d'une panne d'électricité. Les coupures de courant ne sont pas rares dans la ville. Elles sont d'ordinaire annoncées un jour à l'avance, et concernent soit les habitations des numéros pairs, soit celles des numéros impairs. Dans le cas des Barres, elles affectent indifféremment les bâtiments pairs et impairs, selon un roulement.

Ce soir-là, cependant, il n'y a pas de préavis, rien que Fidel qui frappe à la porte, demandant s'il peut venir faire ses devoirs parce qu'il n'y a pas de lumière électrique chez eux.

« Est-ce que tu as déjà dîné ? » demande-t-il au garçon.

Fidel fait non de la tête.

« Retourne chez toi tout de suite. Dis à ta mère que vous êtes invités à souper, elle et toi. »

Le souper qu'il leur sert n'est rien d'autre que du pain et de la soupe (de l'orge et du potiron qu'il a fait bouillir avec une boîte de haricots en conserve ; il n'a pas encore trouvé un magasin qui vende des épices), mais cela fait l'affaire. Fidel a bientôt fini ses devoirs. Les deux garçons s'installent avec des livres d'images ; puis, tout à coup, comme s'il avait été assommé, Fidel s'endort.

« Il a toujours été comme ça, depuis qu'il est tout petit, dit Elena. Rien ne le réveillera. Je vais le porter jusqu'à la maison et le mettre au lit. Merci pour le repas.

– Vous ne pouvez pas retourner dans cet appartement sans lumière. Passez la nuit ici. Fidel peut partager le lit de David. Je dormirai sur une chaise. J'ai l'habitude. »

C'est un mensonge, il n'a pas l'habitude de dormir sur des chaises, et sur la petite chaise de cuisine au dossier droit il doute qu'un être humain puisse dormir. Mais il ne donne pas à Elena l'occasion de refuser.

« Vous savez où est la salle de bains. Voici une serviette. »

Quand lui-même revient de la salle de bains, elle est dans son lit, et les deux garçons dorment côte à côte. Il s'enveloppe dans la couverture de secours et éteint la lumière.

Pendant un moment, c'est le silence. Puis, dans le noir, elle parle :

« Je suis sûre que vous n'êtes pas à votre aise. Je peux vous faire de la place. »

Il se glisse dans le lit. Sans bruit, discrètement, ils s'acquittent du rapport sexuel, en tenant compte des enfants endormis à deux pas de là.

Ce n'est pas ce qu'il espérait. Chez elle, le cœur n'y

est pas, il le sent tout de suite ; quant à lui, la réserve de désir étouffé sur laquelle il comptait se révèle n'être qu'une illusion.

« Vous voyez ce que je veux dire ? » dit-elle quand ils en ont fini. Elle lui passe un doigt sur les lèvres. « Ça ne nous avance pas à grand-chose, n'est-ce pas ? »

Est-ce qu'elle a raison ? Est-ce qu'il devrait considérer cet épisode et faire ses adieux au sexe, comme Elena semble l'avoir fait ? Peut-être. Mais rien que de tenir une femme dans ses bras, même si ce n'est pas une beauté, lui donne de l'allant.

« Je ne suis pas d'accord, répond-il tout bas. En fait, je crois que vous avez bien tort. » Il marque une pause. « Vous ne vous êtes jamais demandé si le prix que nous payons pour cette nouvelle vie, le prix de l'oubli, n'est pas trop fort ? »

Elle ne répond pas. Elle remet de l'ordre dans ses sous-vêtements et lui tourne le dos.

Bien qu'ils ne vivent pas ensemble, il se plaît à penser à lui et Elena, après cette première nuit partagée, comme à un couple, ou un couple en train de se former, et donc aux deux garçons comme à deux frères ou demi-frères. Tous les quatre prennent peu à peu l'habitude de partager leur repas du soir ; durant le week-end, ils vont faire des courses, ou font un pique-nique ou une excursion à la campagne. Et bien que lui et Elena ne passent pas une autre nuit ensemble, de temps à autre, quand les garçons ne sont pas là, elle lui permet de lui faire l'amour. Il commence à s'habituer à son corps, à ses hanches saillantes, à ses tout petits seins. Elle a peu d'attirance sexuelle pour lui, c'est clair ; mais il aime penser qu'à force de lui faire l'amour il ressuscite, petit à petit, avec patience, il ramène à la vie le corps d'une femme qui est pratiquement mort.

Quand elle l'invite à lui faire l'amour, elle n'y met pas la moindre coquetterie. « Si tu veux, on peut faire ça maintenant », dit-elle, et elle ferme la porte et se déshabille.

Cette attitude terre à terre aurait pu autrefois le décourager, tout comme son manque de réaction aurait pu l'humilier. Mais il décide qu'il ne se laissera ni décourager ni humilier. Il acceptera ce qu'elle offre aussi volontiers et avec autant de reconnaissance qu'il le peut.

D'ordinaire, elle parle de l'acte sexuel en disant simplement « on le fait », mais quand elle veut le taquiner elle emploie l'expression « faire fondre » : « Si tu veux, tu peux essayer encore un coup de me faire fondre. » Il a laissé échapper l'expression une fois dans un moment d'inattention : « Laisse-moi te faire fondre ! » L'idée de fondre pour retrouver la vie lui a alors paru, à elle, et continue à lui paraître, extrêmement drôle.

Entre eux deux se développe sinon de l'intimité, du moins une amitié qui lui semble plutôt solide et sûre. Est-ce que leur amitié aurait grandi de toute façon, du fait de l'amitié entre les deux garçons et des nombreuses heures qu'ils passent ensemble, ou est-ce que « le faire » y est pour quelque chose, il ne saurait le dire.

Est-ce ainsi, se demande-t-il, que se constituent les familles, ici, dans ce nouveau monde, fondées sur l'amitié plutôt que sur l'amour ? Être simplement ami avec une femme n'est pas une situation qui lui est familière. Mais il en voit les avantages. Il peut même, en restant prudent, y trouver du plaisir.

« Parle-moi du père de Fidel, demande-t-il à Elena.

– Je ne me rappelle pas grand-chose de lui.

– Mais il a bien dû avoir un père.

– Bien sûr.

– Est-ce que le père était un peu comme moi ?

– Je ne sais pas. Je ne peux pas dire.

– Est-ce que – ce n'est qu'une hypothèse – tu pourrais considérer quelqu'un comme moi comme un mari ?

– Quelqu'un comme toi ? Comme toi de quel point de vue ?

– Est-ce que tu épouserais quelqu'un comme moi ?

– Si c'est ta façon de me demander si je voudrais t'épouser, la réponse est oui, je t'épouserais. Ce serait une bonne chose pour David et Fidel, pour l'un et l'autre. Quand voudrais-tu faire ça ? Parce que le bureau des mariages n'est ouvert qu'en semaine. Est-ce que tu peux te libérer ?

– Je suis sûr que oui. Notre contremaître est très compréhensif. »

Après cette offre bizarre, et cette acceptation étrange (qu'il laisse sans suite), il commence à sentir une certaine méfiance chez Elena, et une tension nouvelle dans leurs relations. Mais il ne regrette pas sa demande. Il cherche sa voie. Il se fait une nouvelle vie.

« Quelle serait ta réaction, lui demande-t-il un autre jour, si je voyais une autre femme ?

– Par "voir", tu veux dire avoir des rapports sexuels ?

– Peut-être.

– Et à qui penses-tu ?

– À personne en particulier. Je ne fais qu'envisager des possibilités.

– Des possibilités ? N'est-il pas temps pour toi de rester tranquille ? Tu n'es plus un jeune homme. »

Il se tait.

« Tu me demandes comment je réagirais. Tu veux une réponse brève ou une réponse élaborée ?

– Une réponse élaborée. Aussi élaborée que possible.

– Très bien. Notre amitié est bonne pour les garçons, nous pouvons tomber d'accord là-dessus. Ils sont devenus proches. Ils voient en nous des présences protectrices, ou même une présence protectrice unie. De sorte que ce ne serait pas bon pour eux si notre amitié devait se terminer. Je ne vois pas pourquoi il devrait en être ainsi simplement parce que tu vois une autre femme hypothétique. Cependant, je soupçonne qu'avec cette femme tu voudras mener la même expérience que celle à laquelle tu t'es livré avec moi, et qu'au cours de cette relation tu perdras le contact avec Fidel et moi. Je vais donc te dire haut et clair quelque chose que j'aurais espéré te voir comprendre de toi-même. Tu veux voir cette autre femme parce que je ne te donne pas ce dont tu penses avoir besoin, à savoir les déchaînements de la passion. La seule amitié, ce n'est pas assez bon pour toi. Si elle n'est pas accompagnée des déchaînements de la passion, il y manque pour ainsi dire quelque chose. Pour moi, c'est une façon de penser dépassée. Avec cette ancienne façon de penser, si comblé que l'on soit, il manque toujours quelque chose. Le nom que tu choisis de donner à ce quelque chose de plus qui manque est "passion". Pourtant, je suis prête à parier que si demain on t'offrait toute la passion que tu veux – de la passion en veux-tu en voilà – tu ne tarderais pas à trouver quelque chose d'autre qui te fait défaut. Cette dissatisfaction sans fin, ce désir ardent pour le quelque chose d'autre qui manque toujours, est une façon de penser dont nous sommes bien débarrassés, à mon avis. Rien ne manque. Ce rien qui te paraît manquer est une illusion. Tu vis dans une illusion. Voilà. Tu voulais une réponse détaillée, et je t'en ai donné une. Est-ce que ça suffit ou te faut-il quelque chose de plus ? »

C'est une chaude journée, ce jour où il a sa réponse en détail. La radio joue doucement ; ils sont chez elle, allongés sur son lit, tout habillés.

« Pour ma part… » commence-t-il.

Mais Elena l'interrompt :

« Chut. On ne parle plus, du moins pour aujourd'hui.

– Pourquoi pas ?

– Parce qu'on va se mettre à se chamailler, et je ne veux pas de ça. »

Alors ils se taisent et, étendus côte à côte en silence, ils écoutent tantôt le cri rauque des mouettes qui survolent la cour, tantôt les garçons qui rient dans leurs jeux, tantôt la musique à la radio dont les accents ininterrompus, mesurés et mélodieux autrefois le calmaient mais ne font aujourd'hui que l'irriter.

Ce qu'il veut dire, pour sa part, c'est que la vie ici est trop tranquille, manque trop de hauts et de bas, de drame et de tension – c'est en fait trop comme cette musique à la radio. « *Anodina* » : est-ce que c'est un mot espagnol ?

Il se rappelle avoir un jour demandé à Álvaro pourquoi il n'y avait jamais de nouvelles à la radio. « Des nouvelles de quoi ? » avait demandé Alvaro. « Des nouvelles de ce qui se passe dans le monde », avait-il répondu. « Ah, avait dit Álvaro. Il se passe quelque chose ? » Comme auparavant, il aurait facilement soupçonné un trait d'ironie. Mais non, rien de tel.

Álvaro ne fait pas dans l'ironie. Ni Elena. Elena est une femme intelligente, mais elle ne voit pas ce qu'il y a de double dans le monde, elle ne voit pas la différence entre l'apparence des choses et ce qu'elles sont réellement. Une femme intelligente, une femme admirable aussi, qui a fait d'une vie matérielle des plus étriquées – travaux de couture, leçons de musique, tâches ménagères – une vie nouvelle, une vie à laquelle elle prétend – à juste titre ? – qu'il ne manque rien. Même chose avec Álvaro et les dockers : il ne décèle chez eux aucune aspiration secrète, aucun désir lancinant d'un autre genre d'existence. Lui seul est l'exception, lui, l'insatisfait, l'inadapté. Quel est donc son problème ? N'est-ce, comme le dit Elena, que l'ancienne façon de penser et de sentir qui n'est pas encore morte en lui, qui s'agite et se rebiffe dans ses dernières affres ?

Les choses ici n'ont pas le poids qu'elles méritent : voilà ce qu'en fin de compte il aimerait dire à Elena. La musique que nous entendons manque de poids. Notre façon de faire l'amour manque de poids. Ce que nous mangeons, ce régime monotone de pain, manque de substance – de la substance de la chair animale, doublée de toute la gravité de la saignée et du sacrifice. Nos mots mêmes manquent de poids, ces mots espagnols qui ne nous viennent pas du cœur.

Le morceau de musique s'achève en beauté. Il se lève.

« Il faut que j'y aille, dit-il. Tu te rappelles que tu m'as dit l'autre jour que tu ne souffrais pas de souvenirs ?

– J'ai dit ça ?

– Oui, tu as dit ça. Nous étions en train de regarder

le match de football dans le parc. Eh bien, je ne suis pas comme toi. Je souffre de souvenirs, ou de l'ombre de souvenirs. Je sais que nous sommes tous censés nous être lavés du passé lors de la traversée jusqu'ici. Et c'est vrai que le répertoire auquel je peux me référer est limité. Mais ces ombres s'attardent, tout de même. Voilà ce dont je souffre. Sauf que je n'emploie pas le mot "souffrir". Je m'accroche à elles, à ces ombres.

– C'est bien, dit Elena. Il faut de tout pour faire un monde. »

Fidel et David entrent en trombe dans la pièce, les joues rouges, en nage, pleins de vie.

« Est-ce qu'il y a des biscuits ? demande Fidel.

– Dans le bocal, dans le placard », dit Elena.

Les deux garçons disparaissent dans la cuisine.

« Vous vous amusez bien ? leur lance Elena.

– Ouais, dit Fidel.

– C'est bien », dit Elena.

Chapitre 9

« Comment ça marche, les leçons de musique ? Ça te plaît ?

– Mmoui. Tu sais quoi ? Quand Fidel sera grand il va s'acheter un petit, un tout petit violon… » il montre la petite taille du violon : pas plus large que ses deux mains « … et il mettra un costume de clown et il jouera du violon au cirque. Est-ce qu'on peut aller au cirque ?

– La prochaine fois que le cirque viendra en ville, on pourrait y aller tous ensemble. On pourrait inviter Álvaro, et peut-être Eugenio aussi. »

Le garçon fait la moue.

« Je ne veux pas d'Eugenio avec nous. Il dit des choses sur mon compte.

– Il n'a dit qu'une chose, que tu avais le diable dans la peau, et ce n'était qu'une façon de parler. Il voulait dire qu'il y a en toi une étincelle qui te rend bon aux échecs. Un petit diable.

– Je l'aime pas.

– Bon, on n'invitera pas Eugenio. En dehors des gammes, qu'est-ce que tu apprends dans tes leçons de musique ?

– J'apprends à chanter. Tu veux m'entendre chanter ?

– Je voudrais bien. Je ne savais pas qu'Elena enseignait le chant. Elle ne cesse de me surprendre. »

Ils sont dans l'autobus et quittent la ville pour la campagne. Bien qu'il y ait plusieurs autres passagers, le garçon, sans aucune timidité, se met à chanter. De sa jeune voix claire il entonne :

Wer reitet so spät durch Dampf und Wind ?
Er ist der Vater mit seinem Kind ;
Er halt den Knaben in dem Arm,
Er füttert ihn Zucker, er küsst ihm warm.

« C'est tout. C'est de l'anglais. Est-ce que je peux apprendre l'anglais ? Je ne veux plus parler espagnol. Je déteste l'espagnol.

– Ton espagnol est très bon. Et tu chantes très bien aussi. Peut-être tu seras chanteur quand tu seras grand.

– Non, je veux être illusionniste dans un cirque. Qu'est-ce que ça veut dire *"Wer reitet so"* ?

– Je ne sais pas. Je ne parle pas anglais.

– Est-ce que je peux aller à l'école ?

– Il va falloir attendre un petit peu pour ça, jusqu'à ton prochain anniversaire. Alors tu pourras aller à l'école avec Fidel. »

Ils descendent à l'arrêt marqué TERMINUS, où l'autobus fait demi-tour. La carte qu'il a trouvée à l'arrêt d'autobus indique des pistes et des chemins qui montent dans les collines ; son intention est de suivre un chemin tortueux qui mène à un lac marqué d'une étoile, ce qui veut dire qu'il y a une vue panoramique.

Ils ont été les derniers à descendre de l'autobus, et sont les seuls promeneurs sur le chemin. Le paysage qu'ils traversent est désert. Bien que la terre semble riche et fertile, il n'y a aucun signe d'habitation.

« Quelle paix ici dans la campagne ! » fait-il remarquer au garçon, alors qu'en vérité le vide lui paraît plus lugubre que paisible.

Ce serait mieux s'il y avait des animaux qu'il pourrait lui montrer, des bœufs, des moutons ou des cochons, occupés à leur vie d'animaux. Même des lapins feraient l'affaire.

De temps à autre, ils aperçoivent des oiseaux en plein vol, mais trop loin ou trop haut dans le ciel pour savoir exactement ce qu'ils sont.

« Je suis fatigué », déclare le garçon.

Il regarde la carte. Ils sont à mi-chemin du lac, lui semble-t-il.

« Je vais te porter un peu, le temps que tu reprennes des forces. » Il met le garçon sur ses épaules. « Et tu signales haut et fort quand tu vois un lac. En fait, tu signales si tu vois de l'eau. Ou si tu vois des paysans. »

Ils poursuivent leur route. Mais soit il a mal lu la carte, soit la carte est inexacte, car après une montée abrupte, et une descente tout aussi raide, la piste se termine brusquement au pied d'un mur de briques et d'un portail rouillé envahi par le lierre. À côté du portail, une pancarte délavée. Il écarte le lierre.

« "La Residencia", lit-il.

– Qu'est-ce que c'est une *residencia* ? demande le garçon.

– C'est une maison, une belle demeure. Mais celle-ci n'est peut-être rien d'autre qu'une ruine.

– On peut aller voir ? »

Ils essaient d'ouvrir le portail, sans succès. Comme

ils sont sur le point de faire demi-tour, leur parvient, porté par la brise, un léger bruit de rires. Ils suivent le son, se font un chemin dans d'épaisses broussailles, et arrivent à un endroit où le mur de briques fait place à une haute clôture en fil de fer. De l'autre côté de cette clôture il y a un court de tennis, et sur le court trois joueurs, deux hommes et une femme, vêtus de blanc. Les hommes en chemise et pantalons longs, la femme dans une vaste jupe et un corsage au col relevé, coiffée d'une casquette à visière verte.

Les hommes sont grands, larges d'épaules, étroits des hanches. Ils ont l'air d'être frères, frères jumeaux, peut-être. La femme fait équipe avec l'un d'eux contre l'autre. Ce sont tous les trois des joueurs expérimentés, il voit ça tout de suite, adroits, le pied rapide. L'homme qui joue seul est particulièrement habile, il se défend sans difficulté.

« Qu'est-ce qu'ils font ? demande le garçon à voix basse.

– C'est un jeu, répond-il tout bas. Ça s'appelle le tennis. Tu essaies de frapper la balle au-delà de ton adversaire. C'est comme marquer un but au football. »

La balle vient heurter la palissade. Se retournant pour la récupérer, la femme les voit.

« Bonjour », dit-elle.

Et elle adresse un sourire au garçon.

Il se sent parcouru d'une émotion. Qui est cette femme ? Son sourire, sa voix, sa façon de bouger – il y a en elle quelque chose qui lui est vaguement familier.

« Bonjour, dit-il, la gorge sèche.

– Tu viens, Inés ! appelle son partenaire. Balle de jeu ! »

Ils n'échangent rien de plus. En fait, quand une minute plus tard son partenaire vient récupérer une balle, il leur lance un regard noir, pour leur faire savoir clairement qu'ils ne sont pas les bienvenus, même pour les regarder jouer.

« J'ai soif », dit le garçon à voix basse.

Il lui tend la bouteille d'eau qu'il a apportée.

« On n'a rien d'autre ?

– Qu'est-ce qu'il te faut ? Du nectar ? » dit-il d'une voix sifflante.

Mais il regrette immédiatement de s'être irrité. Il sort de son sac une orange, déchire la peau pour y faire un trou. Le garçon la suce avidement.

« C'est mieux ? »

Le garçon fait signe que oui.

« Est-ce qu'on va à la Residencia ?

– Ce doit être la Residencia. Le court de tennis doit faire partie de la propriété.

– On peut entrer ?

– On peut essayer. »

Laissant les joueurs de tennis derrière eux, ils s'enfoncent dans les broussailles, le long du mur, et débouchent sur un chemin de terre qui mène à deux hautes portes de fer. À travers les barreaux et les arbres, ils aperçoivent une bâtisse imposante de pierre brune.

Les portes sont tirées mais pas fermées à clé. Ils se glissent au-delà et se retrouvent dans une allée. Ils avancent, des feuilles mortes jusqu'aux chevilles. Un panneau avec une flèche les dirige vers une entrée sous une arche qui donne sur une cour au centre de laquelle se dresse une statue de marbre : la silhouette plus grande que nature d'une femme, ou peut-être d'un ange, drapée dans une robe, le regard fixé sur l'horizon, tenant à bout de bras une torche qui flamboie.

« Bonjour, monsieur, dit une voix. Je peux faire quelque chose pour vous ? »

Celui qui parle est un vieillard, le visage ridé, le dos courbé. Il porte un uniforme noir fané ; il est sorti d'un petit bureau, ou d'une guérite, situé dans l'entrée.

« Oui. Nous arrivons de la ville. Je me demandais si je pouvais dire un mot à l'un de vos résidents, une dame qui joue au tennis, derrière la propriété.

– Est-ce que la dame en question souhaiterait vous parler, monsieur ?

– Je pense que oui. J'ai quelque chose d'important à discuter avec elle. Une affaire de famille. Mais nous pouvons attendre la fin de la partie.

– Et le nom de la dame ?

– Je ne saurais vous le dire, parce que je ne le connais pas. Mais je peux vous la décrire. Je dirais qu'elle a la trentaine environ. Elle est de taille moyenne, avec des cheveux sombres, soigneusement tirés en arrière. Elle est en compagnie de deux hommes jeunes. Elle est habillée de blanc.

– Il y a à la Residencia un certain nombre de dames qui correspondent à cette description, monsieur, et plusieurs d'entre elles jouent au tennis. Le tennis est une forme de divertissement qui plaît beaucoup. »

Le garçon lui tire la manche.

« Parle-lui du chien, murmure-t-il.

– Le chien ?

– Oui, le chien qu'ils avaient avec eux.

– Mon jeune ami me dit qu'ils ont un chien. »

Lui-même ne se rappelle pas avoir vu un chien.

« Aha ! » dit le portier.

Il retourne dans sa tanière, tirant la porte de verre sur lui. Dans la lumière faible, ils le voient fourgonner dans des papiers. Puis il prend un téléphone, fait un numéro, écoute, repose le récepteur.

« Désolé, monsieur, pas de réponse.

– C'est parce qu'elle est sur le court de tennis. Est-ce que nous ne pouvons pas tout simplement aller jusqu'au court ?

– Désolé, monsieur, ce n'est pas autorisé. Nos équipements ne sont pas ouverts aux visiteurs.

– Alors est-ce que nous pouvons attendre ici qu'elle ait fini sa partie ?

– Si vous voulez.

– Est-ce que nous pouvons nous promener dans le jardin, en attendant ?

– Si vous voulez. »

Ils s'éloignent et font un tour dans le jardin mal entretenu.

« Qui est cette dame ? demande le garçon.

– Tu ne l'as pas reconnue ? »

Le garçon fait signe que non.

« Tu n'as rien senti d'étrange dans ta poitrine quand elle nous a dit bonjour – quelque chose qui te remuait le cœur, comme si tu l'avais déjà vue, ailleurs ? »

Le garçon, indécis, fait non de la tête.

« Je te demande ça parce que cette dame est peut-être bien la personne que nous cherchons. Du moins, c'est l'impression que j'ai.

– Est-ce qu'elle va être ma mère ?

– Je ne suis pas sûr. Il va falloir lui demander. »

Ils finissent de faire le tour du jardin. De retour devant la guérite du portier, il frappe à la vitre.

« Vous voulez bien essayer de rappeler cette dame ? »

Le portier fait un numéro. Cette fois, on répond.

« Il y a un monsieur au portail qui voudrait vous voir, entend-il. Oui. Oui… » Il se tourne vers eux.

« Vous avez bien dit qu'il s'agissait d'une affaire de famille, n'est-ce pas, monsieur ?

– Oui, une affaire de famille.

– Et votre nom ?…

– Le nom est sans importance. »

Le portier referme la porte et reprend sa conversation. Il finit par sortir de sa tanière.

« La dame va vous voir, dit-il, mais il y a une légère difficulté : les enfants ne sont pas admis dans la Residencia. Je crains que votre petit garçon ne soit obligé d'attendre ici.

– C'est bizarre. Pourquoi est-ce que les enfants ne sont pas admis ?

– Pas d'enfants dans la Residencia, monsieur : c'est le règlement. Je ne fais pas le règlement, je l'applique. Il va falloir qu'il reste ici pendant que vous faites votre visite pour affaires de famille.

– Est-ce que tu veux bien rester avec ce monsieur ? Je serai de retour aussi vite que possible.

– Non, je ne veux pas. Je veux venir avec toi.

– Je comprends bien. Mais je suis sûr que dès que la dame saura que tu attends ici elle voudra venir et te rencontrer. Alors tu fais un grand sacrifice, tu restes avec ce monsieur, juste un petit moment.

– Tu vas revenir ? Tu promets ?

– Bien sûr. »

Le garçon se tait, détourne les yeux.

« Est-ce que vous ne pouvez pas faire une exception dans ce cas ? demande-t-il au portier. Il ne fera pas de bruit, il ne dérangera personne.

– Désolé, monsieur, pas d'exception. Où irions-nous si on se mettait à faire des exceptions ? Bientôt, tout un chacun voudrait être une exception et le règlement irait à vau-l'eau, n'est-ce pas ?

– Tu peux jouer dans le jardin. Il peut jouer dans le jardin, n'est-ce pas ?

– Certainement.

– Va grimper à un arbre. Il y a beaucoup d'arbres où grimper. Je serai de retour en un rien de temps. »

Suivant les instructions du portier, il traverse la cour carrée, passe une deuxième entrée et frappe à une porte sur laquelle est inscrit le mot Una. Pas de réponse. Il entre.

Il se trouve dans une salle d'attente. La tapisserie sur les murs est ornée d'un motif représentant une lyre et un lys, vert pâle. Des lampes dissimulées éclairent discrètement le plafond. Il y a un canapé en imitation cuir blanc et deux fauteuils. Sur une petite table près de la porte sont posés une demi-douzaine de bouteilles et toutes sortes de verres.

Il s'assied, attend. Les minutes passent. Il se lève et va jeter un coup d'œil dans le couloir. Aucun signe de vie. Distraitement, il examine les bouteilles. Cream Sherry, Dry Sherry, Vermouth. Niveau d'alcool : 4 %. Oblivedo. Où est Oblivedo ?

Puis tout à coup elle est là, dans sa tenue de tennis, d'une stature plus lourde qu'elle ne lui a semblé sur le court, presque forte. Elle porte une assiette qu'elle pose sur la table. Sans le saluer, elle s'assied sur le canapé. Croise les jambes sous sa longue jupe.

« Vous vouliez me voir ? dit-elle.

– Oui. » Son cœur bat la chamade. « Merci d'être

venue. Je m'appelle Simón. Vous ne me connaissez pas, je n'ai aucune importance. Je viens de la part de quelqu'un d'autre, vous faire une proposition.

– Vous ne voulez pas vous asseoir ? Quelque chose à manger ? Un verre de sherry ? »

D'une main peu sûre, il se verse un verre de sherry et prend un petit canapé minable. Du concombre. Il s'assied face à elle et d'un trait boit le verre d'alcool sucré. Ça lui monte immédiatement à la tête. La tension retombe, les mots lui viennent précipitamment.

« J'ai amené quelqu'un avec moi. En fait, c'est l'enfant que vous avez vu sur le court de tennis. Il est dehors, il attend. Le portier n'a pas voulu le laisser entrer. Parce que c'est un enfant. Voulez-vous venir et faire sa connaissance ?

– Vous avez amené un enfant pour me rencontrer ?

– Oui. » Il se lève et se verse un autre verre de sherry, qui lui délie la langue. « Je suis navré – cela doit vous sembler embrouillé, des inconnus qui arrivent sans s'annoncer. Mais je ne saurais vous dire combien c'est important. Nous avons été… »

La porte s'ouvre brusquement et le garçon en personne se trouve devant eux, haletant, hors d'haleine.

Il lui fait un signe.

« Approche-toi. Est-ce que tu reconnais la dame, maintenant ? » Il se tourne vers elle. Elle a le visage crispé d'angoisse. « Est-ce qu'il peut vous prendre la main ? » Et au garçon : « Viens, prends la main de la dame. »

Le garçon reste là, sans bouger.

Maintenant, le portier lui-même arrive sur les lieux, visiblement contrarié.

« Je suis désolé, monsieur, mais ceci est contraire au règlement, comme je vous l'ai dit. Je dois vous demander de partir. »

Il se tourne vers la femme, pour faire appel à elle. Elle n'est sûrement pas obligée de se soumettre à ce portier et à son règlement. Mais elle ne prononce pas le moindre mot de protestation.

« Ayez un peu de cœur, dit-il au portier. Nous venons de loin. Et si nous allions tous au jardin ? Est-ce que ce serait contraire au règlement ?

– Non, monsieur. Mais sachez que les portes ferment à cinq heures précises. »

Il s'adresse à la femme :

« Est-ce que nous pouvons aller au jardin ? Je vous en prie. Donnez-moi l'occasion de vous expliquer. »

En silence, le garçon lui tenant la main, tous les trois traversent la cour jusqu'au jardin touffu.

« Cela a dû être un domaine magnifique, commente-t-il, essayant d'alléger l'atmosphère, s'efforçant de s'exprimer comme un adulte sain d'esprit. Dommage que le jardin soit aussi négligé.

– Nous n'avons qu'un seul jardinier à plein temps. C'est trop de travail pour lui.

– Et vous-même ? Cela fait longtemps que vous résidez ici ?

– Un bout de temps. Si nous prenons ce chemin, nous arrivons à une mare avec des poissons rouges. Ça plaira peut-être à votre fils.

– En fait, je ne suis pas son père. Je m'occupe de lui. Comme un gardien, en quelque sorte. Provisoirement.

– Où sont ses parents ?

– Ses parents… C'est justement pour ça que nous

sommes ici aujourd'hui. Le garçon n'a pas de parents, pas comme on l'entend d'habitude. Il s'est produit un incident malheureux, pendant la traversée jusqu'ici, sur le bateau. Une lettre qui aurait pu tout expliquer s'est perdue. Du coup, ses parents sont perdus, ou, plus précisément, c'est lui qui est perdu. Lui et sa mère se sont trouvés séparés, et nous essayons de la retrouver. Son père est une autre affaire. »

Ils sont arrivés à la mare promise, où il y a en effet des poissons rouges, des gros et des petits. Le garçon s'agenouille sur le bord et essaie de les attirer avec une branche de laîche.

« Permettez-moi d'être plus précis, dit-il à voix basse et rapide. Le garçon n'a pas de mère. Depuis que nous avons quitté le bateau nous la cherchons. Pourriez-vous envisager de le prendre ?

– Le prendre ?

– Oui. D'être une mère pour lui. D'être sa mère. Voudriez-vous le prendre comme votre fils ?

– Je ne comprends pas. En fait, je ne comprends rien du tout. Me suggérez-vous d'adopter votre garçon ?

– Pas l'adopter. Être sa mère, à plein titre. Chacun de nous n'a qu'une seule mère. Voulez-vous être cette mère unique pour lui ? »

Jusque-là elle l'a écouté attentivement. Mais maintenant elle se met à jeter autour d'elle des regards affolés, comme si elle espérait que quelqu'un, le portier ou un de ses partenaires de tennis, n'importe qui, vienne à son secours.

« Et sa vraie mère ? Où est-elle ? Est-ce qu'elle est encore en vie ? »

Il pensait que le garçon était trop occupé avec les

poissons pour les écouter. Mais voilà que tout d'un coup il met son grain de sel:

« Elle n'est pas morte !

– Et alors, où est-elle ? »

L'enfant se tait. Et pendant un moment lui aussi garde le silence. Puis il se met à parler:

« Je vous en prie, croyez-moi. Faites un acte de foi. Cette affaire n'a rien de simple. Le garçon n'a pas de mère. Ce que cela signifie, je ne saurais vous l'expliquer, parce que je ne me l'explique pas moi-même. Pourtant, je vous promets que si vous dites tout simplement "Oui", sans rien anticiper, sans arrière-pensée, tout vous paraîtra clair, comme de l'eau de roche. C'est ce que je crois. Donc: allez-vous accepter cet enfant comme le vôtre ? »

Elle jette un œil à son poignet, où elle n'a pas de montre.

« Il se fait tard. Mes frères vont m'attendre. »

Elle fait demi-tour et à grands pas, très vite, elle retourne vers la résidence, le bas de sa jupe faisant bruisser les hautes herbes.

Il lui court après.

« Je vous en prie ! Encore un instant. Tenez. Je vais vous écrire son nom. Il s'appelle David. C'est le nom sous lequel on le connaît, le nom qu'on lui a donné au camp. Et voilà notre adresse, juste en dehors de la ville, dans le Village Est. Je vous en prie, réfléchissez. »

Il lui met le bout de papier dans la main. Et la voilà partie.

« Elle ne veut pas de moi ? demande l'enfant.

– Mais si, bien sûr. Tu es un si joli garçon, si intelligent – qui ne voudrait pas de toi ? Mais il faut d'abord qu'elle se fasse à l'idée. Nous lui avons mis la graine dans la tête. Il faut maintenant être patients, et lui donner le temps de se développer. Tant que vous vous aimez, elle et toi, la graine va pousser et fleurir. Tu l'aimes bien, cette dame, n'est-ce pas ? Tu vois bien comme elle est gentille, gentille et douce. »

Le garçon se tait.

Quand ils finissent par retrouver leur chemin jusqu'au terminus, il fait presque nuit. Dans l'autobus, le garçon s'endort dans ses bras ; il faut qu'il le porte endormi de l'arrêt d'autobus jusqu'à l'appartement.

Au milieu de la nuit, il est tiré d'un profond sommeil. C'est le garçon, debout à côté de son lit, les joues ruisselantes de larmes.

« J'ai faim ! » se plaint-il.

Il se lève, fait chauffer un peu de lait et beurre une tranche de pain.

« Est-ce qu'on va aller habiter là-bas ? demande-t-il, la bouche pleine.

– À la Residencia ? Je ne pense pas. Il n'y aurait rien à faire pour moi. Je deviendrais comme une de ces abeilles qui bourdonnent autour de la ruche en attendant le moment du repas. Mais on parlera de tout ça demain matin. On a tout le temps.

– Je ne veux pas habiter là-bas. Je veux habiter ici, avec toi.

– Personne ne va t'obliger à habiter où tu ne veux pas. Allons, retournons nous coucher. »

Il s'assied à côté de l'enfant, le caresse doucement jusqu'à ce qu'il s'endorme. « Je veux habiter avec toi. » Et si ce souhait devenait une amère réalité ? A-t-il la trempe d'être à la fois père et mère de l'enfant, de l'élever en lui inculquant ce qu'il y a de bon, tout en gardant un emploi sur les quais ?

Il se maudit intérieurement. Si seulement il avait présenté leur situation plus calmement, plus rationnellement ! Mais non, il a fallu qu'il se comporte comme un fou, accablant la pauvre femme de ses prières et de ses exigences. « Prenez cet enfant ! Soyez sa seule et unique mère ! » Il aurait mieux valu trouver le moyen de remettre l'enfant dans ses bras, le corps de l'un contre le corps de l'autre, la chair de l'un contre la chair de l'autre. Alors les souvenirs qui dorment plus profondément que toute pensée se seraient peut-être réveillés, et tout aurait été pour le mieux. Mais hélas, tout ça, ce grand moment, est tombé sur elle trop brusquement, comme cela lui était tombé dessus à lui aussi trop brusquement. Cela lui était venu soudain comme une étoile, et il n'avait pas été à la hauteur.

Chapitre 10

Il s'avère cependant que tout n'est pas perdu. Juste comme sonne midi, le garçon arrive en trombe à l'étage, très excité.

« Ils sont là ! Ils sont là ! crie-t-il.

– Qui est là ?

– La dame de la Residencia ! La dame qui va être ma mère ! Ils sont venus en voiture. »

La dame qui se présente à la porte, dans une robe bleu foncé, plutôt austère, un drôle de petit chapeau avec une épingle dorée voyante et – il n'en croit pas ses yeux – des gants blancs comme si elle rendait visite à un avocat, n'est pas venue seule. Elle est accompagnée par le jeune homme grand, mince, qui s'était montré si capable contre deux adversaires sur le court de tennis.

« Mon frère Diego », explique-t-elle.

Diego incline la tête sans mot dire.

« Je vous en prie, asseyez-vous, dit-il à ses visiteurs. Si ça ne vous ennuie pas de vous asseoir sur le lit… Nous n'avons pas encore acheté de meubles. Est-ce que je peux vous offrir un verre d'eau ?… Non ? »

La dame de la Residencia se hisse sur le lit à côté de son frère ; avec nervosité, elle tire sur ses gants, s'éclaircit la gorge.

« Voulez-vous nous répéter ce que vous avez dit hier ? Commencez au commencement, au tout début.

– Si je commençais au tout début, nous en aurions pour la journée, répond-il, essayant de prendre un ton posé, essayant surtout d'avoir l'air sain d'esprit. Laissez-moi plutôt dire la chose suivante : nous, David et moi, sommes venus ici comme tout le monde, pour trouver une nouvelle vie, pour recommencer à zéro. Ce que je veux pour David, et ce que David veut aussi, c'est une vie normale, comme n'importe quel enfant. Mais – et cela tombe sous le sens – pour mener une vie normale, il vous faut une mère, il vous faut être né d'une mère, pour ainsi dire. J'ai raison, n'est-ce pas ? dit-il en se tournant vers le garçon. C'est bien ce que tu veux ? Tu veux ta mère à toi. »

Le garçon approuve énergiquement d'un mouvement de tête.

« J'ai toujours été sûr – ne me demandez pas pourquoi – que je reconnaîtrais la mère de David quand je la verrais ; et maintenant que j'ai fait votre connaissance, je sais que j'avais raison. Cela n'a pas pu être le simple hasard qui nous a conduits à la Residencia. Un bras a dû nous guider. » C'est Diego, il le voit bien, qui va donner du fil à retordre : Diego, pas la femme, dont il ne connaît pas le nom – qu'il ne veut pas demander. La femme ne serait pas là si elle n'était pas disposée à se laisser convaincre. « Un bras invisible, répète-t-il. Vraiment. »

Diego le transperce d'un regard qui dit : Menteur !

Il prend une profonde inspiration.

« Vous avez des doutes, je le vois bien. “Comment cet enfant que je n'ai jamais vu de ma vie peut-il être mon enfant ?” vous demandez-vous. Je vous en supplie :

mettez vos doutes de côté, au lieu de ça écoutez ce que dit votre cœur. Regardez-le. Regardez ce garçon. Que vous dit votre cœur ? »

La jeune femme ne répond pas, n'a pas un regard pour le garçon. Elle se tourne vers son frère, comme pour dire : Tu vois ? C'est bien ce que je t'avais dit. Écoute un peu cette proposition incroyable, folle, qu'il fait ! Qu'est-ce que je vais faire ?

« Est-ce qu'on peut se parler en privé ? lui demande le frère à voix basse.

– Bien sûr. Nous pouvons aller dehors. »

Il lui fait descendre l'escalier, traverser la cour et la pelouse jusqu'à un banc à l'ombre d'un arbre.

« Asseyez-vous. »

Diego ne réagit pas à son invitation. Lui-même s'assied.

« Qu'est-ce que je peux faire pour vous ? » dit-il.

Diego pose un pied sur le banc et se penche vers lui.

« D'abord, qui êtes-vous, et pourquoi vous en prenez-vous à ma sœur ?

– Qui je suis n'a pas d'importance. Je suis une sorte de serviteur. Je m'occupe de l'enfant. Je ne m'en prends pas à votre sœur. Je suis à la recherche de la mère de l'enfant. Il y a une différence.

– Qui est cet enfant ? Où est-ce que vous l'avez ramassé ? Est-il votre petit-fils ? Où sont ses parents ?

– Il n'est ni mon fils ni mon petit-fils. Nous ne sommes pas apparentés. Nous nous sommes rencontrés par hasard, sur le bateau, quand il a perdu des documents qu'il avait avec lui. Mais pourquoi faut-il que tout cela soit important ? Nous arrivons ici, tous autant que nous sommes, vous, moi, votre sœur, le garçon, lavés du passé. Il se trouve que j'ai la charge du garçon. Ce n'est peut-être pas le destin que j'aurais choisi, mais je l'accepte. Le temps passant, il s'est mis à dépendre de moi. Nous sommes devenus proches. Mais je ne peux pas être tout pour lui. Je ne peux pas être sa mère. Votre sœur – désolé de ne pas savoir son nom – est sa mère. Sa mère naturelle. Je ne peux vous expliquer comment cela se fait, mais il en est ainsi. Et, au fond de son cœur, elle le sait. Autrement, pourquoi serait-elle ici aujourd'hui ? En apparence, elle peut sembler calme, mais sous la surface je vois que ça la fait vibrer, ce don extraordinaire, le don d'un enfant.

– Les enfants ne sont pas autorisés à la Residencia.

– Personne n'oserait séparer une mère de son enfant, quoi que dise le règlement. Et votre sœur n'est pas obligée de continuer à habiter à la Residencia. Elle pourrait reprendre cet appartement. Il est à elle, je le lui passe. Je trouverai un autre logement. »

Se penchant en avant comme pour dire quelque chose de confidentiel, tout d'un coup Diego lui flanque une claque en travers de la tête. Choqué, il essaie de se protéger, et prend une deuxième claque. Diego n'a pas frappé fort, mais cela le désarçonne.

« Mais pourquoi est-ce que vous faites ça ? s'exclame-t-il en se levant.

– Je ne suis pas un crétin ! dit Diego entre ses dents. Vous me prenez pour un crétin ? »

Et à nouveau il lève une main menaçante.

« Je ne vous prends pas pour un crétin. Pas un seul instant. » Il faut qu'il calme ce jeune homme, qui doit être contrarié – qui ne le serait pas à sa place ? – par cette intervention insolite dans sa vie. « Ce n'est pas une histoire ordinaire, j'en conviens. Mais ayez une pensée pour l'enfant. C'est lui dont les besoins sont plus forts que tout. »

Sa supplique reste sans effet : Diego continue à le regarder agressivement. Il joue sa dernière carte :

« Voyons, Diego, dit-il, regardez au fond de votre cœur. S'il y a de la bonne volonté dans votre cœur, vous n'allez sûrement pas tenir un enfant à l'écart de sa mère.

– Ce n'est pas à vous de mettre ma bonne volonté en doute, dit Diego.

– Alors prouvez-le. Revenez avec moi et prouvez à l'enfant de quelle bonne volonté vous êtes capable. Venez ! »

Il se lève et prend le bras de Diego.

Ils rentrent et se trouvent face à un étrange spectacle. La sœur de Diego est à genoux sur le lit, de dos par rapport à eux, à cheval sur le garçon – qui est couché sur le dos sous elle –, sa robe relevée laisse apercevoir des cuisses bien en chair, plutôt lourdes. « Où est l'araignée ? Où est l'araignée ?… » glousse-t-elle d'une petite voix haut perchée. Ses doigts descendent le long de sa poitrine jusqu'à la boucle de sa ceinture ; elle le chatouille et il se tord de rire, de fou rire.

« Nous sommes de retour », annonce-t-il d'une voix forte.

Elle descend tant bien que mal du lit, les joues rouges.

« Inés et moi, on joue à un jeu », dit le garçon.

Inés ! Voilà, c'est son nom. Et dans le nom, l'essence de l'être !

« Inés ! » dit le frère, lui faisant un signe impératif.

Elle remet sa robe en ordre et se précipite derrière lui. Du couloir parviennent des échanges furieux à voix retenues.

Puis Inés revient d'un pas décidé, son frère à sa suite.

« Nous voulons que vous repreniez tout depuis le début, dit-elle.

– Vous voulez que je vous répète ma proposition ?

– Oui.

– Très bien. Je propose que vous deveniez la mère de David. Je renonce à tout droit sur lui – lui a des droits sur moi, mais c'est une autre affaire. Je signerai tous les papiers que vous mettrez devant moi pour confirmer la situation. Vous et lui pouvez vivre comme une mère et son enfant. Cela peut se faire dès que vous voulez. »

Diego lâche un grognement exaspéré.

« Tout ça, c'est de la foutaise ! Tu ne peux être la mère de cet enfant. Il a déjà une mère, la mère dont il est né. Sans la permission de sa mère, tu ne peux pas l'adopter. Écoute-moi donc ! »

Sans un mot, il échange un regard avec Inés.

« Je le veux, dit-elle, s'adressant non à lui mais à son frère. Je le veux, répète-t-elle. Mais nous ne pouvons pas rester à la Residencia.

– Comme je l'ai dit à votre frère, vous pouvez vous installer ici. Ça peut se faire aujourd'hui même. Je déménagerai immédiatement. Cela sera votre nouveau foyer.

– Je ne veux pas que tu partes, dit le garçon.

– Je ne vais pas bien loin, mon gars. J'irai chez Elena et Fidel. Toi et ta mère pourrez venir nous voir quand vous voudrez.

– Je veux que tu restes ici, dit le garçon.

– C'est gentil à toi, mais je ne peux pas m'insinuer entre ta mère et toi. À partir de maintenant, elle et toi serez ensemble. Vous formerez une famille. Mais je serai là pour vous aider, comme un serviteur, je te le promets. » Il se tourne vers Inés. « Nous sommes bien d'accord ?

– Oui. » Maintenant qu'elle s'est décidée, Inés a pris de l'autorité. « Nous reviendrons demain. Nous amènerons le chien. Vos voisins n'auront rien contre un chien ?

– Ils n'oseraient pas. »

Le lendemain matin, avant qu'Inés et son frère ne reviennent, il a balayé, frotté les carrelages, changé les draps. Il a fait un baluchon de ses propres affaires et il est prêt à partir.

Diego arrive en tête du cortège, une grosse valise sur l'épaule. Il la laisse tomber sur le lit.

« Et ce n'est pas tout », annonce-t-il d'un ton menaçant.

En effet, il y a encore une grande malle, plus grosse que la valise, et une pile de linge, dont un grand dessus-de-lit en guise de couette.

Lui, Simón, ne s'attarde pas à prendre congé.

« Sois sage, dit-il au garçon. Il ne mange pas de concombre, dit-il à Inés. Et laissez une lumière allumée quand il se couche, il n'aime pas dormir dans le noir. »

Elle ne donne aucun signe montrant qu'elle l'a entendu.

« Il fait froid ici, dit-elle en se frottant les mains. Est-ce qu'il fait toujours aussi froid ?

– Je vais vous acheter un radiateur électrique. Je l'apporterai d'ici un jour ou deux. »

Il tend la main à Diego, qui la prend à contrecœur. Puis il ramasse son baluchon et, sans un regard en arrière, il quitte les lieux.

Il a annoncé qu'il s'installerait chez Elena, mais en fait ce n'est nullement son intention. Il se dirige vers les quais, déserts durant le week-end, dépose ses affaires dans le petit appentis en bordure du Quai Deux où les hommes rangent leur équipement. Puis il retourne vers les Barres et va frapper à la porte d'Elena.

« Bonjour, dit-il. Est-ce qu'on peut bavarder un moment ? »

Devant une tasse de thé, il lui explique le nouvel arrangement.

« Je suis sûr que David va s'épanouir maintenant qu'il a une mère pour s'occuper de lui. Ça ne lui valait rien d'être élevé par moi seul. Ça le forçait à devenir un petit homme. Et un enfant a besoin de son enfance, tu ne crois pas ?

– Je n'en crois pas mes oreilles ! répond Elena. Un enfant n'est pas un petit poussin que l'on peut fourrer sous l'aile de n'importe quelle poule qui l'élèvera. Comment as-tu pu passer David à quelqu'un que tu n'avais jamais vu de ta vie, une femme qui agit sans doute sur un caprice et ne s'intéressera plus à la situation d'ici moins d'une semaine et voudra le rendre ?

– Je t'en prie, Elena, ne porte pas de jugement sur cette Inés avant de l'avoir rencontrée. Elle n'agit pas par caprice ; au contraire, je la crois poussée par une force qui la dépasse. Je compte sur toi pour nous aider, pour l'aider. Elle est en terrain inconnu ; elle n'a aucune expérience de la maternité.

– Je ne porte pas de jugement sur ton Inés. Si elle demande de l'aide, je l'aiderai. Mais elle n'est pas la mère de ton garçon, et tu devrais arrêter de l'appeler comme ça.

– Elena, elle *est* sa mère. Je suis arrivé dans ce pays démuni de tout, hormis une conviction inébranlable : je reconnaîtrais la mère de l'enfant dès que je la verrais.

Et dès l'instant où j'ai posé les yeux sur Inés j'ai su que c'était elle.

– Tu as suivi ton intuition ?

– Plus qu'une intuition. Une conviction.

– Une conviction, une intuition, une illusion – quelle est la différence quand on peut mettre cela en question ? T'est-il jamais venu à l'esprit que si nous suivions tous nos intuitions le monde tomberait dans le chaos ?

– Je ne vois pas en quoi l'un entraîne l'autre. Et qu'est-ce qu'il y a de mauvais dans un peu de chaos de temps en temps, s'il en sort du bon ? »

Elena hausse les épaules.

« Je ne veux pas entrer dans une discussion. Ton fils a manqué sa leçon de musique aujourd'hui. Ce n'est pas la première fois. S'il doit abandonner la musique, fais-le-moi savoir.

– Ce n'est plus à moi de décider. Et, une fois de plus, il n'est pas mon fils, je ne suis pas son père.

– Vraiment ? Tu ne cesses de le nier, mais quelquefois je me demande. Je ne dirai rien de plus. Où vas-tu passer la nuit ? Dans le sein de ta nouvelle famille ?

– Non.

– Tu veux dormir ici ? »

Il quitte la table.

« Merci, mais j'ai pris d'autres dispositions. »

Compte tenu des colombes qui nichent dans la gouttière, se grattent, lissent leurs plumes et roucoulent sans relâche, il dort plutôt bien cette nuit-là sur sa couche de sacs de jute dans sa petite cachette. Il se passe de petit déjeuner, mais est capable de faire son travail, et se sent plutôt bien en fin de journée – peut-être un peu éthéré, comme un fantôme.

Álvaro demande des nouvelles du garçon, et l'intérêt que manifeste Álvaro le touche au point qu'un instant il envisage de lui annoncer la bonne nouvelle, la nouvelle que la mère du garçon est retrouvée. Mais, se rappelant la réaction d'Elena, il se retient et dit un mensonge : David est avec son professeur à un grand concours de musique.

« Un concours de musique ? répète Álvaro d'un air dubitatif. Qu'est-ce que c'est que ça, et où est-ce que cela se tient ?

– Aucune idée. »

Il change de sujet. Ce serait dommage, lui semble-t-il, si le garçon perdait le contact avec Álvaro et ne devait plus revoir son ami El Rey, le cheval de trait. Il espère que, lorsque Inés aura consolidé ses liens avec lui, elle permettra au garçon de revenir sur les quais. Le passé est si brouillé par les nuages de l'oubli qu'il n'est pas sûr que ses souvenirs soient de vrais souvenirs et non pas des histoires qu'il invente ; mais il sait pour sûr que, enfant, cela lui aurait plu si on lui avait permis de partir le matin en compagnie d'hommes adultes et de passer la journée à les aider à charger et décharger de grands navires. Une dose de réalité ne saurait qu'être bonne pour un enfant, lui semble-t-il, à condition que la dose ne soit pas trop brutale ni trop lourde.

Il avait l'intention de passer chez Naranjas pour se ravitailler, mais il s'y prend trop tard : quand il arrive au magasin, c'est fermé. Il a faim, et aussi il se sent seul, et une fois de plus il va frapper à la porte d'Elena. C'est Fidel, en pyjama, qui lui ouvre.

« Bonjour, jeune homme. Est-ce que je peux entrer ? »

Elena est assise à la table, à sa couture. Elle ne le salue pas, ne lève pas les yeux de son ouvrage.

« Bonjour, dit-il. Il y a quelque chose qui ne va pas ? Il s'est passé quelque chose ? »

Elle secoue la tête.

« David ne peut plus venir ici, dit Fidel. La nouvelle dame dit qu'il ne peut pas venir.

– La nouvelle dame a fait savoir que ton fils n'avait plus la permission de jouer avec Fidel, dit Elena.

– Mais pourquoi ? »

Elle hausse les épaules.

« Donne-lui le temps de s'installer dans sa nouvelle vie. Être mère est quelque chose de nouveau pour elle. Elle va sans doute se montrer un peu imprévisible au début.

– Imprévisible ?

– Imprévisible dans ses jugements. Trop prudente.

– En interdisant à David de jouer avec ses amis ?

– Elle ne te connaît pas, ni Fidel. Une fois qu'elle vous connaîtra, elle verra combien vous avez sur lui une bonne influence.

– Et que proposes-tu pour qu'elle nous connaisse ?

– Elle et toi allez nécessairement tomber l'une sur l'autre. Après tout, vous êtes voisines.

– Nous verrons. Est-ce que tu as mangé ?

– Non. Les magasins étaient fermés quand je suis arrivé.

– Tu parles de Naranjas. C'est fermé le lundi, j'aurais pu te le dire. Je peux t'offrir une assiette de soupe, si ça ne t'ennuie pas d'avoir la même chose qu'hier. Où est-ce que tu habites maintenant ?

– J'ai une pièce près des quais. C'est un peu sommaire, mais ça fera l'affaire pour l'instant. »

Elena réchauffe un bol de soupe et lui coupe du pain. Il essaie de manger lentement, mais en fait il a une faim de loup.

« Tu ne peux pas passer la nuit ici, je le crains, dit-elle. Tu sais pourquoi.

– Bien sûr. Je ne demande pas à rester. Mes nouveaux quartiers sont parfaitement confortables.

– On t'a mis à la porte, c'est ça ? À la porte de chez toi. Voilà la vérité, je le vois bien. Mon pauvre ami… Coupé de ton garçon que tu aimes tant. »

Il se lève de table.

« Il faut qu'il en soit ainsi, dit-il. C'est dans la nature des choses. Merci pour le repas.

– Reviens demain. Je te donnerai à manger. C'est le moins que je puisse faire. Te nourrir et te consoler. Mais je pense que tu as fait une erreur. »

Il prend congé. Il devrait retourner directement à son nouveau logement sur les quais. Mais il hésite, traverse la cour, monte l'escalier et frappe doucement à la porte de son ancien appartement. Il passe dessous un rai de lumière : Inés ne doit pas être encore couchée. Il attend un bon moment et frappe de nouveau.

« Inés ? » fait-il à voix basse.

À quelques centimètres de là, de l'autre côté de la porte, il l'entend dire :

« Qui est là ?

– C'est Simón. Est-ce que je peux entrer ?

– Qu'est-ce que vous voulez ?

– Est-ce que je peux le voir, rien qu'un instant ?

– Il dort.

– Je ne vais pas le réveiller. Je veux juste le voir. »

Silence. Il essaie d'ouvrir la porte. Elle est fermée à clé. Un instant plus tard il entend le déclic de l'interrupteur.

Chapitre 11

En s'installant sur les quais il enfreint probablement un règlement ou un autre. Mais ça ne l'inquiète pas. Cependant, il ne veut pas qu'Álvaro l'apprenne, parce que, avec le cœur généreux qu'il a, Álvaro ne manquerait pas de penser qu'il doit lui offrir de quoi l'héberger. Alors, avant de quitter le hangar à outils tous les matins, il prend soin de fourrer ses quelques effets entre les poutres, où on ne les verra pas.

Rester décent et propre pose problème. Il se rend au gymnase dans les Barres Est pour se doucher ; il lave ses vêtements à la main et les fait sécher sur les cordes à linge des Barres Est. Il n'a aucun scrupule à le faire – après tout, il est encore sur la liste des résidents –, mais par prudence, et ne voulant pas tomber sur Inés, il ne vient qu'après la nuit tombée.

Une semaine se passe, pendant laquelle il se consacre entièrement à son travail. Puis le vendredi, les poches pleines, il va frapper à la porte de son ancien appartement.

La porte est ouverte par Inés, tout sourires. Son visage s'assombrit quand elle le voit.

« Ah, c'est vous, dit-elle. Nous étions sur le point de sortir. »

Derrière elle apparaît le garçon. Il y a quelque chose d'étrange dans sa tenue. Ce n'est pas seulement la nouvelle chemise blanche – en fait, plutôt un chemisier qu'une chemise, avec, sur le devant, des fronces, et qui retombe par-dessus son short ; il se tient là agrippé à la jupe d'Inés, ne lui répond pas quand il le salue, le dévisageant, les yeux écarquillés.

Est-ce qu'il s'est passé quelque chose ? A-t-il fait une erreur calamiteuse en le remettant à cette femme ? Et pourquoi David tolère-t-il de porter cet excentrique chemisier de fille – lui qui tenait tant à sa tenue de petit homme, sa veste, sa casquette et ses souliers à lacets ? Parce que les souliers aussi ont disparu, remplacés par des chaussures : des chaussures bleues, fermées par des brides au lieu de lacets, avec des boutons de cuivre sur les côtés.

« J'ai de la chance de vous trouver, alors, dit-il, s'efforçant de garder un ton léger. J'ai apporté le radiateur électrique promis. »

Inés jette un œil dubitatif sur le petit radiateur avec une seule barre de chauffe.

« À la Residencia il y a un feu de cheminée dans chaque appartement, dit-elle. Un homme vient avec des bûches tous les soirs. Et fait du feu. » Elle se tait, l'esprit ailleurs. « C'est merveilleux.

– Je suis désolé. Ça doit être une grande déception pour vous de vivre dans les Barres. » Il se tourne vers le garçon. « Alors, comme ça, vous sortez ce soir ! Et où donc allez-vous ? »

Le garçon ne lui répond pas directement, mais tourne les yeux vers sa nouvelle mère, comme pour dire : Toi, tu lui dis.

« Nous allons à la Residencia pour le week-end », dit Inés.

Et, comme pour confirmer ses dires, Diego, vêtu de blanc comme pour le tennis, arrive à grands pas dans le couloir.

« C'est bien, dit-il. Je croyais que les enfants n'étaient pas autorisés à la Residencia. Je croyais que c'était le règlement.

– C'est le règlement, dit Diego. Mais le personnel n'est pas de service ce week-end. Il n'y aura personne pour contrôler.

– Personne pour contrôler, confirme Inés.

– Eh bien, j'étais juste passé pour voir si tout allait bien, et peut-être contribuer aux frais des courses. Tenez, voilà ma modeste contribution. »

Sans un mot de remerciement, Inés accepte l'argent.

« Oui, tout va bien pour nous », dit-elle. Elle serre l'enfant bien fort contre elle. « Nous avons bien déjeuné, et puis nous avons fait une sieste et maintenant nous partons en voiture pour retrouver Bolívar, et demain matin nous allons jouer au tennis et nager.

– Tout ça me paraît passionnant. Et je vois que nous avons aussi une belle chemise neuve. »

Le garçon ne répond pas. Le pouce dans la bouche, il n'a pas cessé de le regarder de ses grands yeux. Il est de plus en plus convaincu que quelque chose ne va pas.

« Qui est Bolívar ? »

Pour la première fois, le garçon ouvre la bouche : « Bolívar est un bégélamant.

– Un berger allemand, dit Inés. Bolívar est notre chien.

– Oui, je me rappelle Bolívar, dit-il. Il était avec vous sur le court de tennis, n'est-ce pas ? Je ne voudrais pas vous alarmer, Inés, mais les bergers allemands n'ont pas bonne réputation avec les enfants. J'espère que vous ferez attention.

– Bolívar est le chien le plus doux qui soit. »

Il sait qu'elle ne l'aime pas. Jusque-là, il avait supposé que c'était parce qu'elle pensait qu'elle avait une dette envers lui. Mais son antipathie est plus personnelle et plus directe que ça, et, du coup, plus intraitable. Quel dommage ! L'enfant va apprendre à voir en lui un ennemi, l'ennemi de la béatitude que connaissent une femme et son enfant.

« Amusez-vous bien, dit-il. Je repasserai peut-être lundi. Alors tu pourras tout me raconter. D'accord ? »

Le garçon fait signe que oui.

« Au revoir, dit-il.

– Au revoir », dit Inés.

De Diego, pas un mot.

Il retourne à pas lents vers les quais avec l'impression que quelque chose en lui a expiré, avec le sentiment d'être un vieillard. Il avait une seule grosse tâche, et il s'en est acquitté. L'enfant a été livré à sa mère. Comme un de ces insectes mâles insignifiants dont la seule fonction est de passer leur semence à la femelle, il peut aussi bien maintenant s'éteindre lentement et mourir. Il ne lui reste rien autour de quoi construire sa vie.

Le garçon lui manque. Quand il se réveille le lendemain matin avec la perspective d'un week-end vide, il lui semble émerger après une opération chirurgicale pour découvrir qu'on lui a coupé un membre – coupé un membre ou peut-être même enlevé le cœur. Il passe la journée à traîner, à tuer le temps. Il erre sur les quais déserts ; il va et vient dans le parc, où une foule d'enfants jouent au ballon ou font voler leurs cerfs-volants.

Il sent encore, comme s'il la tenait dans la sienne, la petite main moite du garçon. Est-ce que le garçon l'aimait ? Il n'en sait rien, mais il est sûr qu'il avait besoin de lui et qu'il lui faisait confiance. La place d'un enfant est auprès de sa mère : il ne dira jamais le contraire. Mais si la mère n'est pas une bonne mère ? Si Elena avait raison ? Quels besoins secrets ont poussé cette Inés, dont il sait moins que rien, à saisir l'occasion d'avoir un enfant à elle ? Peut-être y a-t-il quelque sagesse dans cette loi de la nature qui dit qu'avant de venir au monde comme une âme bien vivante l'être embryonnaire, l'être à venir, doit passer un certain temps dans le sein de sa mère. Peut-être, à l'instar de ces semaines que l'oiseau consacre exclusivement à couver ses œufs, une période d'isolement, de repli sur soi, est-elle nécessaire non seulement pour que l'animalcule devienne un être humain, mais pour qu'une femme passe de la virginité à la maternité.

La journée s'écoule, tant bien que mal. Il songe à aller chez Elena, puis, à la dernière minute, il change d'avis, incapable de faire face au harcèlement des questions qui l'attendent. Il n'a pas mangé. Il n'a aucun appétit. Il s'installe sur sa couche de sacs, sans trouver le repos, reste à s'énerver.

Le lendemain matin, dès l'aube, il est à l'arrêt d'autobus. Une heure passe avant qu'arrive le premier bus. Du terminus il suit le chemin qui monte vers la Residencia et le court de tennis. Il n'y a personne sur le court. Il s'assied dans les buissons pour attendre.

À dix heures, le deuxième frère, celui auquel il n'a

pas encore eu le plaisir d'être présenté, arrive dans sa tenue blanche et commence à installer le filet. Il ne prête pas attention à cet inconnu bien visible à moins de dix pas de lui. Au bout d'un moment, le reste de la bande fait son entrée. Le garçon le voit tout de suite. Avec ses genoux cagneux (il n'est pas bon coureur), il se précipite en travers du court.

« Simón ! On va jouer au tennis ! crie-t-il. Tu veux jouer aussi ? »

Il saisit les doigts du garçon à travers le grillage.

« Je ne suis pas très bon au tennis, dit-il. Je préfère regarder. Tu t'amuses bien ? Est-ce qu'on te donne assez à manger ? »

Le garçon fait oui en secouant vigoureusement la tête.

« J'ai eu du thé pour le petit déjeuner. Inés dit que je suis assez grand pour boire du thé. » Il se retourne et crie : « Je peux boire du thé, hein, Inés ? » Puis, sans reprendre son souffle, il continue : « Et j'ai donné à manger à Bolívar et Inés dit qu'après le tennis on peut emmener Bolívar promener.

– Bolívar, le berger allemand ? Je t'en prie, sois prudent avec Bolívar. Ne le provoque pas.

– Comme chiens, il n'y a pas mieux que les bergers allemands. Quand ils attrapent un voleur, ils ne le laissent jamais filer. Tu veux me regarder jouer au tennis ? Je ne suis pas encore très bon. Il faut que je commence par m'entraîner. » Là-dessus, il fait volte-face et retourne en vitesse vers l'endroit où Inés et ses frères discutent. « On peut s'entraîner, maintenant ? »

Ils l'ont habillé d'un short blanc, très court. De sorte qu'avec son chemisier blanc il est tout en blanc, en dehors des chaussures bleues à brides. Mais la raquette qu'ils lui ont donnée est beaucoup trop grande : même à deux mains, il a du mal à la manier.

Bolívar, le berger allemand, traverse le court la queue basse et s'installe à l'ombre. Bolívar est un mâle aux puissantes épaules, il porte un collier noir. D'allure, il n'est pas loin du loup.

« Allez, mon grand, viens ici ! » appelle Diego.

Il se tient au-dessus du garçon, enfermant dans les siennes ses deux mains, qui tiennent la raquette. L'autre frère envoie une balle en chandelle. Ils tournent ensemble et frappent la balle comme il faut. Le frère fait un autre lob. Cette fois encore ils frappent la balle. Diego recule.

« Je n'ai rien à lui apprendre ! crie-t-il à sa sœur. Il a le jeu dans le sang ! »

Le frère frappe un troisième lob. Le garçon brandit la lourde raquette et manque la balle, perdant presque l'équilibre dans son effort.

« Vous deux, vous jouez, dit Inés à ses frères. David et moi allons nous entraîner à lancer des balles. »

Avec aisance, les deux frères échangent des balles par-dessus le filet. Inés et le garçon disparaissent derrière le petit pavillon de bois. Quant à lui, *el viejo*, le spectateur silencieux, on l'ignore, tout simplement. On ne pourrait lui faire savoir plus clairement qu'il est indésirable.

Chapitre 12

Il s'était promis de garder ses misères pour lui, mais quand pour la deuxième fois Álvaro lui demande ce que le garçon est devenu (« Il me manque – il nous manque à tous ») il ne peut se retenir de déballer toute l'histoire.

« On s'est mis à la recherche de sa mère et – miracle ! – nous l'avons trouvée. Maintenant ils sont réunis et ils sont très heureux ensemble. Malheureusement, le genre de vie qu'elle envisage pour lui n'inclut pas de passer du temps sur les quais avec les gars. Il s'agit de porter de jolis vêtements, d'être bien élevé et d'avoir des repas réguliers. Ce qui n'est pas si mal, je suppose. »

Bien sûr que ce n'est pas si mal. Quel droit a-t-il de se plaindre ?

« Ça doit te faire un coup, dit Álvaro. Le gamin n'est pas un enfant ordinaire. Ça saute aux yeux. Et toi et lui étiez très proches.

– Oui, nous étions proches. Mais ce n'est pas comme si je n'allais pas le revoir. C'est simplement que sa mère pense qu'ils renoueront leur lien plus facilement si je me tiens à l'écart quelque temps. Ce qui est aussi de bonne guerre.

– C'est vrai, dit Álvaro. Mais ça ne tient pas compte des demandes pressantes du cœur, n'est-ce pas ? »

« Les demandes pressantes du cœur » : qui aurait cru qu'Álvaro était homme à s'exprimer ainsi ? Un homme fort et sincère. Un camarade. Pourquoi ne peut-il pas ouvrir son cœur franchement à Álvaro ? Mais non :

« Je n'ai pas le droit d'avoir des exigences », s'entend-il dire. Hypocrite ! « D'ailleurs, les droits des enfants l'emportent toujours sur les droits des adultes. N'est-ce pas un principe inscrit dans la loi ? Les droits de l'enfant, porteur d'avenir. »

Álvaro le regarde d'un air sceptique.

« Je n'ai jamais entendu un principe pareil.

– Une loi de la nature, alors. C'est la voix du sang. La place d'un enfant est auprès de sa mère. Surtout si l'enfant est jeune. En comparaison, mes prétentions sont très abstraites, très artificielles.

– Tu l'aimes. Il t'aime. Rien là d'artificiel. C'est la loi qui est artificielle. Il devrait être avec toi. Il a besoin de toi.

– Tu es bien bon de me dire ça, Álvaro, mais a-t-il vraiment besoin de moi ? La vérité, c'est peut-être que c'est moi qui ai besoin de lui. Il se peut que je m'appuie sur lui plus qu'il ne s'appuie sur moi. Qui sait comment nous choisissons ceux que nous aimons, de toute façon ? Tout ça est un grand mystère. »

Cet après-midi-là, il a la surprise d'une visite. Le jeune Fidel, qui arrive à vélo sur les quais et lui apporte un message gribouillé sur un bout de papier : *Nous avons attendu ta visite. J'espère qu'il n'y a rien de fâcheux. Veux-tu venir dîner ce soir ? Elena.*

« Dis à ta mère : “Merci, je viendrai”, dit-il à Fidel.

– C'est ça ton travail ? demande Fidel.

– Oui, c'est ce que je fais. J'aide à charger et à décharger les bateaux comme celui-ci. Je suis désolé de ne pouvoir te faire monter à bord, mais c'est un peu dangereux. Un jour, quand tu seras plus grand, peut-être.

– C'est un galion ?

– Non, ce n'est pas un bateau à voiles, alors on ne peut pas l'appeler un galion. C'est ce qu'on appelle un bateau à vapeur. Ça veut dire qu'il brûle du charbon pour faire marcher ses machines. Demain ils vont charger du charbon pour le voyage retour. Ça se fera au Quai Dix, pas ici. Je ne serai pas de l'équipe. J'en suis bien content. C'est un sale boulot.

– Pourquoi ?

– Parce que le charbon te couvre de poussière noire, jusque dans tes cheveux. Et aussi, le charbon, c'est très lourd à porter sur le dos.

– Pourquoi est-ce que David ne peut pas jouer avec moi ?

– Ce n'est pas qu'il ne peut pas jouer avec toi, Fidel. Simplement, sa mère le veut pour elle toute seule pendant quelque temps. Elle ne l'a pas vu pendant longtemps.

– Je croyais que tu avais dit qu'elle ne l'avait jamais vu.

– C'était une façon de parler. Elle l'a vu dans ses rêves. Elle savait qu'il venait. Elle l'attendait. Maintenant qu'il est arrivé, elle ne se sent plus de joie. Son cœur déborde. »

Le garçon se tait.

« Fidel, il faut que je reprenne le travail, Je vous verrai ce soir, ta mère et toi.

– Est-ce qu'elle s'appelle Inés ?

– La mère de David ? Oui, elle s'appelle Inés.

– Je l'aime pas. Elle a un chien.

– Tu ne la connais pas. Une fois que tu la connaîtras, tu l'aimeras.

– Sûrement pas. Le chien a l'air méchant. J'ai peur de lui.

– J'ai vu le chien. Son nom est Bolívar et, je suis bien d'accord, garde tes distances. C'est un berger allemand. Les bergers allemands ont tendance à être imprévisibles. Je suis surpris qu'elle l'ait amené aux Barres.

– Est-ce qu'il mord ?

– Oui, il pourrait mordre. »

« Et où est-ce que tu habites exactement, maintenant que tu as abandonné ton joli appartement ? demande Elena.

– Je te l'ai dit : j'ai pris une chambre près des quais.

– Mais où exactement ? Dans une pension de famille ?

– Non. Peu importe où, peu importe quel genre de logement. Ça suffit à mes besoins.

– Est-ce que tu peux y faire la cuisine ?

– Je n'ai pas besoin de me faire la cuisine. Si je pouvais, je ne le ferais pas.

– Alors tu vis de pain et d'eau. Je croyais que tu en avais plus qu'assez du pain et de l'eau.

– Le pain est le soutien de la vie. Celui qui a du pain ne manquera de rien. Elena, je t'en prie, arrête cet interrogatoire. Je suis tout à fait capable de prendre soin de moi.

– J'en doute. J'en doute fort. Est-ce que les gens au Centre d'accueil ne peuvent pas te trouver un autre appartement ?

– Pour ce qu'ils en savent, au Centre, je suis toujours agréablement installé dans mon ancien appartement. Ils ne vont pas m'allouer une résidence secondaire.

– Et Inés – est-ce que tu n'as pas dit qu'Inés avait des pièces à sa disposition à la Residencia ? Pourquoi est-ce qu'elle et l'enfant n'habitent pas là-bas ?

– Parce que les enfants ne sont pas admis à la Residencia. La Residencia, à ce que j'ai compris, est une sorte d'hôtel.

– Je connais la Residencia. J'y suis déjà allée. Tu sais qu'elle a amené un chien avec elle ? C'est une chose d'avoir un petit chien dans un appartement, mais celui-là est un grand et gros chien-loup. Ça n'est pas sain.

– Ce n'est pas un chien-loup, c'est un berger allemand. J'admets qu'il me fait un peu peur aussi. J'ai recommandé à David d'être prudent. Et à Fidel aussi.

– Je ne vais certainement pas permettre à Fidel de s'approcher de la bête. Es-tu sûr d'avoir pris la bonne décision en donnant ton enfant à une femme comme ça ?

– Une femme qui a un chien ?

– Une femme qui a la trentaine, sans enfants. Une femme qui passe son temps à faire du sport avec des hommes. Une femme qui a des chiens.

– Inés joue au tennis. Beaucoup de femmes jouent au tennis. C'est agréable. Ça maintient en forme. Et elle n'a qu'un seul chien.

– Est-ce qu'elle t'a parlé de ses origines ? Elle t'a dit quelque chose de son passé ?

– Non. Je ne lui ai rien demandé.

– Eh bien, à mon avis, tu es complètement fou de remettre ton enfant à une inconnue qui, pour autant que tu saches, a un passé douteux.

– Tu dis des bêtises, Elena. Inés n'a pas de passé, pas de passé qui compte. Aucun d'entre nous ici n'a de passé. Nous repartons de zéro, ici. Nous commençons avec une ardoise sans rien dessus, une ardoise vierge. Et Inés n'est pas une inconnue. Je l'ai reconnue dès que j'ai posé les yeux sur elle, ce qui veut dire que je dois avoir une espèce de connaissance antérieure.

– Tu arrives ici sans souvenirs, avec une ardoise vierge, et tu prétends que tu reconnais des visages du passé. Ça ne tient pas debout.

– C'est vrai, je n'ai pas de souvenirs. Mais des images persistent, des ombres d'images. Je ne sais pas expliquer comment ça se fait. Et il persiste aussi quelque chose de plus profond, que j'appelle "la mémoire d'avoir une mémoire". Ce n'est pas à partir du passé que je reconnais Inés, mais d'ailleurs. C'est comme si son image était incrustée en moi. Je n'ai aucun doute sur son compte, pas la moindre arrière-pensée. Du moins, je n'ai aucun doute qu'elle soit la vraie mère de l'enfant.

– Alors quels doutes as-tu ?

– J'espère seulement qu'elle sera bonne pour lui. »

Chapitre 13

Lorsqu'il y repense, ce jour-là, le jour où Elena a envoyé son fils le chercher sur les quais, marque le moment où elle et lui, qu'il voyait comme deux navires sur un océan presque sans vent, dérivant peut-être mais en gros dérivant l'un vers l'autre, ont commencé à dériver en s'écartant l'un de l'autre. Il aime encore beaucoup de choses chez Elena – la moindre n'est pas qu'elle soit disposée à écouter ses plaintes. Mais s'impose de plus en plus en lui le sentiment que quelque chose qui devrait exister entre eux manque ; et si Elena ne partage pas ce sentiment, si elle croit que rien ne manque, alors elle ne saurait être ce qui manque dans sa vie.

Assis sur un banc devant les Barres Est, il écrit un mot à Inés.

Je me suis lié d'amitié avec une femme qui vit de l'autre côté de la cour, dans la Barre C. Elle s'appelle Elena. Elle a un fils, Fidel, qui est devenu l'ami le plus proche de David et qui le stabilise. Vous vous rendrez compte que, pour un jeune garçon, Fidel a bon cœur.

David suit des leçons de musique avec Elena. Voyez si vous pouvez le persuader de chanter pour vous. Il chante merveilleusement bien. À mon sens, il devrait continuer ces leçons, mais, bien sûr, c'est à vous de décider.

David s'entend bien aussi avec mon contremaître au travail, Álvaro, un autre bon ami. Avoir de bons amis nous pousse à faire aussi preuve de bonté, me semble-t-il. Et suivre le chemin de la bonté, n'est-ce pas ce que vous et moi désirons pour David ?

Si je peux vous venir en aide, de quelque manière que ce soit, conclut-il, *il vous suffit de lever le petit doigt. Je suis sur les quais presque tous les jours, sur le Quai Deux. Fidel me transmettra des messages ; David connaît aussi le chemin.*

Il laisse son message dans la boîte aux lettres d'Inés. Il ne s'attend pas à recevoir de réponse, et il n'en reçoit pas. Il n'a pas d'idée claire sur le genre de femme qu'est Inés. Est-elle du genre à accepter des conseils bien intentionnés, par exemple, ou du genre qui s'énerve quand des inconnus lui disent comment mener sa vie, et qui met leurs messages à la poubelle ? Est-ce qu'elle ouvre même sa boîte aux lettres ?

Au Village Est, au sous-sol de la Barre F, le bâtiment qui abrite le gymnase collectif, il y a une boulangerie-épicerie qu'il appelle l'Économat. Le magasin ouvre les matins de semaine, de neuf heures à midi. En dehors du pain et autres produits de boulangerie, on y vend à des prix ridiculement bas des articles de première nécessité comme du sucre, du sel, de la farine et de l'huile.

À l'Économat, il achète un stock de soupe en conserve qu'il rapporte dans sa cachette sur les quais. Quand il est seul, son repas du soir consiste en pain et soupe de haricots, froide. Il s'habitue à ce régime monotone.

Comme la plupart des locataires des Barres s'approvisionnent à l'Économat, il imagine qu'Inés y est aussi cliente. L'idée lui vient de se pointer là un matin dans l'espoir de les voir, elle et le garçon, mais il se ravise. Ce serait trop humiliant si elle le découvrait en train de rôder entre les rayons, à l'épier.

Il ne veut pas devenir un fantôme incapable de renoncer à ses anciens repaires. Il est prêt à accepter l'idée que le meilleur moyen pour Inés de développer la confiance entre l'enfant et elle est de l'avoir tout à elle pendant quelque temps. Mais une peur dont il ne peut se défaire le ronge : l'enfant se sent peut-être seul et malheureux, n'aspirant qu'à le voir. Il ne peut oublier son regard quand il est allé leur rendre visite, lourd d'un doute étouffé. Il voudrait tant le voir comme il était avant, avec sa petite casquette à visière et ses souliers noirs.

De temps à autre, il cède à la tentation et va traîner à la périphérie des Barres. Lors d'une de ces visites, il aperçoit Inés qui ramasse du linge sur la corde. Il ne saurait en être sûr, mais elle a l'air fatiguée, fatiguée et peut-être triste. Se pourrait-il que les choses pour elle aillent mal ?

Parmi le linge, il reconnaît les vêtements du garçon, y compris le chemisier avec des fronces sur le devant.

Lors d'une autre de ces visites clandestines – ce sera d'ailleurs la dernière –, il observe le trio familial – Inés, l'enfant, le chien. Il les voit sortir de l'immeuble et traverser la pelouse vers le parc. Ce qui le surprend est que l'enfant, dans son manteau gris, ne marche pas mais est dans une poussette. Pourquoi faut-il qu'un garçon de cinq ans soit dans une poussette ? Pourquoi en fait permet-il ça ?

Il les rattrape dans la partie la plus sauvage du parc, où un pont de bois pour piétons traverse un ruisseau envahi de roseaux.

« Inés ! » crie-t-il.

Elle s'arrête et se retourne. Le chien se retourne aussi, dressant les oreilles, tirant sur sa laisse.

Il s'approche, le sourire aux lèvres.

« Quelle coïncidence ! J'étais en route vers les magasins quand je vous ai aperçue. Comment vous débrouillez-vous ? » Puis, sans attendre sa réponse : « Bonjour, dit-il à l'enfant. Je vois qu'on t'emmène en promenade, comme un petit prince. »

Les yeux de l'enfant se fixent sur les siens et ne les quittent pas. Il est envahi par un sentiment de paix. Tout va bien. Le lien entre eux n'est pas brisé. Mais le pouce est dans la bouche, ce qui n'est guère bon signe. Le pouce dans la bouche exprime un sentiment d'insécurité, un cœur en peine.

« On fait une promenade, dit Inés. On a besoin d'un peu d'air frais. C'est étouffant dans cet appartement.

– Je sais, dit-il, c'est mal conçu. Je laisse la fenêtre ouverte jour et nuit pour avoir de l'air. Je veux dire : je laissais la fenêtre ouverte.

– Je ne peux pas en faire autant. Je ne veux pas que David prenne froid.

– Oh, il ne prend pas froid facilement. C'est un petit gars costaud – hein, David ? »

Le garçon fait signe que oui. Le manteau est boutonné jusqu'au menton. Sans aucun doute pour que les microbes portés par les airs n'arrivent pas jusqu'à lui.

Long silence. Il aimerait s'approcher, mais le chien reste aux aguets.

« Où est-ce que vous vous êtes procuré ça… » il fait un geste « … ce véhicule ?

– Au Dépôt familial.

– Le Dépôt familial ?

– Il y a un dépôt en ville où on trouve des choses pour les enfants. On lui a pris aussi un lit pour enfant.

– Un lit avec des barreaux ?

– Oui, un lit avec des barreaux sur le côté. Pour qu'il ne tombe pas.

– Bizarre. Du plus loin que je me souvienne, il a toujours dormi dans un lit normal, et il n'est jamais tombé. »

Il n'a pas plus tôt fini sa phrase qu'il sait qu'il a dit ce qu'il ne fallait pas. Les lèvres d'Inés se serrent, elle fait faire demi-tour à la poussette, et elle s'en irait tout de go si la laisse du chien ne s'était pas entortillée dans les roues, et qu'il fallait la libérer.

« Désolé, dit-il. Je ne voulais pas me mêler de ce qui ne me regarde pas. »

Elle ne daigne pas répondre.

En repensant à l'incident par la suite, il se demande pourquoi Inés, en tant que femme, n'éveille pas en lui la moindre réaction. Pas le moindre frisson, même s'il n'y a rien à redire à son allure. Est-ce parce qu'elle est aussi hostile envers lui, et qu'elle l'a été dès le début ; ou est-elle sans séduction parce qu'elle se refuse à être séduisante, refuse de s'ouvrir ? Serait-elle, comme l'affirme Elena, une vierge, ou tout du moins du genre vierge ? Ce qu'il sait des vierges se perd dans les nuages de l'oubli. Est-ce que l'aura de la virginité étouffe le désir d'un homme, ou au contraire l'excite-t-elle ? Il repense à Ana, du Centre d'accueil, qui lui paraît une vierge du genre plutôt farouche. Ana, il la trouve sûrement séduisante. Qu'est-ce qu'il y a en Ana qu'Inés n'a pas ? Ou devrait-il poser la question à l'inverse : qu'a donc Inés qu'Ana n'a pas ?

« Je suis tombé par hasard sur Inés et le jeune David hier, dit-il à Elena. Est-ce que tu les vois beaucoup ?

– Je les vois dans le quartier. On ne s'est pas parlé. Je ne crois pas qu'elle ait très envie de fréquenter les habitants des Barres.

– Je suppose que si on a l'habitude de vivre à la Residencia, ça ne doit pas être facile de se retrouver dans les Barres.

– Habiter à la Residencia ne la rend pas meilleure que nous autres. On est tous partis de nulle part, de rien. C'est juste par un coup de chance qu'elle a atterri là-haut.

– À ton avis, comment fait-elle face à la maternité ?

– Elle se montre très protectrice envers l'enfant. Trop protectrice, selon moi. Elle le surveille de son œil d'aigle, ne lui permet pas de jouer avec les autres enfants. Tu le sais bien. Fidel ne comprend pas. Il se sent blessé.

– Désolé. Qu'est-ce que tu as remarqué d'autre ?

– Ses frères lui font de longues visites. Ils ont une voiture, une petite quatre-places avec un toit que l'on peut rouler pour l'ouvrir. Je crois qu'on appelle ça un cabriolet. Ils partent tous en voiture et reviennent à la nuit tombée.

– Le chien aussi ?

– Le chien aussi. Le chien va avec elle partout où elle va. Ça me donne des frissons. Ce chien est comme un ressort tendu à bloc. Un de ces jours il va attaquer quelqu'un. Je prie le ciel que ce ne soit pas un enfant. Ne pourrait-on pas la convaincre de lui mettre une muselière ?

– Ne comptons pas là-dessus.

– Eh bien, je pense que c'est de la pure folie d'avoir un chien méchant quand on a un jeune enfant.

– Ce n'est pas un chien méchant, Elena. Un peu imprévisible, c'est tout. Imprévisible mais fidèle. C'est ce qui semble le plus important pour Inés. La fidélité, reine des vertus.

– Vraiment ? Je ne dirais pas ça. Je placerais la fidélité à mi-hauteur sur l'échelle des vertus, comme la tempérance. Le genre de vertu qu'on recherche chez un soldat. Inés me fait un peu l'impression d'être elle-même comme un chien de garde, toujours à tourner autour de David pour qu'il ne lui arrive rien. Pourquoi diable es-tu allé choisir une femme pareille ? Tu étais meilleur père pour lui qu'elle n'est mère.

– Ce n'est pas vrai. Un enfant ne peut grandir sans mère. N'est-ce pas ce que tu as dit toi-même : l'enfant doit sa substance à sa mère, alors que le père ne fournit que l'idée ? Une fois que l'idée a été transmise, on peut se passer du père. Et, dans le cas présent, je ne suis même pas le père.

– Un enfant a besoin du sein de sa mère pour venir au monde. Une fois qu'il a quitté ce sein, la mère donneuse de vie n'a plus de force à transmettre, pas plus que le père. À partir de là, ce dont l'enfant a besoin, c'est de soins attentifs et d'amour, ce qu'un homme peut offrir aussi bien qu'une femme. Ton Inés ne sait rien des soins à donner ou de l'amour. Elle est comme une petite fille avec une poupée – une petite fille particulièrement égoïste et jalouse qui ne veut laisser personne toucher à son jouet.

– Tu dis des bêtises. Tu es prête à condamner Inés alors que tu la connais à peine.

– Et toi ? La connaissais-tu si bien lorsque tu lui as confié ton précieux fardeau ? Savoir si elle était qualifiée pour être mère n'était pas nécessaire, as-tu dit, tu pouvais t'en remettre à ton intuition. Tu reconnaîtrais la vraie mère en un éclair, dès que tu poserais les yeux sur elle. L'intuition : quelle base est-ce là pour décider de l'avenir d'un enfant ?

– On a déjà eu cette discussion, Elena. Qu'y a-t-il à redire à l'intuition ? À quoi d'autre peut-on faire confiance, en fin de compte ?

– Au bon sens. À la raison. N'importe qui de raisonnable t'aurait prévenu qu'une vierge de trente ans habituée à une vie d'oisiveté, coupée du monde réel, gardée par deux brutes de frères, ne ferait pas une mère à qui se fier. Et aussi n'importe qui de raisonnable se serait renseigné sur cette Inés, serait allé chercher dans son passé, aurait évalué sa personnalité. N'importe qui de raisonnable aurait imposé une période d'essai, pour s'assurer qu'ils s'entendaient bien, l'enfant et sa nurse. »

Il secoue la tête.

« Tu ne comprends toujours pas. Ma tâche était d'amener l'enfant à sa mère. Ce n'était pas de l'amener à une mère, à une femme qui passerait un test ou un autre de maternité. C'est sans importance si selon tes critères ou les miens Inés n'est pas particulièrement bonne mère. Le fait est qu'elle est bel et bien sa mère. Il est avec sa mère.

– Mais Inés n'est pas sa mère à lui ! Elle ne l'a pas

conçu ! Elle ne l'a pas porté dans son sein ! Elle ne l'a pas mis au monde dans le sang et la douleur ! C'est juste quelqu'un que tu as choisi sur un coup de tête, et pour autant que je sache parce qu'elle te rappelait ta propre mère. »

De nouveau il secoue la tête.

« Dès que j'ai vu Inés, j'ai su. Si nous ne faisons pas confiance à la voix qui parle en nous et nous dit : “C'est elle !”, à quoi d'autre pouvons-nous nous fier ?

– Ne me fais pas rire ! “La voix qui parle en nous” ! Les gens perdent tout ce qu'ils ont aux courses en écoutant ces voix intérieures. Les gens se lancent dans des histoires d'amour calamiteuses en obéissant à ces voix intérieures. C'est…

– Je ne suis pas amoureux d'Inés, si c'est ce que tu entends. Loin de là.

– Tu n'es peut-être pas amoureux d'elle, mais tu fais une fixation insensée sur elle, ce qui est bien pire. Tu es convaincu qu'elle est le destin de ton enfant. Alors que la vérité, c'est qu'Inés n'a aucune relation d'ordre mystique ou autre avec toi ou ton garçon. Ce n'est qu'une femme prise au hasard sur qui tu as projeté une espèce d'obsession personnelle. Si, comme tu le dis, l'enfant était prédestiné à être réuni avec sa mère, pourquoi ne pas laisser au destin le soin de les mettre ensemble ? Pourquoi a-t-il fallu que tu t'en mêles ?

– Parce qu'il ne suffit pas de rester assis à attendre que le destin suive son cours, Elena, tout comme il ne suffit pas d'avoir une idée et d'attendre qu'elle se matérialise. Il faut que quelqu'un intervienne pour que cette idée se réalise dans le monde. Quelqu'un doit agir au nom du destin.

– C'est bien ce que je disais : tu t'amènes avec ta petite idée personnelle de ce qu'est une mère et tu la projettes sur cette femme.

– Cette discussion n'a plus ni queue ni tête, Elena. Tout ce que j'entends n'est qu'animosité, préjugés et jalousie.

– Ce n'est ni de l'animosité ni des préjugés, et appeler ça de la jalousie est encore plus absurde. J'essaie de t'aider à comprendre d'où vient cette intuition sacro-sainte en toi, à laquelle tu te fies envers et contre tout ce que tes sens te prouvent. Ça vient du profond de toi. Cela a son origine dans un passé que tu as oublié. Ça n'a rien à voir avec le garçon ou son bien-être. Si tu t'intéressais un brin au bien-être du garçon, tu le réclamerais tout de suite. Cette femme ne lui vaut rien. Il régresse entre ses mains. Elle fait de lui un petit bébé. Tu pourrais le reprendre dès aujourd'hui, si tu voulais. Tu pourrais simplement arriver chez elle et l'emmener. Elle n'a aucun droit légal sur lui. C'est une totale inconnue. Tu pourrais réclamer ton enfant, tu pourrais réclamer ton appartement, et cette femme pourrait retourner à la Residencia, où elle a sa place – retourner vers ses frères et ses parties de tennis. Pourquoi n'en fais-tu rien ? Ou as-tu trop peur – peur de ses frères, peur du chien ?

– Elena, arrête. Je t'en prie, arrête. Les frères m'intimident et j'ai peur du chien. Mais ce n'est pas ce qui me retient de reprendre l'enfant. Je refuse, un point c'est tout. À ton avis, qu'est-ce que je fais dans ce pays où je ne connais personne, où je ne peux exprimer le fond de mon cœur parce que tous les échanges doivent se faire en espagnol de débutant ? Est-ce que je suis venu ici pour trimbaler des sacs lourds, jour après jour, comme une bête de somme ? Non, je suis venu ici pour amener l'enfant à sa mère, et c'est chose faite. »

Elena rit.

« Ton espagnol s'améliore quand tu t'énerves. Tu devrais peut-être t'énerver plus souvent. Pour ce qui est d'Inés, acceptons que nous ne sommes pas d'accord. Pour le reste, la vérité est que nous ne sommes pas là, toi et moi, pour mener des vies heureuses et comblées. Nous sommes là pour nos enfants. Nous ne nous sentons peut-être pas à l'aise en espagnol, mais il en sera autrement pour David et Fidel. Ça sera leur langue maternelle. Ils le parleront comme des gens du cru, du fond du cœur. Et ne méprise pas le travail que tu fais sur les quais. Tu es arrivé dans ce pays tout nu, avec rien d'autre à offrir que le travail de tes mains. On aurait pu te refuser, mais ça n'a pas été le cas : on t'a bien accueilli. Tu aurais pu être laissé à la belle étoile. Mais non, tu as reçu un toit pour t'abriter. Tu as bien de quoi te montrer reconnaissant. »

Il se tait. Puis il dit enfin :

« C'en est fini du sermon ?

– Oui. »

Chapitre 14

Seize heures, et les derniers sacs du cargo sur le Quai Deux sont en train d'être empilés sur la carriole. El Rey et sa compagne ont leur harnais et paisiblement mangent leur ration de grain dans leur musette.

Álvaro étend les bras et lui fait un sourire.

« Un boulot de plus de fait. On est contents, non ?

– Oui, je suppose. Mais je ne peux m'empêcher de me demander pourquoi la ville a besoin de tant de grain, semaine après semaine.

– C'est de quoi manger. On ne peut pas se passer de nourriture. Et ce n'est pas seulement pour Novilla. C'est aussi pour l'arrière-pays. C'est ce que ça veut dire, être un port : on dessert aussi l'arrière-pays.

– Quand même : à quoi bon, en fin de compte ? Les bateaux apportent le grain d'au-delà des mers et nous le déchargeons à grand-peine et quelqu'un d'autre le moud et le fait cuire, et tout ça finit par être mangé et transformé en… comment dirais-je ?… en détritus, des détritus qui retournent à la mer. Quelle satisfaction tirer de tout ça ? J'ai peine à voir quelle place ça a dans le tableau d'ensemble. Je ne vois pas le tableau d'ensemble, le Grand Dessein. Ce n'est rien d'autre que de la consommation.

– Tu es de mauvaise humeur aujourd'hui ! On n'a sûrement pas besoin d'un Grand Dessein pour justifier qu'on fait partie de la vie. La vie est bonne en soi ; faire circuler la nourriture pour que nos semblables puissent vivre est doublement bien. Comment peux-tu mettre ça en question ? Et, quoi qu'il en soit, qu'est-ce que tu as contre le pain ? Rappelle-toi ce que dit le poète : "C'est par le pain que le soleil pénètre nos corps."

– Je ne veux pas discuter, Álvaro. Mais, objectivement, tout ce que je fais, tout ce que nous, dockers, faisons est de transporter de la marchandise d'un point A à un point B, un sac après l'autre, un jour après l'autre. Si notre sueur était versée pour une cause plus noble, ce serait autre chose. Mais manger pour vivre et vivre pour manger – c'est bon pour les bactéries, pas pour…

– Pas pour quoi ?

– Pas pour l'être humain, le sommet de la Création. »

C'est d'habitude durant la pause-déjeuner que se tiennent ces échanges philosophiques – Mourons-nous ou sommes-nous indéfiniment réincarnés ? Est-ce que les planètes les plus lointaines tournent autour du Soleil ou les unes autour des autres et réciproquement ? Sommes-nous dans le meilleur des mondes possibles ? –, mais ce jour-là, au lieu de rentrer chez eux, plusieurs dockers s'approchent pour écouter la discussion. Álvaro se tourne maintenant vers eux.

« Qu'en dites-vous, camarades ? Nous faut-il un Grand Dessein, comme le demande notre ami, ou nous suffit-il de faire notre travail et de le faire bien ? »

Silence. Depuis son arrivée, les hommes l'ont traité, lui, Simón, avec respect. Il est assez vieux pour être le père de certains d'entre eux. Mais ils respectent aussi leur contremaître – ils le vénèrent, même. Il est clair qu'ils ne veulent pas prendre parti.

« Si tu n'aimes pas le travail que nous faisons, si tu penses qu'il n'y a là rien de bon, qu'est-ce que tu voudrais faire à la place ? demande l'un d'entre eux – Eugenio, en fait. Voudrais-tu travailler dans un bureau ? Penses-tu que le travail de bureau vaut mieux que ce que nous faisons ? Ou travailler en usine, peut-être ?

– Non, répond-il, absolument pas. Ne me comprenez pas mal, je vous en prie. En soi, nous faisons ici du bon travail, un travail honnête. Mais ce n'est pas ce dont Álvaro et moi nous discutions. Nous discutions du but de nos efforts, le but ultime. Il ne me viendrait pas à l'idée de rabaisser le travail que nous faisons. Au contraire, cela représente quelque chose de très important pour moi. En fait… » il perd le fil, mais peu importe « … je ne voudrais être nulle part ailleurs qu'ici, à travailler à vos côtés. Depuis que je suis parmi vous, je n'ai rien connu d'autre que le soutien des camarades et l'amour entre camarades. C'est ce qui a fait la lumière de mes jours. Ça a rendu possible… »

Eugenio l'interrompt avec impatience :

« Dans ce cas, tu as répondu à ta propre question. Imagine que tu sois sans travail. Imagine que tu doives passer tes journées sur un banc public sans rien à faire, attendant que les heures passent, sans camarades autour de toi pour partager une blague, sans la bonne volonté de camarades pour te soutenir. Sans travail, sans le partage du travail, la camaraderie est impossible, elle n'a plus aucune substance. » Il se tourne vers les hommes rassemblés autour d'eux. « Est-ce qu'il n'en est pas ainsi, camarades ? »

Un murmure d'approbation lui répond.

« Et que dire du football ? dit-il, essayant une autre tactique, sans trop y croire. Sûrement qu'on s'aimerait tout autant et qu'on se soutiendrait tout autant si on faisait partie de la même équipe de foot, jouant ensemble, gagnant ensemble, perdant ensemble. Si l'amour entre camarades est le bien ultime, pourquoi doit-on charrier ces lourds sacs de grain, pourquoi ne pas simplement taper dans un ballon de foot ?

– Parce qu'on ne peut pas vivre du seul football, dit Álvaro. Pour jouer au football, il faut être vivant ; et pour être vivant, il faut manger. Par notre travail ici nous permettons aux gens de vivre. » Il secoue la tête. « Plus j'y pense, plus je suis convaincu que le travail ne peut être comparé au football, l'un et l'autre relèvent de deux domaines philosophiques différents. Je ne vois pas, je ne vois vraiment pas, pourquoi tu essaies de rabaisser ainsi notre travail. »

Tous les yeux sont tournés vers lui. Un silence pesant s'installe.

« Croyez-moi, mon intention n'est pas de rabaisser notre travail. Pour vous montrer que je suis sincère, je viendrai travailler une heure plus tôt demain matin, et j'abrégerai aussi ma pause-déjeuner. Je transporterai autant de sacs par jour que n'importe qui d'autre ici. Mais je ne cesserai pas de demander : pourquoi faisons-nous ça ? À quoi ça sert ? »

Álvaro s'approche et lui passe un bras musclé autour des épaules.

« Il ne sera pas nécessaire de faire des exploits héroïques, mon ami, dit-il. On connaît le fond de ton cœur, tu n'as pas besoin de faire tes preuves. »

D'autres s'approchent aussi, pour lui donner une tape dans le dos ou le serrer contre eux. Il sourit à tous, autant qu'ils sont ; les larmes lui montent aux yeux ; il ne peut s'arrêter de sourire.

« Tu n'as pas encore vu notre entrepôt principal, n'est-ce pas ? dit Álvaro, tenant toujours sa main serrée dans la sienne.

– Non.

– C'est une installation impressionnante, c'est moi qui te le dis. Pourquoi ne pas y aller voir ? Tu peux y aller tout de suite, si tu veux. » Il se tourne vers le charretier, qui attend, affalé sur son siège, la fin de la discussion entre les dockers. « Notre camarade peut aller avec toi jusqu'à l'entrepôt ?… Oui, bien sûr. Viens ! » Il l'aide à grimper à côté du charretier. « Tu apprécieras peut-être mieux le travail qu'on fait quand tu auras jeté un coup d'œil à l'entrepôt. »

L'entrepôt est plus loin des quais qu'il n'aurait cru, sur la rive sud, au coude où le fleuve se rétrécit. À l'amble – le charretier a un fouet mais il ne s'en sert pas, il se contente de claquer de la langue de temps en temps pour encourager les chevaux –, ils mettent près d'une heure à arriver. Pas un mot n'est échangé.

L'entrepôt se dresse isolé au milieu d'un champ. Il est immense, de la taille d'un terrain de football, aussi haut qu'un immeuble de deux étages, avec de grandes portes coulissantes par lesquelles la carriole et son chargement passent facilement.

La journée de travail doit être terminée, car il n'y a personne pour décharger. Tandis que le charretier manœuvre la carriole pour l'approcher de la plate-forme de déchargement et commence à dételer les chevaux, il s'enfonce dans le vaste bâtiment. La lumière qui filtre par les trous entre le mur et le toit laisse voir des sacs empilés sur des mètres de haut, des montagnes et des montagnes de grain qui s'étendent loin dans les recoins sombres. Il essaie vaguement de faire un calcul, mais perd le fil. Un million de sacs, au moins, plusieurs millions, peut-être. Y a-t-il assez de meuniers à Novilla pour moudre tout ce grain ? Assez de boulangers pour le cuire, assez de bouches pour le consommer ?

Il sent un craquement sec sous ses pieds : du grain tombé des sacs. Quelque chose de mou vient cogner sa cheville, et involontairement il envoie un coup de pied. Un cri aigu ; brusquement, il perçoit un bruit étouffé tout autour de lui, comme de l'eau qui s'écoule. Il jette un cri. Le sol autour de lui grouille de vie. Des rats ! Il y a des rats partout !

« Il y a des rats partout ! hurle-t-il, revenant à toute allure vers le charretier et le gardien. Il y a du grain répandu partout par terre et vous êtes infestés de rats ! C'est épouvantable ! »

Les deux hommes échangent un regard.

« Oui, certainement nous avons notre compte de rats, dit le gardien. Et aussi de souris. Plus qu'on ne pourrait compter.

– Et vous ne faites rien contre cette plaie ? C'est malsain ! Ils nichent dans la nourriture, ils la contaminent ! »

Le gardien hausse les épaules.

« Qu'est-ce que tu veux qu'on fasse ? Quand il y a du grain, il y a des rongeurs. Le monde est fait comme ça. On a essayé d'amener des chats, mais les rats n'ont plus peur d'eux, et puis ils sont trop nombreux, de toute façon.

– Ce n'est pas une raison. Vous pourriez poser des pièges, répandre du poison, fumiger le bâtiment…

– On ne peut pas balancer des gaz empoisonnés dans une réserve de nourriture – réfléchis un peu ! Et maintenant, si tu veux bien, il faut que je ferme. »

Dès son arrivée, le lendemain matin, il soulève la question auprès d'Álvaro :

« Tu es tout fier de votre entrepôt, mais y es-tu jamais allé toi-même ? Ça grouille de rats. Y a-t-il lieu d'être fier de travailler pour nourrir une armée de vermine ? Ce n'est pas simplement absurde, c'est de la folie. »

Álvaro lui adresse un sourire indulgent qui l'exaspère.

« Partout où il y a des bateaux il y a des rats. Dans tous les entrepôts il y a des rats. Là où prospère notre espèce, les rats prospèrent aussi. Les rats sont des créatures intelligentes. On pourrait dire qu'ils sont nos ombres. C'est vrai qu'ils consomment une partie du grain que nous déchargeons. C'est vrai qu'il y a de la perte dans l'entrepôt. Mais il y a de la perte tout au long de la chaîne : dans les champs, dans les trains, dans les bateaux, dans les entrepôts, dans les réserves des boulangers. Il n'y a pas lieu de s'émouvoir de ces pertes. Les pertes font partie de la vie.

– Le simple fait que les pertes fassent partie de la vie ne signifie pas qu'on ne peut pas lutter contre ! Pourquoi stocker des tonnes de grain, des milliers de tonnes, dans des entrepôts infestés de rats ? Pourquoi ne pas importer seulement ce dont nous avons besoin, d'un mois à l'autre ? Et pourquoi ne peut-on mieux organiser le processus de transfert de la marchandise ? Pourquoi utiliser des chevaux et des charrettes quand on pourrait utiliser des camions ? Pourquoi le grain arrive-t-il en sacs pour être charrié à dos d'homme ? Pourquoi ne pas le verser à l'autre bout de la cale et le pomper par tuyau de ce côté ? »

Álvaro prend le temps de réfléchir avant de répondre.

« Et qu'est-ce que tu crois qu'on deviendrait, nous autres, Simón, si on pompait le grain en vrac, comme tu le proposes ? Qu'arriverait-il aux chevaux ? Que deviendrait El Rey ?

– Il n'y aurait plus de travail pour nous sur les quais, répond-il. Ça je l'admets. Mais à la place on pourrait monter les pompes ou conduire des camions. On aurait tous du travail, comme avant, mais ce serait un genre de boulot différent, qui exigerait de l'intelligence et pas seulement de la force pure.

– Alors, comme ça, tu voudrais nous libérer d'une vie de labeur de bêtes. Tu veux qu'on quitte les quais et qu'on trouve un autre genre de boulot où on ne pourrait plus charger un fardeau sur nos épaules, sentir les grains dans le sac glisser pour prendre la forme de notre corps, entendre leur bruissement, où nous perdrions tout contact avec la chose elle-même – avec ce qui nous nourrit et nous donne la vie. Pourquoi crois-tu qu'il nous faut être sauvés, Simón ? Crois-tu que nous avons des vies de dockers parce qu'on nous a trouvés trop bêtes pour faire autre chose – trop bêtes pour monter une pompe ou conduire un camion ? Bien sûr que non. Tu nous connais bien, maintenant. Tu es notre ami, notre camarade. Nous ne sommes pas idiots. S'il nous avait fallu être sauvés, nous aurions déjà assuré notre salut nous-mêmes à l'heure qu'il est. Non, ce n'est pas nous qui sommes idiots, c'est le petit raisonnement malin que tu tiens qui est idiot, qui te donne les mauvaises réponses. Nous sommes ici sur notre dock, notre quai – non ? » Il jette des regards à la ronde ; les hommes murmurent leur assentiment. « Il n'y a pas de place ici pour jouer au malin, seulement pour la chose en soi, c'est tout. »

Il n'en croit pas ses oreilles. Il ne peut croire que l'homme qui lui jette à la tête ces sottises obscurantistes soit son ami Álvaro. Et le reste de l'équipe semble solidement rassemblé derrière lui – des jeunes gens intelligents avec qui tous les jours il discute de la vérité et des apparences, du bien et du mal. S'il ne les aimait pas tant, il s'en irait – s'en irait, tout simplement, les laissant à leurs futiles labeurs. Mais ce sont ses camarades et il leur veut du bien, il a le devoir d'essayer de les convaincre qu'ils sont sur la mauvaise voie.

« Mais écoute-toi donc parler, Álvaro. Crois-tu donc que la chose en soi reste toujours la même, sans jamais changer ? Non, tout est en perpétuel flux. As-tu donc oublié ça quand tu as traversé l'océan pour venir ici ? Les eaux de l'océan sont en flux, et, dans ce flux, elles changent. On ne peut pas se baigner deux fois dans le même fleuve. Comme les poissons vivent dans la mer, nous vivons dans le temps et devons changer avec le temps. Nous pouvons respecter les traditions vénérables des dockers autant que nous voulons, en fin de compte nous serons rattrapés par le changement. Le changement est comme la marée montante. On peut monter des digues, mais l'eau finira toujours par s'infiltrer par les failles. »

Les hommes se sont rapprochés pour former un demi-cercle autour d'Álvaro et de lui. Il ne perçoit aucune hostilité dans leur comportement. Au contraire, il lui semble qu'ils l'encouragent discrètement, le poussent à faire valoir son point de vue du mieux qu'il peut.

« Je n'essaie pas de vous sauver, je ne suis personne de spécial, je ne prétends pas être le sauveur de quiconque, dit-il. Comme vous, j'ai traversé l'océan. Comme vous, je n'apporte aucune histoire avec moi. Toute l'histoire qui était la mienne, je l'ai laissée derrière moi. Je suis simplement un homme nouveau dans une contrée nouvelle, et c'est une bonne chose. Mais je n'ai pas abandonné l'idée de l'histoire, l'idée du changement sans commencement ni fin. On ne peut se débarrasser des idées par une grande lessive, pas même avec le concours du temps. Les idées sont partout. L'univers en est tissé. Sans idées, il n'y aurait pas d'univers, car il n'y aurait pas d'être. L'idée de la justice, par exemple. Nous désirons tous vivre dans un système juste, un système dans lequel un travail honnête est récompensé selon ses mérites ; et c'est un désir légitime, bon, admirable. Mais ce que nous faisons ici sur les quais ne contribuera en rien à instaurer un tel système. Ce que nous faisons ici n'équivaut à rien de plus que donner en spectacle notre travail héroïque. Et ce spectacle se perpétue grâce à une armée de rats – des rats qui œuvrent jour et nuit à engouffrer ces tonnes de grain que nous déchargeons et font de la place dans l'entrepôt pour encore plus de grain. Sans les rats, l'inutilité de notre travail crèverait les yeux. »

Il marque une pause. Les hommes restent silencieux.

« Vous ne voyez donc pas ça ? reprend-il. Vous êtes aveugles ? »

Des yeux, Álvaro fait le tour de l'assemblée.

« C'est l'esprit de l'agora. Qui va répondre à notre éloquent ami ? »

Un des jeunes dockers lève la main. Álvaro lui fait signe qu'il a la parole.

« Notre ami invoque le concept du réel d'une manière qui n'est pas claire », dit le jeune homme ; il s'exprime avec aisance et confiance en lui, comme un premier de la classe. « Pour démontrer à quel point il est confus, comparons l'histoire avec le climat. Le climat dans lequel nous vivons, nous en tomberons d'accord, est dans une dimension qui nous dépasse. Aucun d'entre nous ne peut prescrire ce que sera le climat. Mais ce n'est pas le fait que le climat soit plus grand que nous qui le rend réel. Le climat est réel parce qu'il a des manifestations réelles. Ces manifestations incluent le vent et la pluie. Ainsi, quand il pleut, nous sommes mouillés ; quand le vent se lève, il nous arrache nos casquettes. Le vent et la pluie sont des phénomènes transitoires, des réalités de deuxième ordre, accessibles à nos sens. Au-dessus, dans la hiérarchie du réel, il y a le climat.

» Maintenant, voyons l'histoire. Si l'histoire, comme le climat, était une réalité supérieure, l'histoire aurait des manifestations que nous pourrions percevoir par nos sens. Mais quelles sont ces manifestations ? » Des yeux, il fait le tour de l'auditoire. « Qui parmi nous a jamais eu sa casquette arrachée par l'histoire ? »

Silence.

« Personne, reprend-il, parce que l'histoire n'a pas de manifestations. Parce que l'histoire n'est pas réelle. L'histoire n'est rien d'autre qu'une fable inventée.

– Pour être plus précis », celui qui parle est Eugenio, qui la veille voulait savoir s'il préférerait travailler dans un bureau, « parce que l'histoire n'a pas de manifestations dans le présent. L'histoire n'est rien d'autre qu'un dessin que nous voyons dans ce qui s'est passé. Elle n'a pas le pouvoir d'atteindre le présent. Notre ami Simón dit que nous devrions nous procurer des machines pour faire le travail à notre place, parce que c'est ce que dicte l'histoire. Mais ce n'est pas l'histoire qui nous dit d'abandonner un honnête travail, c'est l'oisiveté, et la tentation de l'oisiveté. L'oisiveté a une réalité que l'histoire n'a pas. Nous la percevons par nos sens. Nous en sentons les manifestations chaque fois que nous nous étendons sur l'herbe et fermons les yeux, et que nous jurons que nous ne nous relèverons jamais, même quand résonnera le sifflet, tant notre plaisir est délectable. Lequel d'entre nous, traînant sur l'herbe par une journée ensoleillée, dira : "Je sens dans mes os l'histoire qui me dit de ne pas me lever" ? Non, c'est l'oisiveté que nous sentons dans nos os. C'est bien pour ça qu'on dit : "Il n'a pas un seul os oisif dans le corps." »

À mesure qu'il parlait, Eugenio s'est enflammé. Craignant peut-être qu'il n'en finisse jamais, ses camarades l'interrompent par des applaudissements. Il s'arrête et Álvaro saisit l'occasion :

« Je ne sais pas si notre ami Simón souhaite répondre, dit-il. Notre ami a qualifié notre labeur ici de "spectacle inutile", remarque que certains d'entre nous ont pu trouver blessante. Si c'était une remarque en l'air, et si, après avoir réfléchi, il souhaite la retirer ou la modifier, je suis sûr que son geste sera apprécié. »

C'est à lui. Il est à contre-courant, c'est clair. A-t-il la volonté de résister ?

« Bien sûr, je retire ma remarque inconsidérée, dit-il, et en plus je m'excuse auprès de ceux que j'ai pu blesser. Pour ce qui est de l'histoire, tout ce que je peux dire, c'est que si aujourd'hui nous refusons peut-être de l'écouter, nous ne pourrons pas toujours agir ainsi. J'ai donc une proposition à vous faire. Retrouvons-nous sur ce quai dans dix ans, ou même cinq ans, et voyons si on décharge toujours le grain à dos d'homme, et si on le stocke dans un abri ouvert pour nourrir nos ennemis les rats. Je crois que ce ne sera pas le cas.

– Et si tu avais tort ? dit Álvaro. Si dans dix ans on décharge encore le grain exactement comme aujourd'hui, accepteras-tu que l'histoire n'est pas réelle ?

– J'accepterai, réplique-t-il. Je m'inclinerai devant les forces du réel. Je dirai que je me soumets au verdict de l'histoire. »

Chapitre 15

Pendant quelque temps après sa tirade contre les rats, il trouve l'ambiance au travail tendue. Ses camarades sont aussi prévenants que d'habitude mais le silence se fait quand il s'approche.

Et en vérité, quand il repense à ses propos incontrôlés, il rougit de honte. Comment a-t-il pu rabaisser le travail dont ses compagnons sont si fiers, ce travail auquel il est reconnaissant d'être autorisé à participer ?

Mais peu à peu les choses s'arrangent. Pendant la pause du matin, un jour, Eugenio vient à lui et lui tend un sac en papier.

« Des biscuits. Prends-en un ou deux. C'est un cadeau d'un voisin. »

Et comme il dit combien il les trouve bons (les biscuits sont délicieux, il sent le gingembre dans la pâte, et peut-être de la cannelle), Eugenio ajoute :

« Tu sais, j'ai repensé à ce que tu disais l'autre jour. Tu n'avais peut-être pas tout à fait tort. Pourquoi irions-nous nourrir les rats quand eux ne font rien pour nous nourrir ? Il y a des gens qui mangent des rats, mais moi sûrement pas. Et toi ?

– Non, dit-il, je ne mange pas de rats non plus, je préfère de beaucoup tes biscuits. »

À la fin de la journée de travail, Eugenio revient sur le sujet :

« La pensée que nous avions pu te blesser m'a tracassé. Crois-moi, il n'y avait aucune hostilité. Nous éprouvons tous la meilleure bonne volonté envers toi.

– Je ne suis pas du tout blessé, répond-il. Nous avons eu un désaccord philosophique, c'est tout.

– Un désaccord philosophique, certes, dit Eugenio. Tu habites dans les Barres Est, non ? Je t'accompagne jusqu'à l'arrêt d'autobus. »

Aussi, pour continuer à faire croire qu'il habite les Barres, il doit aller avec Eugenio jusqu'à l'arrêt du bus.

« Une question me préoccupe, lui dit-il pendant qu'ils attendent le 6. Ça n'a rien de philosophique. Que faites-vous, toi et les autres, de votre temps libre ? Je sais que beaucoup d'entre vous s'intéressent au football, mais le soir ? Vous ne semblez avoir ni femme ni enfants. Est-ce que vous avez des copines ? Est-ce que vous allez dans des clubs ? Álvaro me dit qu'on peut s'inscrire dans des clubs. »

Eugenio rougit.

« Pour les clubs, je n'en sais rien. Je vais à l'Institut, la plupart du temps.

– Parle-moi un peu de l'Institut. On m'a dit que ça existait, mais je ne sais pas du tout ce qui s'y passe.

– Il s'y donne des cours. Il y a des conférences, des films, des groupes de discussion. Tu devrais t'inscrire. Ça te plairait. Ce n'est pas que pour les jeunes, il y a beaucoup de personnes âgées, aussi. C'est gratuit. Tu sais comment y aller ?

– Non.

– C'est sur la rue Neuve, près du grand carrefour. Un bâtiment blanc, très haut, avec des portes en verre. Tu es sans doute passé devant maintes fois sans t'en rendre compte. Viens demain soir. Tu pourras te joindre à notre groupe.

– Entendu. »

Il se trouve que le cours auquel Eugenio est inscrit, de même que trois autres dockers, est un cours de philosophie. Il prend place au dernier rang, à l'écart de ses camarades, pour pouvoir s'éclipser s'il s'ennuie.

Le professeur arrive et le silence se fait. C'est une femme, plus toute jeune, habillée plutôt n'importe comment à ses yeux, avec des cheveux gris fer coupés court et pas de maquillage.

« Bonsoir, dit-elle. Reprenons où nous en sommes restés la semaine dernière et continuons à étudier la table – la table et sa proche parente, la chaise. Vous vous rappelez que nous discutions des diverses sortes de tables qu'on trouve dans le monde et des diverses sortes de chaises. Nous nous demandions quelle unité trouver derrière toute cette diversité, qu'est-ce qui fait de toutes les tables des tables, et de toutes les chaises des chaises. »

Il se lève discrètement et quitte la salle.

Le couloir est désert, excepté une silhouette en longue robe blanche qui avance rapidement vers lui. Comme la silhouette se rapproche, il se rend compte qu'il ne s'agit de personne d'autre qu'Ana, du Centre.

« Ana ! s'exclame-t-il.

– Bonsoir, répond-elle. Désolée, pas le temps de parler, je suis en retard. » Mais en fait elle s'arrête. « Mais je vous connais, non ? J'ai oublié votre nom.

– Simón. On s'est rencontrés au Centre. J'avais un

jeune garçon avec moi. Vous nous avez gentiment hébergés lors de notre première nuit à Novilla.

– Ah oui, bien sûr. Et comment va votre fils ? »

La robe blanche est en fait un peignoir de bain blanc en tissu éponge ; elle est pieds nus. Drôle de tenue. Y a-t-il une piscine à l'Institut ?

Elle remarque son air perplexe et elle rit.

« Je pose, dit-elle. Je pose deux fois par semaine, pour une classe qui travaille sur des modèles vivants.

– "Travaille sur des modèles vivants" ?

– Un cours de dessin. Dessin d'après nature. Je pose pour la classe. » Elle étire les bras comme si elle bâillait. Le col du peignoir s'entrouvre ; il aperçoit les seins qu'il a tant admirés. « Vous devriez venir. Si vous voulez apprendre quelque chose sur le corps, il n'y a pas mieux. » Puis, avant qu'il ne revienne de son ahurissement : « Au revoir – je suis en retard. Dites bonjour à votre fils. »

Il erre dans le couloir désert. L'Institut est plus vaste qu'il n'aurait cru vu de l'extérieur. De derrière une porte fermée vient de la musique, une femme chante tristement, accompagnée à la harpe. Il s'arrête devant un panneau d'affichage. Longue liste des cours offerts. Dessin architectural. Comptabilité. Calcul. Et toute une série de cours d'espagnol : espagnol débutant (douze sections), espagnol niveau intermédiaire (cinq sections), espagnol niveau avancé, rédaction en espagnol, conversation en espagnol. Il aurait dû venir ici au lieu de se débattre tout seul avec la langue. Pas de littérature espagnole, à ce qu'il peut voir. Mais la littérature relève peut-être du niveau avancé.

Pas d'autres cours de langue. Pas de portugais. Pas de catalan. Pas de galicien. Pas de basque.

Pas d'espéranto. Pas de volapük.

Il cherche l'annonce pour le cours de dessin d'après nature. La voilà. *Dessin d'après modèles, lundi à vendredi de 7 à 9 heures du soir, samedi de 2 à 4 heures l'après-midi. Inscriptions en section 12. Section 1 COMPLÈTE. Section 2 COMPLÈTE. Section 3 COMPLÈTE.* Un cours qui a du succès, c'est clair.

Calligraphie. Tissage. Vannerie. Arrangement floral. Poterie. Marionnettes.

Philosophie. Bases de la philosophie. Philosophie : sujets choisis. Philosophie du travail. Philosophie et vie quotidienne.

Une cloche sonne la fin de l'heure de cours. Les étudiants sortent dans le couloir, au compte-gouttes d'abord, puis en torrent, pas seulement des jeunes, mais des gens de son âge, plus vieux même, comme l'a dit Eugenio. Pas étonnant que la ville soit une morgue dès qu'il fait nuit. Tout le monde est là, à l'Institut, essayant de s'améliorer. Tout le monde s'efforce de devenir un meilleur citoyen, quelqu'un de meilleur. Tout le monde, sauf lui.

Une voix le hèle. C'est Eugenio, qui lui fait de grands signes à travers la foule qui les entoure.

« Viens ! On va manger quelque chose ! Viens avec nous ! »

Il suit Eugenio et ils descendent un escalier jusqu'à une cafétéria vivement éclairée. Nombre de gens, formant de longues files, attendent déjà d'être servis. Il prend un plateau et des couverts.

« On est mercredi, c'est le jour des pâtes, dit Eugenio. Tu aimes les pâtes ?

– Oui, j'aime ça. »

Arrive leur tour. Il tend son assiette et un employé y flanque une grosse portion de spaghettis. Un autre y ajoute une bonne cuillerée de sauce tomate.

« Prends aussi un petit pain, dit Eugenio, au cas où tu aurais le ventre creux.

– Où est-ce qu'on paie ?

– On ne paie pas. C'est gratuit. »

Ils trouvent une table où les autres jeunes dockers viennent les rejoindre.

« Comment était votre cours ? leur demande-t-il. Vous êtes-vous fait une idée de ce qu'est une chaise ? »

Il dit ça pour rire, mais les jeunes gens le regardent sans réagir.

« Tu ne sais pas ce qu'est une chaise ? finit par dire l'un d'eux. Baisse les yeux, tu es assis sur une chaise. »

Il fait du regard le tour de ses compagnons. Tous éclatent de rire.

Il essaie de rire avec eux, pour montrer qu'il apprécie la blague.

« Je veux dire : est-ce que vous avez découvert ce qui constitue… je ne sais comment dire…

– *Sillicidad*, propose Eugenio. Ta chaise », il montre la chaise, « incarne la *sillicidad* ou en participe, ou en est la réalisation, comme notre professeur aime à dire. C'est comme ça que vous savez que c'est une chaise et pas une table.

– Ou un tabouret, ajoute son compagnon.

– Est-ce que votre prof vous a jamais parlé de l'homme à qui on demandait comment il savait qu'une chaise était une chaise et qui a donné à la chaise un bon coup de pied en disant : “Voilà, monsieur, comment je le sais” ?

– Non, dit Eugenio. Mais ce n'est pas comme ça qu'on apprend qu'une chaise est une chaise. C'est comme ça que l'on apprend que c'est un objet. L'objet d'un coup de pied. »

Il reste silencieux. Le fait est qu'il n'est pas à sa place dans cet institut. Philosopher ne fait que l'agacer. Il se moque bien des chaises et de leur chaisité.

Les spaghettis manquent de goût. La sauce tomate n'est rien d'autre que des tomates en purée qu'on a fait réchauffer. Il cherche une salière mais n'en voit pas. Pas plus que du poivre. Mais au moins les spaghettis sont un changement. Mieux que le sempiternel bout de pain.

« Alors, à quel cours est-ce que tu penses t'inscrire ? lui demande Eugenio.

– Je n'ai pas encore décidé. J'ai jeté un œil sur la liste. Il y a un grand choix. J'ai pensé au dessin d'après modèles vivants, mais je vois que c'est plein.

– Tu ne viendras donc pas dans notre classe. C'est dommage. La discussion est devenue plus intéressante après ton départ. Nous avons parlé de l'infinité, et des dangers de l'infinité. Qu'en est-il si, au-delà de la chaise idéale, il y a une chaise plus idéale encore, et ainsi de suite, à l'infini ? Mais le dessin d'après modèles est intéressant aussi. Tu pourrais prendre le dessin ce semestre – le dessin pur et simple. Tu serais alors prioritaire pour la classe de dessin d'après nature le semestre prochain.

– C'est un cours qui a beaucoup de succès, explique l'un des autres garçons. Les gens veulent en savoir plus sur le corps. »

Il essaie de percevoir le trait d'ironie, en vain. Pas plus d'ironie que de sel.

« Si vous voulez en savoir plus sur le corps humain, ne

vaudrait-il pas mieux prendre un cours d'anatomie ? » demande-t-il.

Son jeune interlocuteur n'est pas d'accord.

« L'anatomie ne nous renseigne que sur les parties du corps. Si vous voulez apprendre quelque chose sur l'ensemble, il faut prendre un cours de dessin d'après nature ou d'après modèles.

– Par "l'ensemble", vous voulez dire… ?

– Je veux dire d'abord le corps en tant que corps, puis après le corps dans sa forme idéale.

– Est-ce que l'expérience ordinaire ne vous apprendrait pas ça ? Je veux dire : est-ce que quelques nuits passées avec une femme ne vous apprendraient pas tout ce qu'il faut savoir sur le corps en tant que corps ? »

Le garçon rougit et des yeux cherche le secours de ses compagnons.

Il se maudit. Pourquoi faut-il qu'il fasse ces plaisanteries idiotes !

« Et pour ce qui est du corps dans sa forme idéale, insiste-t-il, nous devrons probablement attendre l'autre vie pour voir ce qu'il en est. » Il repousse son assiette de spaghettis, encore à moitié pleine. C'est trop pour lui, trop bourratif. « Il faut que je parte, dit-il. Bonsoir. Je vous revois demain sur les quais.

– Bonsoir. »

Ils ne cherchent pas à le retenir. Et avec raison. Comment leur apparaît-il, à ces jeunes gars bien, durs à la tâche, idéalistes, innocents ? Que pourraient-ils apprendre des miasmes amers qui émanent de lui ?

« Comment va ton garçon ? lui demande Álvaro. Il nous manque. Est-ce que tu lui as trouvé une école ?

– Il n'a pas encore l'âge d'aller à l'école. Il est avec sa mère. Elle ne veut pas qu'il passe trop de temps avec moi. Selon elle, il sera déchiré dans son affection tant qu'il y aura deux adultes qui prétendent avoir des droits sur lui.

– Mais il y a toujours deux adultes qui ont des droits sur nous : notre père et notre mère. On n'est pas des abeilles ou des fourmis.

– C'est peut-être le cas. Mais, de toute façon, je ne suis pas le père de David. Sa mère est la mère, mais je ne suis pas le père. Voilà la différence. Álvaro, c'est un sujet pénible. On peut laisser tomber ? »

Álvaro lui saisit le bras.

« David n'est pas un garçon ordinaire. Crois-moi. Je l'ai observé, je sais de quoi je parle. Es-tu sûr que tu agis au mieux de ses intérêts ?

– Je l'ai remis à sa mère. C'est elle qui s'occupe de lui. Pourquoi dis-tu que ce n'est pas un garçon ordinaire ?

– Tu dis que tu l'as remis à sa mère, mais, lui, a-t-il vraiment envie de passer dans d'autres mains ? Et pour commencer, pourquoi sa mère l'a-t-elle abandonné ?

– Elle ne l'a pas abandonné. Elle et lui se sont trouvés séparés. Pendant un temps ils ont vécu dans des mondes différents. Je l'ai aidé à la trouver. Il l'a trouvée et ils ont été réunis. Ils ont maintenant une relation naturelle, la relation entre mère et fils. Alors que lui et moi n'avons pas de relation naturelle. C'est tout.

– Si ta relation avec lui n'est pas naturelle, qu'est-ce qu'elle est ?

– Abstraite. Il a avec moi une relation abstraite. Une relation avec quelqu'un qui l'aime dans l'abstrait mais n'a aucun devoir naturel envers lui. Que voulais-tu dire par "ce n'est pas un garçon ordinaire" ? »

Álvaro secoue la tête.

« “Naturelle”, “abstraite”… Je ne comprends rien à tout ça. Comment imagines-tu qu’une mère et un père se rencontrent – la mère et le père de l’enfant à venir ? Parce qu’ils ont un devoir naturel l’un envers l’autre ? Bien sûr que non. Leurs chemins se croisent par hasard et ils tombent amoureux. Qu’est-ce qui pourrait être moins naturel, plus arbitraire que ça ? De cette rencontre de hasard, un être nouveau vient au monde, une âme nouvelle. Qui dans cette histoire doit quoi à qui ? Je ne saurais le dire, et je suis sûr que toi non plus… Je vous observais ensemble, Simón, toi et le garçon, et je voyais bien : il te fait totalement confiance. Il t’aime et tu l’aimes. Alors pourquoi le donner à quelqu’un d’autre ? Pourquoi te couper de lui ?

– Je ne me suis pas coupé de lui. C’est sa mère qui l’a coupé de moi, comme c’est son droit. Si j’avais le choix, je serais encore avec lui. Mais je n’ai pas le choix. Je n’ai pas le droit de choisir. Dans cette affaire, je n’ai aucun droit. »

Álvaro garde le silence. Il semble se replier sur lui-même.

« Dis-moi où je peux trouver cette femme, dit-il enfin. J’aimerais lui dire un mot.

– Sois prudent. Elle a un frère qui est un sale type. Ne va pas te frotter à lui. En fait, elle a deux frères, aussi désagréables l’un que l’autre.

– Je sais me débrouiller, dit Álvaro. Où puis-je la trouver ?

– Elle s’appelle Inés et elle a repris mon ancien appartement dans la Barre Est : Immeuble B, le 202, au deuxième étage. Ne dis pas que je t’ai envoyé, parce que ce ne serait pas vrai. Je ne t'envoie pas. Ce n'est pas du tout mon idée, c'est ton idée à toi.

– Ne t'inquiète pas. Je lui ferai savoir clairement que c'est mon idée et que tu n'as rien à voir dans tout ça. »

Le lendemain, pendant la pause de midi, d'un geste Álvaro lui fait signe de venir.

« J'ai parlé à ton Inés, dit-il sans préambule. Elle accepte que tu voies le garçon, mais pas tout de suite. À la fin du mois.

– Quelle bonne nouvelle ! Comment as-tu réussi à la persuader ? »

D'un geste de la main, Álvaro écarte la question.

« Peu importe comment. Elle dit que tu peux l'emmener promener. Elle te fera savoir quand. Elle a demandé ton numéro de téléphone. Comme je ne le connaissais pas, je lui ai donné le mien. J'ai dit que je ferais passer les messages.

– Je ne saurais te dire combien je te suis reconnaissant. Assure-la que je ne contrarierai pas le garçon – je veux dire que je ne ferai rien pour porter atteinte à sa relation avec elle. »

Chapitre 16

La convocation d'Inés arrive plus tôt que prévu. Le lendemain matin même Alvaro l'appelle.

« Il y a une urgence à ton appartement, dit-il. Inés a appelé comme je quittais la maison. Elle voulait que je vienne, mais je lui ai dit que je n'avais pas le temps. Ne t'affole pas. Ça n'a rien à voir avec ton garçon, c'est une affaire de plomberie. Tu auras besoin d'outils. Prends la boîte à outils dans l'appentis. Dépêche-toi. Elle est dans tous ses états. »

Inés l'attend à la porte, vêtue (pourquoi ? il ne fait pas froid) d'un épais manteau. Elle est dans tous ses états, c'est vrai, folle furieuse. Les cabinets sont bouchés, dit-elle. Le responsable de l'immeuble est venu voir ce qu'il en était, mais il a refusé de faire quoi que ce soit, sous prétexte (a-t-il dit) qu'elle n'en était pas la locataire attitrée et qu'il ne savait pas qui elle était. Elle a appelé ses frères à la Residencia, mais ils se sont débarrassés d'elle avec quelques excuses, trop proprets (dit-elle amèrement) pour se salir les mains. Alors, ce matin, en désespoir de cause, elle a appelé son collègue Álvaro ; comme travailleur manuel, il devrait y connaître quelque chose en plomberie. Et voilà que c'est lui qui arrive, au lieu d'Álvaro.

Elle parle sans arrêt, arpentant la salle de séjour d'un pas rageur. Elle a perdu du poids depuis la dernière fois qu'il l'a vue. Des rides soulignent les coins de sa bouche. Il écoute en silence ; mais il garde les yeux fixés sur le garçon, qui, assis sur le lit – est-ce qu'il vient juste de se réveiller ? –, le regarde d'un air incrédule, comme s'il revenait du pays des morts.

Il lance un sourire au garçon et ses lèvres articulent un « Bonjour ! » silencieux.

Le garçon sort son pouce de sa bouche mais ne dit rien. On lui a laissé pousser les cheveux, qu'il a naturellement bouclés. Il porte un pyjama avec des éléphants et des hippopotames rouges qui gambadent sur un fond bleu pâle.

Inés ne cesse pas de parler.

« On a des ennuis avec ces cabinets depuis qu'on a emménagé, dit-elle. Ça ne m'étonnerait pas si c'était la faute aux gens d'en dessous. J'ai demandé au responsable d'aller voir ce qui se passait en bas mais il ne m'a même pas écoutée. Je n'ai jamais vu un homme aussi mal élevé. Il s'en fiche bien qu'on sente la puanteur depuis le couloir. »

Inés n'a aucune gêne à parler d'eaux usées. Cela lui paraît bizarre : si le sujet ne touche pas à l'intimité, il est pour le moins délicat. Le considère-t-elle comme un simple ouvrier venu la dépanner, quelqu'un qu'elle n'aura jamais à revoir, ou bien bavasse-t-elle pour cacher sa déconfiture ?

Il traverse la pièce, ouvre la fenêtre et se penche. Le tuyau d'évacuation des toilettes va directement dans une conduite de vidange qui descend le long du mur extérieur.

Trois mètres plus bas débouche le tuyau d'évacuation de l'appartement du dessous.

« Est-ce que vous avez parlé aux gens du 102 ? Si toute la conduite est bloquée, ils auront le même problème que vous. Mais je vais d'abord jeter un œil à la cuvette, au cas où le problème serait quelque chose d'évident. » Il se tourne vers le garçon. « Tu veux bien me donner un coup de main ? Est-ce qu'il n'est pas l'heure de te lever, petit paresseux ? Regarde comme le soleil est déjà haut dans le ciel ! »

Le garçon se tortille et lui fait un sourire de joie. Cela lui gonfle le cœur. Comme il aime cet enfant !

« Viens ici, dit-il. Tu n'es sûrement pas trop vieux pour me faire la bise ? »

Le garçon saute du lit et se précipite pour le serrer dans ses bras. Il sent la profonde odeur laiteuse de ce corps pas lavé.

« J'aime ton nouveau pyjama. On va voir ce qui se passe ? »

La cuvette est pleine presque à ras-bord d'eau et d'excréments. Dans la boîte à outils qu'il a apportée il y a un rouleau de fil de fer. Il en recourbe le bout pour en faire un crochet, à l'aveuglette racle le fond de la cuvette et en extirpe un paquet de papier toilette.

« Est-ce que tu as un popo ? demande-t-il au garçon.

– Un pot pour faire pipi ? » demande le garçon.

Il lui fait signe que oui. Le garçon détale et revient avec un pot de chambre couvert d'un linge. Un instant plus tard, Inés fait irruption dans la pièce, s'empare du pot et ressort sans dire un mot.

« Trouve-moi un sac en plastique, dit-il au garçon. Assure-toi qu'il n'y a pas de trou. »

Dans le tuyau bloqué, il repêche encore un gros paquet de papier, mais le niveau de l'eau ne baisse pas.

« Habille-toi, nous allons descendre. » Et à Inés : « S'il n'y a personne au 102, j'essaierai d'ouvrir la trappe au niveau du sol. Si c'est bloqué au-delà, je ne pourrai rien faire. Ce sera de la responsabilité des autorités locales. Mais voyons d'abord. » Il marque une pause. « Au fait, quelque chose comme ça peut arriver à tout le monde. Ce n'est la faute à personne. Simplement de la malchance. »

Il s'efforce de faciliter les choses pour Inés, et espère qu'elle s'en rendra compte. Mais ses yeux évitent les siens. Elle est gênée, elle est en colère ; il ne peut déceler autre chose.

Accompagné du garçon, il frappe à la porte de l'appartement 102. Après un bon bout de temps, un verrou est tiré et la porte s'entrouvre un peu. Dans le demi-jour, il distingue une silhouette sombre, mais il ne saurait dire si c'est un homme ou une femme.

« Bonjour, dit-il. Je suis désolé de vous déranger. J'habite l'appartement au-dessus, où nos toilettes sont bouchées. Je me demandais si vous aviez le même problème. »

La porte s'ouvre un peu plus. C'est une femme, vieille et voûtée ; le gris vitreux de ses yeux donne à penser qu'elle n'y voit pas.

« Bonjour, répète-t-il. Vos toilettes. Est-ce que vous avez des problèmes avec vos toilettes ? Y a-t-il un blocage – *atascos* ? »

Pas de réponse. Elle est totalement immobile, un air interrogateur sur son visage tourné vers lui. Est-elle sourde, comme elle est aveugle ?

Le garçon fait un pas en avant.

« *Abuela* », dit-il.

La vieille avance une main, lui caresse les cheveux, lui passe la main sur le visage. Pendant un instant, il se serre contre elle en toute confiance ; puis il se glisse dans l'appartement. Il revient un instant plus tard.

« C'est propre, dit-il. Leurs toilettes sont propres.

– Merci, *señora*, dit-il en s'inclinant. Merci de votre aide. Je suis désolé de vous avoir dérangée. » Puis au garçon : « Leurs toilettes sont propres, donc… donc quoi ? »

Le garçon fronce les sourcils.

« Ici, en bas, l'eau coule normalement. Et là-haut », il montre l'escalier, « l'eau ne s'écoule pas. Donc quoi ? Donc les tuyaux sont bouchés où ?

– Là-haut, dit le garçon sans hésiter.

– Bien ! Alors où devrions-nous aller pour réparer ? En haut ou en bas ?

– En haut.

– Et nous allons en haut parce que l'eau coule dans quelle direction ? Vers le haut ou vers le bas ?

– Vers le bas.

– Toujours ?

– Toujours. L'eau coule toujours vers le bas. Mais des fois vers le haut.

– Non, jamais vers le haut. Toujours vers le bas. C'est la nature de l'eau. La question est de savoir comment l'eau arrive au deuxième étage sans aller contre sa nature. Comment se fait-il que, quand on ouvre le robinet ou qu'on actionne la chasse d'eau, l'eau coule ?

– Parce que pour nous elle coule vers le haut.

– Non. Mauvaise réponse. Je vais poser la question

autrement : comment l'eau peut-elle arriver à notre appartement sans couler vers le haut ?

– Du ciel. Elle tombe du ciel dans les robinets. »

Juste. L'eau tombe bien du ciel.

« Mais, dit-il en levant un doigt de mise en garde, mais comment l'eau arrive-t-elle dans le ciel ? »

Philosophie naturelle. Voyons un peu, pense-t-il, ce qu'il y a de philosophie naturelle chez cet enfant.

« Parce que le ciel inspire, dit l'enfant. Le ciel inspire... », il inspire une profonde bouffée d'air, la retient, tout en souriant, d'un sourire de pur délice intellectuel, puis il expire avec force, « et le ciel expire. »

La porte se referme. Il entend le déclic d'un verrou qu'on tire.

« Est-ce que c'est Inés qui t'a parlé de ça – des cieux qui respirent ?

– Non.

– Tu as pensé ça tout seul ?

– Oui.

– Et dans les cieux, qui est-ce qui inspire et expire et fait la pluie ? »

Le garçon se tait. La concentration lui fige le visage. À la fin, il secoue la tête.

« Tu ne sais pas ?

– Je ne me rappelle pas.

– Ça ne fait rien. Allons dire à ta mère ce qu'on a appris. »

Les outils qu'il a apportés ne sont d'aucune utilité. Seul le bout de fil de fer rudimentaire permettra peut-être d'arriver à quelque chose.

« Pourquoi n'allez-vous pas faire une promenade, tous les deux ? propose-t-il à Inés. Ce que je vais faire n'est pas particulièrement ragoûtant. Je ne vois pas pourquoi notre jeune ami devrait y être exposé.

– Je préférerais faire venir un vrai plombier, dit Inés.

– Si je n'arrive à rien, j'irai vous chercher un vrai plombier, je vous le promets. D'une manière ou d'une autre, vos toilettes seront réparées.

– Je ne veux pas aller me promener, dit le garçon. Je veux aider.

– Merci, mon garçon. Je te suis reconnaissant. Mais ce n'est pas le genre de travail pour lequel on a besoin d'aide.

– Je peux te donner des idées. »

Il échange un regard avec Inés. Quelque chose d'inexprimé passe entre eux. Elle a l'air de dire : Comme il est intelligent, mon garçon !

« C'est vrai, des idées tu en as, et de bonnes. Mais hélas les toilettes n'appartiennent pas au royaume des idées, ce sont des choses à l'état brut et qui demandent un travail de brute. Alors va faire un tour avec ta mère pendant que je continue le boulot.

– Pourquoi est-ce que je ne peux pas rester ? C'est rien que de la crotte. »

La voix du garçon a pris une intonation nouvelle, une note de défi qu'il n'aime pas. Ça lui monte à tête, tous ces compliments.

« Les toilettes ne sont que des toilettes, mais la crotte n'est pas seulement de la crotte, dit-il. Il y a certaines choses qui ne sont pas seulement elles-mêmes, pas tout le temps. La crotte est de ces choses-là. »

Inés tire le garçon par la main. Elle rougit jusqu'aux oreilles.

« Allons, viens ! » dit-elle.

Le garçon fait non de la tête.

« C'est ma crotte, dit-il. Je veux rester.

– C'était ta crotte. Mais tu l'as évacuée. Tu t'en es débarrassé. Elle n'est plus à toi. Tu n'as plus aucun droit sur elle. »

Inés renifle avec mépris et s'en va à la cuisine.

« Une fois passée dans les tuyaux de vidange, ce n'est plus la crotte de personne. Dans les égouts, elle rejoint la crotte de tous les autres gens et devient la crotte générale.

– Alors pourquoi est-ce qu'Inés est fâchée ? »

Inés. Est-ce que c'est comme ça qu'il l'appelle ? Pas Maman, pas Mère ?

« Elle est mal à l'aise. Les gens n'aiment pas parler de la crotte. Ça sent mauvais. C'est plein de bactéries. Rien de bon pour toi dans la crotte.

– Pourquoi ?

– Pourquoi quoi ?

– C'est aussi sa crotte à elle. Pourquoi est-ce qu'elle est fâchée ?

– Elle n'est pas fâchée, elle est sensible, c'est tout. Certaines personnes sont sensibles, c'est dans leur nature. Ne demande pas pourquoi. Mais il n'est pas nécessaire d'être sensible, parce que, comme je te l'ai dit, à partir d'un certain point ce n'est plus la crotte de quelqu'un en particulier, c'est seulement de la crotte. Demande à n'importe quel plombier, il te dira la même chose. Le plombier ne regarde pas la crotte en se disant : Tiens donc ! Qui aurait cru que le señor X ou la señora Y ferait des crottes pareilles ! C'est comme un entrepreneur de pompes funèbres. Un entrepreneur de pompes funèbres ne se dit pas : Tiens donc !… »

Il s'arrête. Je dis n'importe quoi, pense-t-il. Je parle trop.

« C'est quoi un entrepreneur de pompes funèbres ?

– C'est quelqu'un qui entreprend de s'occuper des cadavres. C'est comme un plombier. Il s'assure que les cadavres vont où ils doivent aller. »

Et maintenant tu vas me demander : Qu'est-ce que c'est un cadavre ?

« Qu'est-ce que c'est des cadavres ?

– Des cadavres sont des corps qui ont été frappés par la mort et dont on n'a plus besoin. Mais il n'est pas nécessaire de se laisser tracasser par la mort. Après la mort, il y a toujours une autre vie. Tu as vu ça. À cet égard, nous, les êtres humains, avons de la chance. Nous ne sommes pas comme de la crotte, qui doit rester là et se remélanger à la terre.

– Alors on est comme quoi ?

– On est comme quoi si on n'est pas comme de la crotte ? Nous sommes comme des idées. Les idées ne meurent jamais. Tu apprendras ça à l'école.

– Mais on fait de la crotte.

– C'est vrai. On fait partie de l'idéal, mais on fait aussi de la crotte. C'est que notre nature est double. Je ne sais comment t'expliquer ça plus simplement. »

Le garçon se tait. Qu'il rumine un peu ça, pense-t-il.

Il se met à genoux à côté de la cuvette, retrousse ses manches aussi haut qu'il peut.

« Va te promener avec ta mère. Allez, vas-y !

– Et l'entrepreneur ? dit le garçon.

– L'entrepreneur ? Les pompes funèbres sont un travail comme un autre. L'entrepreneur n'est pas différent de nous. Lui aussi a une double nature.

– Je peux le voir ?

– Pas maintenant. On a autre chose à faire pour l'instant. La prochaine fois que nous irons en ville, je verrai si je peux trouver une entreprise de pompes funèbres. Alors tu pourras jeter un coup d'œil.

– Est-ce qu'on peut regarder des corps morts ?

– Certainement pas. La mort est une affaire privée. Les pompes funèbres pratiquent leur métier avec discrétion. Les entrepreneurs ne montrent pas le corps des morts au public. Assez sur ce sujet. »

Il enfonce le fil de fer dans la cuvette. D'une manière ou d'une autre, il faut qu'il s'arrange pour que le fil de fer suive le S du siphon. Si l'obstruction n'est pas dans le siphon, elle sera au raccord extérieur. Si c'est le cas, il ne sait pas du tout comment réparer. Il faudra qu'il renonce et qu'il aille chercher un plombier ou l'idée d'un plombier.

L'eau dans laquelle flottent encore des morceaux de la crotte d'Inés lui vient jusqu'à la main, jusqu'au poignet, à l'avant-bras. Il force le fil de fer le long du S du siphon. Du savon antibactérien, se dit-il. Après ça, il faudra que je me lave avec du savon antibactérien, en frottant bien sous les ongles. Parce que la crotte n'est que de la crotte, et les bactéries rien d'autre que des bactéries.

Il ne se sent pas du tout comme un être avec une double nature. Il se sent comme un homme à la pêche de quelque chose qui bloque un tuyau d'évacuation, avec un équipement primitif.

Il retire son bras, retire le fil de fer. Le crochet s'est aplati. Il le reforme.

« Tu peux utiliser une fourchette, dit le garçon.

– Une fourchette, c'est trop court.

– Tu peux prendre la fourchette de la cuisine avec le grand manche. Tu peux le tordre.

– Montre-moi de quoi tu parles. »

Le garçon fait vite. Il revient avec la fourchette à long manche qui était dans l'appartement lorsqu'ils sont arrivés et dont il n'a jamais eu l'usage.

« Tu peux courber le manche, si tu en as la force », dit le garçon.

Il courbe la fourchette pour en faire un crochet et en forçant l'enfonce dans le siphon en S, aussi loin qu'il peut. Quand il essaie de retirer cette fourchette, il sent une résistance. D'abord lentement, puis un peu plus vite, ce qui bloquait apparaît : un tampon de tissu, doublé de plastique. Le niveau de l'eau dans la cuvette baisse. Il tire la chasse. L'eau s'écoule à grand bruit. Il attend, tire à nouveau la chasse. Plus rien ne bloque le tuyau. Tout va bien.

« J'ai trouvé ça », dit-il à Inés. Il tend l'objet encore dégouttant d'eau. « Vous savez ce que c'est ? »

Elle rougit, debout devant lui comme une coupable, ne sachant où poser les yeux.

« C'est ce que vous faites d'habitude : vous les jetez aux toilettes ? Personne ne vous a dit de ne jamais faire ça ? »

Elle fait non de la tête. Elle a les joues rouges. Le garçon, inquiet, s'accroche à sa jupe.

« Inés ! » dit-il.

Elle lui tapote la main, l'esprit ailleurs.

« Ce n'est rien, mon chéri », murmure-t-elle.

Il ferme la porte de la salle de bains, enlève sa chemise souillée et la lave dans le lavabo. Pas de savon antibactérien, rien que le savon de l'Économat que tout le monde utilise. Il essore la chemise, la rince, l'essore de nouveau. Il va devoir porter une chemise mouillée. Il se lave les bras, les aisselles, et se sèche. Il n'est peut-être pas aussi propre qu'il le voudrait, mais au moins il ne sent pas la merde.

Inés est assise sur le lit, le garçon serré contre sa poitrine comme un bébé, le berçant doucement. Le garçon somnole, un peu de bave s'échappe de sa bouche.

« Je m'en vais, maintenant, dit-il tout bas. Rappelez-moi si vous avez besoin de moi. »

Ce qui le frappe dans sa visite chez Inés, quand il y repense après coup, est combien cet épisode dans sa vie a été étrange, imprévisible. Qui aurait cru, lorsqu'il a vu cette femme pour la première fois sur le court de tennis, si détendue, si sereine, qu'un jour viendrait où il aurait à laver sa merde à elle de son corps à lui ! Qu'en diraient-ils à l'Institut ? Est-ce que la dame aux cheveux gris fer aurait un mot pour ça : la crottité de la crotte ?

Chapitre 17

« Si c'est du soulagement que tu cherches, dit Elena, si te soulager doit te rendre la vie plus facile, il existe des endroits où un homme peut aller. Tes amis ne t'en ont pas parlé ? Tes amis hommes ?

– Pas un mot. Qu'est-ce que tu veux dire exactement par "soulagement" ?

– Du soulagement sexuel. Si c'est du soulagement sexuel que tu cherches, je n'ai pas à être ton seul port d'attache.

– Je suis désolé, dit-il d'un ton crispé. Je ne me rendais pas compte que tu voyais les choses comme ça.

– Ne te formalise pas. C'est une réalité de la vie : les hommes ont besoin de se soulager. Tout le monde sait ça. Je te dis simplement ce que tu peux y faire. Il existe des endroits où tu peux aller. Demande à tes amis sur les quais, ou, si tu es trop gêné, demande au Centre d'accueil.

– Tu parles de bordels ?

– Appelle ça des bordels si tu veux, mais, à ce qu'on m'a dit, ces lieux n'ont rien de sordide, ils sont plutôt propres et agréables.

– Est-ce que les filles qui travaillent là sont en uniforme ? »

Elle le regarde, perplexe.

« Je veux dire : est-ce qu'elles portent une tenue standard, comme les infirmières ? Avec des dessous standard ?

– C'est à toi de voir ce qu'il en est.

– Et est-ce que c'est une profession reconnue de travailler dans un bordel ? » Il sait qu'il l'agace avec ses questions, mais il est de nouveau la proie de cette mauvaise humeur incontrôlable, cette amertume qui le tenaille depuis qu'il a renoncé à l'enfant. « Est-ce que c'est quelque chose qu'une fille peut faire tout en gardant la tête haute en public ?

– Je n'en sais rien. Va voir toi-même. Maintenant, il faut que tu m'excuses, j'attends un élève. »

En fait, il mentait en disant à Elena qu'il ne savait rien de ces endroits où les hommes peuvent aller. Álvaro lui a récemment parlé d'un club pour hommes, appelé Salón Confort, pas loin des quais.

De l'appartement d'Elena, il va directement au Salón Confort. À l'entrée, une plaque gravée indique CENTRE DE LOISIRS ET DE RÉCRÉATION. HEURES D'OUVERTURE : 2 HEURES DE L'APRÈS-MIDI À 2 HEURES DU MATIN. FERMÉ LE LUNDI. DROIT D'ENTRÉE RÉSERVÉ. ADHÉSION SUR DEMANDE. Et en plus petites lettres : CONSEILS PERSONNALISÉS. TRAITEMENT DU STRESS. THÉRAPIE PHYSIQUE.

Il pousse la porte et entre. Il se retrouve dans une antichambre sans décorations. Le long d'un mur est posé un banc capitonné. Sur le bureau vide, à l'exception d'un téléphone, un écriteau indique RÉCEPTION. Il s'assied et attend.

Au bout d'un long moment quelqu'un sort d'une arrière-salle, une femme, ni jeune ni vieille.

« Désolée de vous avoir fait attendre. Que puis-je pour vous ?

– Je voudrais devenir membre du club.

– Certainement. Je vais simplement vous donner deux formulaires à remplir, et il me faudra une pièce d'identité. »

Elle lui tend un porte-bloc et un stylo.

Il jette un coup d'œil au premier formulaire. « Nom. Adresse. Âge. Emploi. »

« Vous devez avoir des marins qui viennent ici en descendant de bateau. Doivent-ils aussi remplir des formulaires ?

– Est-ce que vous êtes marin ? demande la femme.

– Non. Je travaille sur les quais, mais je ne suis pas marin. Je parle des marins parce qu'ils sont à terre pour une nuit ou deux. Faut-il qu'ils deviennent membres pour venir ici ?

– Il faut que votre candidature soit agréée pour fréquenter nos services.

– Et combien de temps faut-il pour être agréé ?

– Pour être agréé, ce n'est pas long. Mais après ça il faut que vous trouviez un créneau avec une thérapeute.

– Moi, je dois trouver un créneau ?

– Il faut que vous soyez accepté sur la liste d'une de nos thérapeutes. Cela peut prendre du temps. Leurs listes sont souvent complètes.

– Alors, si j'étais un des marins dont je parlais, un marin qui n'a qu'une nuit ou deux à terre, il serait inutile de venir ici : mon bateau serait reparti en haute mer avant que je puisse avoir un rendez-vous.

– Salón Confort n'est pas destiné aux marins, *señor*.

Les marins ont leurs propres services dans leur pays d'origine.

– Ils ont peut-être leurs propres services chez eux, mais ils ne peuvent pas en profiter. Parce qu'ils sont ici, et pas là-bas.

– Très juste. Nous avons nos services et ils ont les leurs.

– Je comprends. Ne m'en veuillez pas de cette remarque, mais vous parlez comme une diplômée de l'Institut – l'Institut d'études complémentaires, comme je crois que ça s'appelle, en ville.

– Ah bon.

– Oui. Une diplômée d'un de leurs cours de philosophie, de logique, peut-être, ou de rhétorique.

– Je ne suis pas diplômée de l'Institut. Bon, est-ce que vous vous êtes décidé ? Allez-vous poser votre candidature ? Si oui, remplissez les formulaires. »

Le second formulaire lui donne plus de mal que le premier. Il est intitulé « Candidature pour une thérapeute individuelle. Utilisez l'espace ci-dessous pour vous décrire ainsi que vos besoins ».

Je suis un homme ordinaire, avec des besoins ordinaires, écrit-il. *C'est-à-dire que mes besoins n'ont rien d'extravagant. Jusqu'à récemment, j'avais à plein temps la garde d'un enfant. Depuis que j'ai renoncé à l'enfant (que j'ai mis fin à cette garde), je me sens seul. Je ne sais plus quoi faire de moi*. Il se répète. C'est parce qu'il utilise un stylo-bille. S'il avait un crayon et une gomme, il pourrait se présenter de manière plus succincte. *J'ai besoin de quelqu'un qui m'écoute avec sympathie, pour me défaire de ce poids. J'ai une amie proche, mais depuis quelque temps elle a l'esprit ailleurs. Mes relations avec elle manquent de réelle intimité. Ce n'est que dans une situation d'intimité qu'on peut s'épancher, me semble-t-il.*

Quoi d'autre ?

J'ai faim de beauté, écrit-il. *De beauté féminine. Je suis affamé, en quelque sorte. J'aspire à la beauté, qui dans mon expérience éveille une sublime admiration et de la reconnaissance – de la reconnaissance pour le grand bonheur qu'on a à tenir dans ses bras une belle femme.*

Il pense un instant barrer le dernier paragraphe sur la beauté, mais il n'en fait rien. Si on doit le juger, que ce soit sur les mouvements de son cœur plutôt que sur la clarté de sa pensée. Ou sur sa logique.

Ce qui ne veut pas dire que je ne suis pas un homme, avec des besoins d'homme, conclut-il fermement.

¡ Qué tontería ! Quel fatras de mensonges ! Confusion morale totale !

Il remet les deux formulaires. La réceptionniste les parcourt – ne fait pas semblant de ne pas les parcourir – du début jusqu'à la fin. Elle et lui sont seuls dans la salle d'attente. Ce n'est pas une heure d'affluence. La beauté éveille le sens du sublime : perçoit-il un vague sourire quand elle lit cette déclaration ? Est-elle réceptionniste et rien de plus ou a-t-elle une expérience personnelle de la reconnaissance et du sublime ?

« Il y a une case que vous n'avez pas cochée, dit-elle. "Durée des sessions : 30 minutes. 45 minutes. 60 minutes. 90 minutes." Quelle durée préféreriez-vous ?

– Allons-y pour le soulagement maximal : quatre-vingt-dix minutes.

– Vous allez peut-être devoir attendre un peu pour une session de quatre-vingt-dix minutes. C'est une question d'emploi du temps. Néanmoins, je vous inscris pour une première session longue. Vous pourrez changer ça plus tard, si vous le souhaitez. Merci. Nous resterons en contact. Nous vous écrirons pour vous faire savoir quand sera votre premier rendez-vous.

– C'est une procédure compliquée. Je vois pourquoi les marins ne sont pas les bienvenus.

– Oui, le Salón n'est pas destiné aux gens de passage. Mais être de passage est en soi une situation passagère. Quelqu'un de passage ici sera chez lui là d'où il vient, tout comme quelqu'un d'ici sera un visiteur de passage ailleurs.

– *Per definitionem*, dit-il. Votre logique est impeccable. J'attendrai votre lettre. »

Sur le formulaire, comme adresse, il a donné l'appartement d'Elena. Les jours passent. Il s'informe auprès d'Elena : pas de lettre pour lui.

Il retourne au Salón. C'est la même réceptionniste qui est de service.

« Vous vous souvenez de moi ? Je suis venu il y a deux semaines. Vous m'avez dit que vous me feriez savoir ce qu'il en est. Je n'ai eu aucune nouvelle.

– Attendez que je vérifie, dit-elle. Votre nom ?... » Elle ouvre un classeur et en sort un dossier. « Pas de problème avec votre candidature, à ce que je vois. Le retard semble dû à la difficulté quant à vous marier à la bonne thérapeute.

– Me marier ? Je n'ai peut-être pas été assez clair. Oubliez ce que j'ai dit dans le formulaire sur la beauté et tout le reste. Je ne cherche pas une union idéale. Tout ce que je veux, c'est de la compagnie, la compagnie d'une femme.

– Je comprends. Je vais me renseigner. Donnez-moi quelques jours. »

Les jours passent. Pas de lettre. Il n'aurait pas dû utiliser le mot « sublime ». Quelle jeune femme qui essaie de se faire quelques réaux pour arrondir ses fins de mois voudrait se voir chargée d'une telle responsabilité ? La vérité est peut-être une bonne chose, mais rester en deçà de la vérité est quelquefois mieux. Ainsi : « Pourquoi souhaitez-vous devenir membre du Salón Confort ? » Réponse : Parce que je suis nouveau ici et manque de contacts. Question : « Quel genre de thérapeute recherchez-vous ? » Réponse : Une femme jeune et jolie. Question : « Quelle durée souhaitez-vous pour les consultations ? » Réponse : Une demi-heure suffira.

Eugenio semble vouloir à tout prix montrer que leur désaccord sur les rats, l'histoire, l'organisation du travail sur les quais n'a laissé aucun ressentiment chez lui. Plus souvent qu'il ne voudrait, quand il quitte le travail, Eugenio lui emboîte obstinément le pas et il faut qu'il rejoue la comédie de l'autobus numéro 6 pour les Barres.

« Est-ce que tu t'es décidé pour l'Institut ? demande Eugenio lors d'une de leurs marches jusqu'à l'arrêt d'autobus. Tu penses que tu vas t'inscrire ?

– Je dois dire que je n'ai pas beaucoup pensé à l'Institut ces derniers temps. J'ai essayé de m'inscrire à un centre de loisirs.

– Un centre de loisirs ? Tu veux dire quelque chose comme le Salón Confort ? Pourquoi diable veux-tu devenir membre d'un centre de loisirs ?

– Tes amis et toi n'y avez pas recours ? Comment vous débrouillez-vous avec… comment dire ?… vos pulsions physiques ?

– Nos "pulsions physiques" ? Les pulsions du corps ? On parlait justement de ça en classe. Ça t'intéresse de savoir à quelle conclusion nous sommes arrivés ?

– Dis-moi.

– On a commencé par remarquer que ces pulsions n'ont pas d'objet spécifique. C'est-à-dire qu'elles ne nous poussent pas vers une femme en particulier mais vers la femme dans l'abstrait, l'idéal féminin. Ainsi, quand pour calmer une telle pulsion, nous avons recours à ce qu'on appelle un centre de loisirs, nous déprécions la pulsion. Pourquoi ? Parce que les formes de l'idéal disponibles dans ces endroits sont des copies inférieures ; et l'union avec une copie inférieure ne peut que décevoir et attrister le demandeur. »

Il essaie d'imaginer Eugenio, ce jeune homme sérieux, avec ses lunettes de chouette, dans les bras d'une copie inférieure.

« Vous mettez votre déception sur le compte des femmes que vous rencontrez au Salón, répond-il, mais peut-être devriez-vous réfléchir à la pulsion elle-même. Si c'est dans la nature du désir d'essayer d'atteindre ce qui est hors de portée, devons-nous être surpris s'il n'est pas satisfait ? Votre professeur à l'Institut ne vous a-t-elle pas dit qu'étreindre des copies inférieures est peut-être un pas nécessaire dans l'ascension vers le bon, le vrai et le beau ? »

Eugenio ne répond pas.

« Réfléchissez-y. Demandez-vous où nous serions si des choses comme les échelles n'existaient pas. Voilà mon bus. À demain, mon ami. »

« Est-ce qu'il y a quelque chose qui ne va pas en moi dont je ne me rends pas compte ? dit-il à Elena. Je parle du club où j'ai essayé de m'inscrire. Pourquoi m'ont-ils refusé, à ton avis ? Tu peux parler franchement. »

Dans la dernière lumière violette du soir, elle et lui sont assis à la fenêtre et regardent les hirondelles piquer et plonger. Des compagnons : voilà ce qu'ils sont devenus, le temps passant. *Compañeros*, par accord mutuel. Un mariage de compagnie : s'il offrait cet arrangement, Elena donnerait-elle son consentement ? Vivre avec Elena et Fidel dans leur appartement serait certainement plus confortable que le pis-aller de son abri solitaire sur les quais.

« Tu ne peux pas être sûr qu'ils t'ont refusé, dit Elena. Ils ont sans doute une longue liste d'attente. Mais je m'étonne que tu insistes auprès d'eux. Pourquoi ne pas essayer un autre club ? Ou pourquoi simplement ne pas te retirer ?

– Me retirer ?

– Te retirer de la vie sexuelle. Tu es assez vieux pour ça. Assez vieux pour chercher tes satisfactions ailleurs. »

Il secoue la tête.

« Pas encore, Elena. Encore une aventure, encore un échec, et je penserai peut-être alors à prendre ma retraite. Tu n'as pas répondu à ma question : y a-t-il quelque chose en moi qui écarte les gens ? Ma façon de parler, par exemple. Est-ce que ça rebute les gens ? Est-ce que mon espagnol est si mauvais ?

– Ton espagnol n'est pas parfait, mais il s'améliore de jour en jour. J'entends des tas de nouveaux arrivants dont l'espagnol n'est pas aussi bon que le tien.

– C'est gentil à toi de dire ça. Mais le fait est que je

n'ai pas une bonne oreille. Il m'arrive souvent de ne pas saisir ce que les gens disent, et j'en suis réduit à deviner. Cette femme au club, par exemple : j'ai cru qu'elle voulait me marier à une des filles qui travaillent là ; mais j'ai peut-être mal entendu. Je lui ai dit que je n'étais pas en chasse d'une épouse et elle m'a regardé comme si j'étais fou. »

Elena se tait.

« Même chose avec Eugenio, continue-t-il. Je commence à penser qu'il y a quelque chose dans ma façon de parler qui fait de moi un homme enferré dans les façons d'être d'autrefois, un homme qui n'a pas oublié.

– Oublier prend du temps, dit Elena. Une fois que tu auras oublié pour de bon, ton sentiment d'insécurité s'estompera et tout sera plus facile.

– J'attends ce jour comme une bénédiction. Le jour où je serai le bienvenu au Salón Confort, et au Salón Relax, et dans tous les autres salons de Novilla. »

Elena lui jette un regard perçant.

« Tu peux aussi t'accrocher à tes souvenirs, si c'est ce que tu préfères. Mais alors ne viens pas te plaindre à moi.

– Je t'en prie, Elena, ne me comprends pas de travers. Je n'accorde aucune valeur à mes vieux souvenirs usés. Je suis d'accord avec toi : ils ne sont qu'un fardeau. Non, c'est autre chose que je répugne à abandonner : non pas les souvenirs eux-mêmes, mais la sensation d'habiter un corps avec un passé, un corps qui trempe dans le passé. Est-ce que tu comprends ça ?

– Une nouvelle vie est une nouvelle vie, dit Elena, pas une vie ancienne qu'on recommence dans un cadre différent. Regarde donc Fidel... »

Il l'interrompt :

« Mais à quoi bon une nouvelle vie si nous ne sommes pas transformés, transfigurés par elle, ce qui n'est certainement pas mon cas ? »

Elle lui donne le temps de poursuivre, mais il s'arrête là.

« Regarde Fidel, regarde David, reprend-elle. Ce ne sont pas des créatures de la mémoire. Les enfants vivent dans le présent, pas dans le passé. Pourquoi ne pas prendre exemple sur eux ? Au lieu d'attendre d'être transfiguré, pourquoi ne pas essayer d'être de nouveau un enfant ? »

Chapitre 18

Le garçon et lui se promènent dans le parc, lors de la première sortie autorisée par Inés. L'humeur sombre qui lui pesait s'est dissipée, il marche d'un pas alerte. Quand il est avec l'enfant, les années semblent s'effacer.

« Et Bolívar, comment ça va ? demande-t-il.

– Bolívar s'est sauvé.

– Il s'est sauvé ! Ça c'est une surprise ! Je croyais que Bolívar était très attaché à toi et Inés.

– Bolívar ne m'aime pas. Il aime seulement Inés.

– Mais sûrement on peut aimer plus d'une personne à la fois.

– Bolívar n'aime qu'Inés. C'est son chien à elle.

– Tu es le fils d'Inés, mais tu n'aimes pas seulement Inés. Tu m'aimes aussi. Tu aimes Diego et Stefano. Tu aimes Álvaro.

– Non, je les aime pas.

– Je suis désolé d'entendre ça. Alors, comme ça, Bolívar est parti… À ton avis, où est-il allé ?

– Il est revenu. Inés a mis sa gamelle devant la porte et il est revenu. Maintenant, elle ne le laisse plus sortir du tout.

– Je suis sûr qu'il ne s'est pas habitué à sa nouvelle maison, c'est tout.

– Inés dit que c'est parce qu'il sent des dames-chiens. Il veut s'accoupler avec une dame-chien.

– Oui, c'est un des ennuis d'avoir un monsieur-chien : il veut retrouver les dames-chiens. C'est une loi de la nature. Si les messieurs-chiens et les dames-chiens ne voulaient plus s'accoupler, on n'aurait plus de bébés-chiens, et après un certain temps il n'y aurait plus de chiens du tout. Alors il vaut mieux laisser à Bolívar un peu de liberté. Et comment dors-tu ? Est-ce que tu dors mieux ? Est-ce que tu n'as plus ces mauvais rêves ?

– J'ai rêvé du bateau.

– Quel bateau ?

– Le gros bateau, où on a vu l'homme avec son chapeau. Le pirate.

– Le pilote, pas le pirate. C'était quoi ton rêve ?

– Il a coulé.

– Il a coulé. Et ensuite, qu'est-ce qui s'est passé ?

– Je sais pas. Je ne me rappelle pas. Les poissons sont arrivés.

– Eh bien, je vais te dire ce qui s'est passé. On a été sauvés, toi et moi. On a bien dû être sauvés, sinon comment serions-nous là à l'heure qu'il est ? Alors ce n'était qu'un mauvais rêve. Et de toute façon les poissons ne mangent pas les gens. Les poissons sont inoffensifs. Les poissons sont de bonnes bêtes. »

Il est temps de faire demi-tour. Le soleil se couche, les premières étoiles paraissent.

« Tu vois ces deux étoiles que je te montre là – les deux qui brillent très fort ? Ce sont les Gémeaux. On les appelle comme ça parce qu'elles sont toujours ensemble.

Et cette étoile-là, juste au-dessus de l'horizon, qui a un ton un peu rouge, c'est l'étoile du Berger, la première à paraître quand le soleil se couche.

– Est-ce que les Gémeaux sont frères ?

– Oui. J'ai oublié leurs noms, mais jadis ils étaient très célèbres, si célèbres qu'on en a fait des étoiles. Inés se rappellera peut-être l'histoire. Est-ce qu'Inés te raconte quelquefois des histoires ?

– Oui, quand je vais me coucher.

– Bien. Quand tu sauras lire, tu n'auras plus à compter sur Inés, ou moi, ou personne d'autre. Tu pourras lire toutes les histoires qui ont jamais été écrites.

– Je sais lire, mais je ne veux pas. J'aime qu'Inés me raconte des histoires.

– Tu as la vue un peu courte, non ? Lire t'ouvrira des horizons nouveaux. Quel genre d'histoires est-ce qu'Inés te raconte ?

– Des histoires du Troisième Frère.

– Des histoires du Troisième Frère ? Je ne connais aucune de ces histoires-là. Qu'est-ce qu'elles racontent ? »

Le garçon s'immobilise, croise les mains devant lui, regarde dans le lointain, et commence :

« Il était une fois trois frères, c'était l'hiver et il neigeait et la mère dit : Trois Frères, Trois Frères, j'ai une grande douleur dans mes entrailles et je vais mourir, à moins que l'un de vous n'aille trouver la Femme Sage qui détient la précieuse herbe de guérison.

» Alors le Premier Frère dit : J'irai trouver la Femme Sage. Il mit sa cape et partit dans la neige et il rencontra un renard qui lui dit : Où vas-tu, Frère ? Et le frère dit : Je suis à la recherche de la Femme Sage qui détient la précieuse herbe de guérison, alors je n'ai pas le temps de parler avec toi, Renard. Et le renard dit : Donne-moi à manger et je te montrerai le chemin, et le frère dit : Laisse-moi passer, et il donna un coup de pied au renard, partit dans la forêt, et on n'a plus entendu parler de lui depuis.

» Alors la mère dit : Deuxième Frère, Deuxième Frère, j'ai une grande douleur dans mes entrailles et je vais mourir, à moins que l'un de vous n'aille trouver la Femme Sage qui détient la précieuse herbe de guérison.

» Alors le Deuxième Frère dit : Mère, Mère, j'irai, et il mit sa cape et partit dans la neige et il rencontra un loup et le loup lui dit : Donne-moi à manger et je te mènerai à la Femme Sage, et le frère dit : Laisse-moi passer, et il donna un coup de pied au loup, partit dans la forêt, et on n'a jamais plus entendu parler de lui.

» Alors la mère dit : Troisième Frère, Troisième Frère, j'ai une grande douleur dans mes entrailles et je crains de mourir, à moins que tu n'ailles trouver la Femme Sage qui détient la précieuse herbe de guérison.

» Alors le Troisième Frère dit : Ne craignez rien, Mère, je trouverai la Femme Sage et je rapporterai l'herbe précieuse de guérison. Et il partit dans la neige et rencontra un ours et l'ours dit : Donne-moi de quoi manger et je te montrerai le chemin jusqu'à la Femme Sage. Et le Troisième Frère dit : Avec plaisir, Ours, je te donnerai tout ce que tu me demandes. Alors l'ours dit : Donne-moi ton cœur à dévorer. Et le Troisième Frère dit : Je te donne mon cœur avec plaisir. Alors il donna son cœur à l'ours qui le dévora.

» Alors l'ours lui montra un chemin secret et il arriva à la maison de la Femme Sage, frappa à la porte, et la Femme Sage dit : Pourquoi saignes-tu, Troisième Frère ?

Et le Troisième Frère dit : J'ai donné mon cœur à dévorer à l'ours pour qu'il me montre le chemin parce que je dois rapporter l'herbe précieuse qui guérira ma mère.

» Alors la Femme Sage dit : Regarde, voici l'herbe précieuse de guérison, elle s'appelle Escamel, et parce que tu as eu confiance et que tu as donné ton cœur à dévorer, ta mère sera guérie. Suis la trace des gouttes de sang dans la forêt et tu trouveras ton chemin jusque chez toi.

» Alors le Troisième Frère retrouva son chemin et arrivé chez lui dit à sa mère : Regarde, Mère, voici l'herbe Escamel, et maintenant au revoir, je dois te quitter parce que l'ours a dévoré mon cœur.

» Et sa mère prit un peu d'Escamel et fut immédiatement guérie, et elle dit : Mon fils, mon fils, je vois qu'une grande lumière émane de toi, et c'était vrai, il brillait d'une grande lumière et puis il fut transporté au ciel.

– Et puis ?

– C'est tout. C'est la fin de l'histoire.

– Alors le dernier frère a été changé en étoile, et la mère s'est retrouvée toute seule. »

Le garçon se tait.

« Je n'aime pas cette histoire. La fin est trop triste. Et, de toute façon, tu ne peux pas être le Troisième Frère et être transporté au ciel comme une étoile, parce que tu es le seul et unique frère, et donc le premier frère.

– Inés dit que je peux avoir des frères.

– Ah bon ! Et d'où viendront-ils, ces frères ? Est-ce qu'elle s'attend à ce que je les lui apporte comme je t'ai apporté ?

– Elle dit qu'elle va les avoir de son ventre.

– Eh bien, aucune femme ne peut faire des enfants toute seule, il lui faudra un père pour l'aider. Elle devrait savoir ça. C'est une loi de la nature, la même loi pour nous que pour les chiens, les loups et les ours. Mais même si elle a d'autres fils, tu resteras le premier fils, pas le deuxième ou le troisième.

– Non ! » La voix du garçon exprime la colère. « Je veux être le Troisième Frère ! Je l'ai dit à Inés et elle est d'accord. Elle dit que je peux retourner dans son ventre et en ressortir.

– Inés a dit ça ?

– Oui.

– Eh bien, si tu réussis ce coup-là, ça sera un miracle. Je n'ai jamais entendu parler d'un grand garçon comme toi qui retourne dans le ventre de sa mère – sans parler d'en ressortir. Inés voulait dire autre chose, c'est sûr. Peut-être voulait-elle dire que c'était toi qui serais toujours le mieux aimé.

– Je ne veux pas être le mieux aimé. Je veux être le Troisième Frère. Elle me l'a promis !

– 1 vient avant 2, David, et 2 avant 3. Inés peut faire toutes les promesses qu'elle veut jusqu'à en perdre la voix, elle ne peut rien changer à ça. 1, 2, 3. C'est une loi qui l'emporte sur la loi de la nature. C'est la loi des nombres. Mais, quoi qu'il en soit, tu veux être le troisième fils seulement parce qu'il est le héros de ces histoires qu'elle te raconte. Il y a beaucoup d'autres histoires où c'est le fils aîné qui est le héros, pas le troisième fils. Il n'est même pas nécessaire qu'il y ait trois fils. Il peut n'y avoir qu'un seul fils, et il n'a pas forcément à se faire dévorer le cœur. Ou la mère peut avoir une fille et pas de fils. Il y a toutes sortes d'histoires, et toutes sortes de héros. Si tu apprenais à lire, tu découvrirais ça tout seul.

– Je sais lire. Mais je ne veux pas lire. J'aime pas ça.

– Ce n'est pas bien malin. De toute façon, tu vas bientôt avoir six ans et il va falloir que tu ailles à l'école.

– Inés dit que je n'ai pas à aller à l'école. Elle dit que je suis son trésor. Elle dit que je peux apprendre tout seul, à la maison.

– D'accord, tu es son trésor. Elle a beaucoup de chance de t'avoir trouvé. Mais es-tu bien sûr que tu veux rester à la maison avec Inés tout le temps ? Si tu allais à l'école tu rencontrerais des enfants de ton âge. Tu apprendrais à lire comme il faut.

– Inés dit qu'à l'école on ne me consacrera pas d'attention individuelle.

– "Attention individuelle" ! Qu'est-ce que ça veut dire ?

– Inés dit que je dois recevoir une attention individuelle parce que je suis intelligent. Elle dit qu'à l'école les enfants intelligents ne sont pas l'objet d'une attention individuelle et ils s'ennuient.

– Et qu'est-ce qui te fait croire que tu es si intelligent ?

– Je connais tous les nombres. Tu veux les entendre ? Je connais 134 et je connais 7 et je connais… » il prend une profonde respiration « … 4 623 551 et je connais 888 et je connais 92 et je connais…

– Arrête ! Ce n'est pas ça, connaître les nombres, David. Connaître les nombres veut dire qu'on est capable de compter. Cela veut dire qu'on connaît l'ordre des nombres – quels nombres viennent d'abord et quels nombres viennent ensuite. Plus tard, ça voudra dire être capable d'additionner et de soustraire les nombres – passer d'un nombre à un autre d'un seul coup, sans compter les étapes intermédiaires. Nommer les nombres n'est pas la même chose que savoir manier les nombres intelligemment. Tu pourrais rester là toute la journée à débiter des nombres, tu n'en viendrais pas à bout parce que les nombres sont sans fin. Tu ne savais pas ça ? Inés ne te l'a pas dit ?

– C'est pas vrai !

– Qu'est-ce qui n'est pas vrai ? Que les nombres sont sans fin ? Que personne ne saurait tous les nommer ?

– Moi, je peux les nommer tous.

– Très bien. Tu dis que tu connais 888. Quel nombre vient après 888 ?

– 92.

– Faux. Le nombre suivant est 889. Et des deux quel est le nombre le plus grand : 888 ou 889 ?

– 888.

– Faux. 889 est plus grand parce que 889 vient après 888.

– Comment tu le sais ? Tu n'as jamais été jusque-là.

– Qu'est-ce que tu veux dire par "été jusque-là" ? Bien sûr que je ne suis pas allé jusqu'à 888. Je n'ai pas besoin d'être allé jusque-là pour savoir que 888 est plus petit que 889. Pourquoi ? Parce que j'ai appris comment les nombres sont organisés. J'ai appris les règles de l'arithmétique. Quand tu iras à l'école, toi aussi tu apprendras ces règles, et alors les nombres ne seront plus... » il cherche comment dire « ... une telle complication dans ta vie. »

Le garçon ne répond pas mais le regarde droit dans les yeux. Il ne pense pas un instant que ce qu'il dit lui échappe. Non, ses mots, il les absorbe, tous : il les absorbe et il les rejette. Comment se fait-il que cet enfant, intelligent comme il l'est, si prêt à faire son chemin dans la vie, refuse de comprendre ?

« Tu me dis que tu as fait le tour de tous les nombres, dit-il. Alors dis-moi quel est le dernier nombre. Le tout dernier de tous. Mais ne me dis pas que c'est oméga. Oméga ne compte pas.

– C'est quoi oméga ?

– Peu importe. Simplement ne dis pas "oméga". Dis-moi le dernier nombre, le tout dernier. »

Le garçon ferme les yeux, respire profondément, le front plissé par la concentration. Ses lèvres bougent mais pas un son ne sort.

Un couple d'oiseaux vient percher sur la branche au-dessus d'eux, ils gazouillent, prêts à nicher.

Pour la première fois lui vient l'idée que ce n'est peut-être pas seulement un enfant intelligent – il y a beaucoup d'enfants intelligents sur terre – mais quelque chose d'autre, quelque chose pour quoi à ce moment-là il ne trouve pas de mot. Il tend le bras et secoue légèrement le garçon.

« Ça suffit, dit-il. On a assez compté. »

Le garçon sursaute. Les yeux grands ouverts, son visage perd son expression intense, distante, et se crispe.

« Ne me touche pas ! crie-t-il d'une voix étrangement aiguë. Tu me fais oublier ! Pourquoi est-ce que tu me fais oublier ? Je te déteste ! »

« Si vous ne voulez pas qu'il aille à l'école, dit-il à Inés, laissez-moi au moins lui apprendre à lire. Il est prêt pour ça. Il apprendra en un rien de temps. »

Il y a à la Maison commune des Barres Est quelques étagères de livres : *Apprenez la menuiserie*, *L'Art du crochet*, *Cent une recettes pour l'été*, et ainsi de suite. Mais à plat sur sa couverture, sous d'autres livres, la reliure déchirée, il y a un *Don Quichotte illustré pour les enfants*.

Avec un geste de triomphe, il montre sa trouvaille à Inés.

« Qui est Don Quichotte ? demande-t-elle.

– Un chevalier en armure, du temps jadis. » Il ouvre le livre à la page de la première illustration : un homme grand et décharné, avec une barbiche, revêtu d'une armure, monté sur une haridelle à l'air fatigué ; à côté de lui, un petit rondouillard sur un âne. Devant eux, la route serpente vers le lointain. « C'est une comédie, dit-il. Ça va lui plaire. Personne ne se noie, personne n'est tué, pas même le cheval. »

De retour dans l'appartement, il s'installe à la fenêtre, le garçon sur les genoux.

« Toi et moi, on va lire ce livre ensemble, une page par jour, quelquefois deux pages. D'abord je te lirai l'histoire, puis on reprendra le tout, un mot après l'autre, en observant comment les mots sont mis ensemble. D'accord ? »

Le garçon fait signe que oui.

« "Il y avait un homme qui vivait dans la Manche" – la Manche est en Espagne, où la langue espagnole a son origine –, "un homme plus tout jeune mais pas encore vieux, qui un jour se mit en tête de devenir chevalier. Alors il alla prendre l'armure rouillée accroché au mur, l'ajusta sur lui, siffla son cheval, qui s'appelait Rossinante, et appela son ami Sancho et lui dit : Sancho, j'ai envie de partir en quête d'aventures chevaleresques – veux-tu venir avec moi ?" Tu vois là "Sancho", et là encore

“Sancho”, le même mot, qui commence avec le grand S. Essaie de te rappeler à quoi le mot ressemble.

– Qu’est-ce que c’est des aventures chevaleresques ? demande le garçon.

– Les aventures d’un *caballero*, d’un chevalier. Aller au secours de belles dames en détresse. Combattre des ogres et des géants. Tu vas voir, le livre est plein d’aventures chevaleresques.

» “Alors, Don Quichotte et son ami Sancho” – tu vois, “Don Quichotte” avec le Q décoré d’une bouclette, et de nouveau “Sancho” – “n’avaient pas fait beaucoup de chemin quand ils virent, dressé au bord de la route, un géant avec pas moins de quatre bras terminés par quatre énormes poings qu’il agitait d’un air menaçant vers les voyageurs.

» ”Regarde bien, Sancho, voici notre première aventure, dit Don Quichotte. Tant que je n’aurai pas mis à bas ce géant, aucun voyageur n’aura la vie sauve. Sancho regarda son ami d’un œil perplexe. Je ne vois pas de géant, dit-il. Tout ce que je vois, c’est un moulin à vent avec quatre ailes qui tournent dans la brise.”

– Qu’est-ce que c’est un moulin à vent ? demande le garçon.

– Regarde l’image. Ces grands bras sont les ailes du moulin. Comme les ailes tournent dans le vent, elles font tourner la roue, et la roue fait tourner à l’intérieur du moulin une grosse pierre qui s’appelle une meule, et la meule moud le grain pour en faire de la farine pour que le boulanger fasse le pain que nous mangeons.

– Mais ce n’est pas vraiment un moulin à vent, si ? dit le garçon. Continue.

– “C’est peut-être un moulin que tu vois, Sancho,

dit Don Quichotte, mais c'est seulement parce que tu es sous le charme de la sorcière Maladuta. Si ta vue n'était pas brouillée, tu verrais un géant avec quatre bras, dressé en travers de la route." Tu veux savoir ce que c'est qu'une sorcière ?

– Je sais ce que c'est, les sorcières. Continue.

– "Sur ces mots Don Quichotte pointa sa lance, enfonça ses éperons dans les flancs de Rossinante et partit à la charge du géant. D'un seul de ses quatre poings, le géant n'eut aucun mal à détourner la lance de Don Quichotte. Ha ha ha, pauvre chevalier en haillons, dit-il en riant, crois-tu vraiment que tu peux avoir le dessus sur moi ?

» "Alors Don Quichotte dégaina son épée et repartit à la charge. Mais tout aussi facilement, de son deuxième poing, le géant d'un coup détourna l'épée et mit à bas le chevalier et sa monture.

» "Rossinante se releva tant bien que mal, mais Don Quichotte avait pris un bon coup sur la tête et il avait le vertige. Hélas, Sancho, à moins qu'un baume bienfaisant ne soit appliqué à mes blessures de la main de ma maîtresse Dulcinée, je crois que je ne verrai pas un autre jour se lever. Sottises, Votre Honneur, répliqua Sancho, vous avez une bosse sur la tête, c'est tout, et vous vous porterez comme un charme dès que je vous aurai emmené loin de ce moulin. Pas un moulin, un géant, Sancho, dit Don Quichotte. Dès que je vous aurai éloigné de ce géant, dit Sancho."

– Pourquoi est-ce que Sancho ne se bat pas contre le géant ?

– Parce que Sancho n'est pas chevalier. Il n'est pas chevalier, il n'a donc ni lance ni épée, il n'a qu'un couteau de poche pour éplucher les pommes de terre. Tout ce qu'il peut faire – comme on le verra demain –, c'est charger Don Quichotte sur son âne et le conduire jusqu'à l'auberge la plus proche pour qu'il se repose et se remette.

– Mais pourquoi Sancho ne frappe pas le géant ?

– Parce que Sancho sait que le géant est en fait un moulin à vent et qu'on ne peut pas se battre contre un moulin à vent. Un moulin à vent n'est pas quelque chose de vivant.

– Ce n'est pas un moulin à vent. C'est un géant. C'est seulement sur l'image que c'est un moulin à vent. »

Il pose le livre.

« David, dit-il, *Don Quichotte* est un livre hors du commun. Aux yeux de la dame à la bibliothèque qui nous l'a prêté, cela semble un simple livre pour enfants, mais en vérité ce n'est pas si simple que ça. Le livre nous présente le monde à travers deux paires d'yeux, les yeux de Don Quichotte et les yeux de Sancho. Pour Don Quichotte, c'est un géant qu'il combat. Pour Sancho, c'est un moulin à vent. La plupart d'entre nous – pas toi peut-être, mais la plupart d'entre nous quand même – tomberont d'accord sur le fait que c'est un moulin à vent. Y compris l'artiste qui a dessiné l'image d'un moulin à vent. Et aussi celui qui a écrit le livre.

– Qui a écrit le livre ?

– Un homme qui s'appelle Benengeli.

– Il habite à la bibliothèque ?

– Je ne pense pas. Ce n'est pas impossible, mais je dirais que c'est peu probable. Je ne l'y ai certainement pas remarqué. Il serait facile à reconnaître. Il porte une longue tunique et il a un turban sur la tête.

– Pourquoi est-ce qu'on lit le livre de Bengeli ?

– Benengeli. Parce que je suis tombé dessus à la bibliothèque. Parce que j'ai pensé que ça te plairait. Parce que c'est bon pour ton espagnol. Qu'est-ce que tu veux savoir d'autre ? »

Le garçon se tait.

« Arrêtons-nous là et on continuera demain avec l'aventure suivante de Don Quichotte et Sancho. Demain, j'espère bien que tu seras capable de me montrer "Sancho" avec le grand S et "Don Quichotte" avec le Q et sa bouclette.

– C'est pas les aventures de Don Quichotte et Sancho. C'est les aventures de Don Quichotte. »

Chapitre 19

Un très gros cargo est arrivé à quai, un bâtiment qu'Álvaro appelle un « cargo à deux ventres », parce qu'il a une cale à la proue et une à la poupe. Les dockers se divisent en deux équipes. Lui, Simón, se joint à l'équipe de la proue.

Au milieu de la matinée, le premier jour du déchargement, du fond de la cale, il entend un remue-ménage sur le pont et des coups de sifflet stridents.

« C'est le signal du feu, dit l'un de ses compagnons. Sortons-nous de là, et en vitesse ! »

Il sent la fumée alors même qu'ils grimpent à l'échelle à toutes jambes. Elle monte en tourbillons de la cale arrière.

« Tous dehors ! hurle Álvaro depuis le pont, aux côtés du capitaine. Tout le monde à terre ! »

Les dockers n'ont pas plus tôt remonté leurs échelles que l'équipage tire les énormes panneaux qui ferment les écoutilles.

« Ils ne vont pas éteindre le feu ? demande-t-il.

– Ils l'étouffent, réplique son compagnon. D'ici une heure ou deux, le feu sera mort. Mais la cargaison sera perdue, ça ne fait aucun doute. On pourra aussi bien la jeter aux poissons. »

Les dockers se rassemblent sur le quai. Álvaro commence à faire l'appel :

« Adriano… Agustín… Alexandre…

– Présent… Présent… Présent. »

Il arrive à Marciano.

« Marciano… »

Silence.

« Est-ce que quelqu'un a vu Marciano ? »

Silence. De l'écoutille, un filet de fumée monte dans l'air sans un souffle de vent.

Les marins rouvrent les écoutilles. Ils sont immédiatement enveloppés d'une fumée grise, dense.

« Fermez ça ! » ordonne le capitaine ; et à Álvaro : « Si votre homme est dans la cale, c'en est fait de lui.

– On ne l'abandonnera pas, dit Álvaro. Je vais descendre.

– Certainement pas tant que je serai maître à bord. »

À midi, les panneaux qui ferment les écoutilles sont brièvement retirés. La fumée est aussi épaisse que jamais. Le capitaine donne l'ordre d'inonder la cale. Les dockers sont congédiés.

Il raconte les événements de la journée à Inés.

« Pour Marciano, on ne sera fixés que lorsqu'ils pomperont l'eau de la cale, demain matin.

– Qu'est-ce que c'est que vous ne saurez pas à propos de Marciano ? Qu'est-ce qui lui est arrivé ? demande le garçon, qui se joint à la conversation.

– J'imagine qu'il s'est endormi. Il a été imprudent et a respiré trop de fumée. Si on respire trop de fumée, on s'affaiblit, on a le vertige et on s'endort.

– Et alors ?

– Alors je crains bien qu'on ne se réveille pas en ce monde.

– On meurt ?

– Oui, on meurt.

– S'il est mort, il va passer dans l'autre vie, dit Inés. Donc il n'y a pas lieu de s'inquiéter pour lui. C'est l'heure de ton bain. Allez, viens.

– Est-ce que Simón peut me donner mon bain ? »

Il n'a pas vu le garçon nu depuis longtemps. Il remarque avec plaisir qu'il a pris du poids.

« Lève-toi », dit-il, et il rince ce qui reste de savon et l'enveloppe dans une serviette. « On va te sécher bien vite et tu pourras mettre ton pyjama.

– Non. Je veux qu'Inés me sèche.

– Il veut que vous le séchiez, va-t-il dire à Inés. Je ne suis pas assez bon pour ça. »

Étendu de tout son long sur son lit, le garçon laisse Inés s'occuper de lui : elle sèche bien entre les doigts de pied, dans son entrejambe. Il suce son pouce ; ses yeux, embués d'un tout-puissant plaisir, la suivent paresseusement.

Elle le saupoudre de talc comme s'il était un bébé ; elle l'aide à enfiler son pyjama.

Il est l'heure de se coucher, mais il ne laisse pas tomber l'histoire de Marciano.

« Il n'est peut-être pas mort. Est-ce qu'on peut aller voir, Inés, toi et moi ? Je ne respirerai pas de fumée, je le promets. Alors, on peut ?

– Ça ne servira à rien, David. Il est trop tard pour sauver Marciano. Et de toute façon la cale du bateau est pleine d'eau.

– C'est pas trop tard ! Je peux descendre à la nage et le sauver, comme un phoque. Je peux nager n'importe où. Je te l'ai dit. Je suis un champion de la prestidigitation.

– Non, mon garçon, descendre à la nage dans une cale inondée est trop dangereux, même pour un champion comme toi. Tu pourrais te faire coincer et ne jamais revenir. D'ailleurs, les champions de la prestidigitation n'ont pas à aller au secours des autres, c'est leur peau qu'ils sauvent. Et tu n'es pas un phoque. Tu ne sais pas encore nager. Il est temps que tu comprennes qu'on ne nage pas ou qu'on ne devient pas un champion de la prestidigitation simplement parce qu'on en a envie. Il faut s'entraîner pendant des années. Et de toute façon Marciano ne veut pas être sauvé, être ramené à cette vie. Marciano a trouvé la paix. À l'heure qu'il est, il traverse sans doute les mers, impatient de connaître l'autre vie. Ce sera une grande aventure pour lui de recommencer, lavé de tout. Il n'aura plus à faire le docker, à porter des sacs lourds sur ses épaules. Il peut être un oiseau. Il peut être tout ce qu'il veut.

– Ou un phoque.

– Un oiseau ou un phoque. Ou même une grosse baleine. Ce qu'on peut être dans l'autre vie est sans limites.

– Est-ce que toi et moi on ira dans l'autre vie ?

– Seulement si nous mourons. Et nous n'allons pas mourir. Nous allons vivre longtemps.

– Comme des héros. Les héros ne meurent pas, hein ?

– Non, les héros ne meurent pas.

– Est-ce que dans l'autre vie il faudra parler espagnol ?

– Pas du tout. Mais il faudra peut-être parler chinois.

– Et Inés ? Est-ce qu'elle viendra aussi ?

– C'est à elle de décider. Mais je suis sûr que si tu vas dans l'autre vie Inés voudra venir aussi. Elle t'aime beaucoup.

– Est-ce qu'on verra Marciano ?

– Sans aucun doute. Cependant on ne le reconnaîtra peut-être pas. On pensera peut-être qu'on voit un oiseau, ou un phoque, ou une baleine. Et Marciano croira voir un hippopotame, alors que, en fait, ce sera toi.

– Non, je veux dire le vrai Marciano, des quais. Est-ce qu'on verra le vrai Marciano ?

– Dès qu'ils auront pompé l'eau dans la cale, le capitaine enverra des hommes pour récupérer le corps de Marciano. Mais le vrai Marciano ne sera plus avec nous.

– Est-ce que je peux le voir ?

– Pas le vrai Marciano. Le vrai Marciano nous est invisible. Et pour ce qui est du corps, le corps dont Marciano s'est échappé, on l'aura emmené avant que nous arrivions sur les quais. Les hommes feront ça au point du jour, alors que tu dormiras encore.

– Emmené où ?

– Emmené pour l'enterrer.

– Et s'il n'était pas mort ? S'ils l'enterrent alors qu'il n'est pas mort ?

– Ça n'arrivera pas. Les gens qui enterrent les morts, les fossoyeurs, font bien attention de ne pas enterrer quelqu'un s'il est encore vivant. Ils écoutent les battements du cœur. Ils écoutent la respiration. S'ils entendent le moindre battement de cœur, ils ne l'enterrent pas. Alors, ne te fais pas de souci. Marciano est en paix.

– Mais tu ne comprends pas ! Et s'il a l'estomac plein de fumée mais qu'il n'est pas vraiment mort ?

– C'est ses poumons. On respire avec nos poumons, pas avec notre estomac. Si Marciano a pris de la fumée dans ses poumons, il est sûr qu'il est mort.

– C'est pas vrai ! C'est juste ce que tu dis ! Est-ce qu'on

ne peut pas aller sur les quais avant que les fossoyeurs viennent ? Est-ce qu'on peut y aller tout de suite ?

– Maintenant ? Dans le noir ? Sûrement pas. Pourquoi veux-tu à tout prix voir Marciano, mon garçon ? Un corps mort est sans importance. C'est l'âme qui est importante. L'âme de Marciano, c'est le vrai Marciano ; et l'âme est en route vers l'autre vie.

– Je veux voir Marciano ! Je veux aspirer la fumée hors de son corps ! Je ne veux pas qu'on l'enterre !

– David, si on pouvait ramener Marciano en aspirant la fumée dans ses poumons, les marins l'auraient fait il y a longtemps, je te le promets. Les marins sont comme nous, pleins de bonne volonté. Mais on ne peut rendre les gens à la vie en aspirant leurs poumons. Pas une fois qu'ils sont morts. C'est l'une des lois de la nature. Quand on est mort, on est mort. Le corps ne revient pas à la vie. Seule l'âme continue à vivre : l'âme de Marciano, mon âme, ton âme.

– C'est pas vrai. Je n'ai pas d'âme ! Je veux sauver Marciano !

– Je ne te le permettrai pas. Nous irons tous à l'enterrement de Marciano, et à l'enterrement tu pourras, comme tous les autres, l'embrasser pour lui dire au revoir. C'est comme ça que ça se passera, un point c'est tout. Et je ne veux plus discuter de la mort de Marciano.

– C'est pas à toi de me dire ce que je dois faire ! Tu n'es pas mon père ! Je vais demander à Inés !

– Je peux t'assurer qu'Inés ne va pas aller se traîner sur les quais avec toi dans le noir. Sois raisonnable. Je sais que tu aimes sauver les gens, c'est formidable, mais il arrive que les gens ne veuillent pas être sauvés. Laisse Marciano en paix. Marciano est parti. Rappelons-nous ce qu'il est bon de se rappeler de lui, et laisse sa carcasse en paix. Allez, viens : Inés attend pour te raconter une histoire avant de dormir. »

Quand il arrive au travail, le lendemain matin, ils ont presque fini de pomper l'eau dans la cale en poupe. En moins d'une heure une équipe de marins peut descendre ; et peu après, tandis que les dockers observent la scène en silence depuis le quai, le corps de leur camarade décédé, attaché à une civière, est remonté sur le pont.

Álvaro s'adresse à eux :

« D'ici un jour ou deux, les gars, nous pourrons dire convenablement adieu à notre ami. Mais pour l'instant, c'est le travail comme d'habitude. Il y a un bazar infernal dans la cale et c'est à nous de nettoyer. »

Le reste de la journée durant, les dockers sont dans la cale, de l'eau jusqu'aux chevilles, dans l'odeur âcre de cendre humide. Pas un sac de grain qui n'ait pas éclaté ; leur boulot consiste à mettre ce gâchis poisseux dans des seaux et à se relayer pour les faire passer sur le pont, d'où on jette le tout par-dessus bord. C'est un labeur sinistre, qui se fait dans le silence d'un lieu de mort.

Quand il passe à l'appartement d'Inés ce soir-là, il est épuisé et de sale humeur.

« Vous n'auriez pas quelque chose à boire, par hasard ? demande-t-il.

– Désolée, je n'ai plus rien. Je vais vous faire du thé. »

Vautré sur son lit, le garçon est plongé dans son livre. Marciano est oublié.

« Bonjour. Comment va le Don aujourd'hui ? Dans quoi va-t-il se lancer ? »

Sa question reste sans réponse.

« Qu'est-ce que ce mot-là dit ? demande le garçon en montrant le mot du doigt.

– Ça dit "*Aventuras*", avec un grand A. "Les Aventures de Don Quichotte".

– Et ce mot-là ?

– "*Fantástico*", avec un F. Et ce mot-là – tu te rappelles le grand Q ? –, c'est "Quichotte". Tu peux toujours reconnaître "Quichotte" par le grand Q. Je croyais que tu m'avais dit que tu connaissais les lettres.

– Je ne veux pas lire les lettres. Je veux lire l'histoire.

– Ça n'est pas possible. Une histoire est faite de mots, et les mots sont faits de lettres. Sans lettres, il n'y aurait pas d'histoire, pas de *Don Quichotte*. Il faut connaître les lettres.

– Montre-moi lequel est "*Fantástico*". »

Il place l'index du garçon sur le mot.

« Là. »

Les ongles sont propres, soigneusement coupés, alors que sa main à lui, autrefois lisse et propre, est pleine de crevasses et sale, la crasse incrustée dans les crevasses.

Le garçon plisse les yeux, retient sa respiration, ouvre tout grands les yeux.

« *Fantástico*.

– Excellent. Tu as appris à reconnaître le mot "*Fantástico*". Il y a deux façons d'apprendre à lire, David. L'une est d'apprendre les mots un par un, comme tu es en train de le faire. L'autre, qui est plus rapide, est d'apprendre les lettres qui forment les mots. Il n'y en a que vingt-sept. Une fois que tu as appris les lettres, tu peux former des mots tout seul, sans que j'aie à te dire ce qu'est chaque mot. »

Le garçon secoue la tête.

« Je veux apprendre de la première façon. Où est le géant ?

– Le géant qui était en fait un moulin à vent ? » Il tourne les pages. « Voilà le géant. »

Il place l'index du garçon sur le mot « *gigante* ». Le garçon ferme les yeux.

« Je lis avec mes doigts, annonce-t-il.

– Peu importe comment tu lis – avec tes yeux ou avec tes doigts, comme un aveugle –, tant que tu lis. Montre-moi "Quichotte" avec un Q. »

Le garçon plante l'index sur la page.

« Là.

– Non. » Il guide le doigt du garçon vers le bon endroit. « Voilà "Quichotte", avec le grand Q. »

Le garçon retire sa main avec humeur.

« Ce n'est pas son vrai nom – tu sais pas ?

– Ce n'est peut-être pas son nom dans le monde, le nom sous lequel ses voisins le connaissent, mais c'est le nom qu'il s'est choisi, et le nom sous lequel nous le connaissons.

– Ce n'est pas son vrai nom.

– Quel est son vrai nom ? »

Tout d'un coup, le garçon se replie sur lui-même.

« Tu peux partir, marmonne-t-il. Je vais lire tout seul.

– Très bien. Je vais m'en aller. Quand tu seras redevenu raisonnable, quand tu décideras que tu veux apprendre à lire convenablement, appelle-moi. Appelle-moi et tu me diras le vrai nom du Don.

– Je ne te le dirai pas. C'est un secret. »

Inés est occupée à faire la cuisine. Elle ne lève même pas les yeux quand il s'en va.

Il revient le surlendemain. Il trouve le garçon penché sur le livre comme auparavant. Il essaie de parler, mais le garçon fait un geste d'impatience – « Chut ! » – et tourne la page d'un geste vif, brusque, comme si un serpent se cachait derrière, prêt à l'attaquer.

L'image montre Don Quichotte étroitement ligoté par des cordes ; on est en train de le descendre dans un trou dans la terre.

« Tu veux que je t'aide ? Est-ce que tu veux que je te dise ce qui se passe ? »

Le garçon fait oui de la tête.

Il prend le livre.

« C'est un épisode qui s'appelle "La grotte de Montesinos". Ayant beaucoup entendu parler de la grotte de Montesinos, Don Quichotte décide d'aller voir par lui-même ses célèbres merveilles. Alors il donne l'ordre à son ami Sancho et au clerc érudit – l'homme au chapeau doit être ce clerc érudit – de le descendre dans la grotte sombre et d'attendre patiemment son signal pour le remonter.

» "Pendant toute une heure, Sancho et le clerc attendirent à l'entrée de la grotte."

– C'est quoi un clerc ?

– Un clerc est quelqu'un qui a lu beaucoup de livres, et appris beaucoup de choses. "Pendant toute une heure, Sancho et le clerc attendirent, jusqu'à ce qu'enfin ils sentent une secousse sur la corde, et ils se mirent à tirer, et c'est comme ça que Don Quichotte remonta à la lumière."

– Alors Don Quichotte n'était pas mort ?

– Non, il n'était pas mort. »

Le garçon pousse un soupir de contentement.

« C'est bien, non ? dit-il.

– Oui, bien sûr, c'est bien. Mais pourquoi pensais-tu qu'il était mort ? Il est Don Quichotte. Il est le héros.

– Il est le héros, et en plus, c'est un magicien. Tu l'attaches avec des cordes, tu le mets dans une boîte, et quand tu ouvres la boîte il n'est plus là, il s'est échappé.

– Oh ! Tu pensais que Sancho et le clerc avaient ficelé Don Quichotte ? Non, si tu lisais le livre au lieu de te contenter de regarder les images et de deviner l'histoire, tu saurais qu'ils ont utilisé la corde pour le remonter de la grotte, pas pour le ligoter. Je continue ? »

Le garçon fait signe que oui.

« "Don Quichotte remercia ses amis de bonne grâce. Puis il les régala du récit de tout ce qui s'était passé dans la grotte de Montesinos. Durant les trois jours et trois nuits qu'il avait passés sous terre, dit-il, il avait vu un grand nombre de spectacles merveilleux, le moindre n'étant pas des chutes d'eau, qui tombaient en cascade non pas de gouttes d'eau mais de diamants étincelants, et des cortèges de princesses en robes de satin, et même, la plus grande des merveilles, Dame Dulcinée montée sur un blanc destrier avec des rênes incrustées de joyaux, qui s'arrêta pour lui parler aimablement.

» "Mais, Votre Honneur, dit Sancho, vous devez vous tromper, car vous avez été sous terre non pas trois jours et trois nuits, mais une heure tout au plus. Non, Sancho, dit Don Quichotte gravement, durant trois jours et trois nuits, j'étais absent ; s'il vous semble qu'il ne s'est passé qu'une heure, c'est parce que vous avez sombré dans le sommeil en attendant, et que vous n'avez pas vu le temps passer.

» "Sancho était sur le point de discuter, mais se ravisa, se rappelant combien Don Quichotte pouvait être têtu. Oui, Votre Honneur, dit-il, se tournant vers le clerc érudit pour lui faire un clin d'œil, vous devez avoir raison : pendant trois jours et trois nuits, nous étions tous deux plongés dans le sommeil, jusqu'à votre retour. Mais, je vous en prie, dites-nous-en plus sur Dame Dulcinée et sur ce qui s'est passé entre elle et vous.

» "Don Quichotte regarda Sancho d'un air grave. Sancho, dit-il, ô ami de peu de foi, quand apprendras-tu, quand apprendras-tu ? Et il se tut.

» "Sancho se gratta la tête. Votre Honneur, dit-il, je ne nierai pas qu'il est difficile de croire que vous avez passé trois jours et trois nuits dans la grotte de Montesinos, alors qu'il nous a semblé qu'une heure à peine avait passé ; et donc je ne nierai pas qu'il est difficile de croire qu'à l'instant où je parle il y a sous nos pieds des princesses en foule, et des dames qui caracolent sur des montures blanches comme neige, et autres merveilles. Mais si Dame Dulcinée vous a fait don de quelque gage de sa foi, comme un rubis ou un saphir des rênes de sa monture, et si vous pouviez le montrer aux malheureux sceptiques que nous sommes, ce serait une autre affaire.

» "Un rubis ou un saphir, dit Don Quichotte d'un air rêveur. Il faudrait que je vous montre un rubis ou un saphir pour vous prouver que je ne mens pas ?

» "Pour ainsi dire, dit Sancho. Pour ainsi dire.

» "Et si je vous montrais un tel rubis ou un tel saphir, Sancho, qu'arriverait-il ?

» "Alors je tomberais à genoux, je vous baiserais la main, et vous demanderais pardon d'avoir jamais douté de vous. Et je vous suivrais fidèlement jusqu'à la fin des temps." »

Il referme le livre.

« Et alors ? dit le garçon.

– Et alors, rien. C'est la fin du chapitre. Plus d'histoires jusqu'à demain. »

Le garçon lui prend le livre des mains, le rouvre à la page qui montre Don Quichotte ficelé dans ses cordes, regarde attentivement le texte accolé.

« Montre-moi, dit-il d'une petite voix.

– Qu'est-ce que tu veux que je te montre ?

– Montre-moi la fin du chapitre. »

Il lui indique du doigt la fin du chapitre.

« Tu vois, ici commence un nouveau chapitre, qui s'appelle "Don Pedro y las marionetas", "Don Pedro et les marionnettes". "La grotte de Montesinos", c'est fini.

– Mais est-ce que Don Quichotte a montré le rubis à Sancho ?

– Je ne sais pas. Le señor Benengeli ne le dit pas. Peut-être que oui, peut-être que non.

– Mais est-ce qu'il avait vraiment un rubis ? Est-ce qu'il a vraiment passé trois jours et trois nuits sous terre ?

– Je ne sais pas. Peut-être que pour Don Quichotte le temps n'est pas ce qu'il est pour nous. Peut-être que ce qui est pour nous un battement de paupières est pour Don Quichotte toute une éternité. Mais si tu es persuadé que Don Quichotte est remonté de la grotte avec des rubis dans ses poches, tu devrais peut-être écrire un livre où tu le raconterais. Alors on pourra rendre le livre de Benengeli à la bibliothèque et on lira le tien à la place. Malheureusement, cependant, avant d'écrire ton livre, il faudra que tu apprennes à lire.

– Je sais lire.

– Non, tu ne sais pas. Tu peux regarder une page, bouger les lèvres et te raconter des histoires, mais lire ce n'est pas ça. Lire pour de bon, c'est suivre ce qui est écrit sur la page. Il faut renoncer à tes idées fantasques. Il faut cesser de faire le sot. Il faut cesser d'être un bébé. »

Il n'a jamais parlé à l'enfant sur un ton aussi direct, aussi dur.

« Je ne veux pas lire à ta façon, dit l'enfant. Je veux lire à ma façon à moi. Y avait un homme à deux vitesses et tsoin tsoin tsoin, à cheval il était dada mais à pied il était dadoin.

– Tout ça, ce ne sont que des absurdités. Un dadoin, ça n'existe pas. Don Quichotte n'est pas absurde. Tu ne peux pas inventer des absurdités et faire comme si tu lisais son histoire.

– Si, je peux ! C'est pas des absurdités, et je sais lire ! C'est pas ton livre, le livre est à moi ! »

Et, fronçant les sourcils, il recommence à tourner les pages avec furie.

« Au contraire, c'est le livre du señor Benengeli, qu'il a donné au monde, il appartient donc à nous tous – à nous tous dans un certain sens, et à la bibliothèque dans un autre sens, mais il n'appartient en aucun sens à toi seul. Et arrête de déchirer les pages. Pourquoi traites-tu le livre aussi brutalement ?

– Parce que. Si je ne me dépêche pas, un trou va s'ouvrir.

– S'ouvrir où ?

– Entre les pages.

– Mais c'est absurde ! Un trou entre les pages, ça n'existe pas.

– Il y a un trou. À l'intérieur de la page. Tu ne le vois pas, parce que tu ne vois rien.

– Ça suffit maintenant ! » dit Inés.

Pendant un instant il pense qu'elle s'adresse à l'enfant. Pendant un instant il pense qu'elle a enfin trouvé la force de le réprimander pour son entêtement. Mais non, c'est lui qu'elle fixe des yeux.

« Je croyais que vous vouliez qu'il apprenne à lire, dit-il.

– Pas au prix de toutes ces chamailleries. Trouvez un autre livre. Un livre plus simple. Ce *Don Quichotte* est trop difficile pour un enfant. Rapportez-le à la bibliothèque.

– Non ! » Le garçon serre bien fort le livre contre lui. « Tu ne vas pas le prendre. Le livre est à moi ! »

Chapitre 20

Depuis qu'Inés s'y est installée, l'appartement a perdu le côté austère qu'il avait auparavant. En fait, il est maintenant encombré, et pas seulement de ses nombreuses affaires personnelles. Le pire est le coin à côté du lit du garçon, où un carton déborde d'objets qu'il a collectionnés et rapportés à la maison : des cailloux, des pommes de pin, des fleurs fanées, des os, des coquillages, des morceaux de faïence et de vieux bouts de métal.

« N'est-il pas temps de jeter toutes ces saletés ? suggère-t-il.

– C'est pas des saletés, dit le garçon. C'est des choses que je garde. »

Du pied il pousse le carton.

« Ce sont des saletés. Tu ne peux pas garder tout ce que tu trouves par hasard.

– C'est mon musée, dit le garçon.

– Un tas de vieilles cochonneries n'est pas un musée. Il faut que les choses aient une certaine valeur pour trouver place dans un musée.

– C'est quoi la valeur ?

– Si les choses ont de la valeur, cela veut dire que les gens en général les jugent précieuses, pensent qu'elles ont de la valeur. Une vieille tasse cassée n'a pas de valeur. Personne n'y attache du prix.

– Pour moi, elle est précieuse. C'est mon musée, pas le tien. »

Il se tourne vers Inés.

« Est-ce que vous approuvez tout ça ?

– Laissez-le tranquille. Il dit qu'il a de la peine pour les vieilles choses.

– On ne peut avoir de la peine pour une vieille tasse sans anse. »

Le garçon le regarde fixement, avec l'air de ne rien comprendre.

« Une tasse n'éprouve pas de sentiments. Si tu la jetais, ça lui serait égal. Elle ne serait pas blessée. Si tu dois avoir de la peine pour une vieille tasse, tu peux aussi bien avoir de la peine pour... » exaspéré, il cherche quoi citer « ... le ciel, l'air, la terre sous tes pieds. Tu peux aussi bien avoir de la peine pour tout. »

Le garçon continue à le fixer des yeux.

« Les choses ne sont pas faites pour durer éternellement, dit-il. Chaque chose a une fin naturelle. Cette vieille tasse a eu une bonne vie ; il est temps pour elle de se retirer et de faire place à une tasse neuve. »

Le visage du garçon prend cet air buté qu'il connaît maintenant si bien.

« Non ! dit-il. Je vais la garder ! Je ne vais pas te laisser me la prendre ! Elle est à moi ! »

Comme Inés lui cède sur tout, le garçon est de plus en plus têtu. Pas un jour ne passe sans dispute, sans qu'on élève la voix, sans qu'il tape du pied.

Il la presse de l'envoyer à l'école.

« Il est à l'étroit dans l'appartement, dit-il. Il a besoin

de se trouver face au monde réel. Il lui faut des horizons plus vastes. »

Mais elle tient bon.

« L'argent, ça vient d'où ? demande le garçon.

– Ça dépend de quel argent tu parles. Les pièces viennent d'un endroit qui s'appelle l'Hôtel des Monnaies.

– C'est de l'Hôtel des Monnaies que tu reçois ton argent ?

– Non, je reçois mon argent du payeur, sur les quais. Tu l'as bien vu.

– Pourquoi est-ce que tu vas pas à l'Hôtel des Monnaies ?

– Parce que l'Hôtel des Monnaies ne nous donne pas d'argent comme ça. Il faut le gagner.

– Pourquoi ?

– Parce que c'est comme ça que le monde marche. Si on ne devait pas travailler pour gagner notre vie, si l'Hôtel des Monnaies distribuait simplement de l'argent à tout le monde, l'argent n'aurait plus aucune valeur. »

Il emmène le garçon voir un match de football et paie à l'entrée du stade.

« Pourquoi faut-il payer ? On n'a pas eu à payer l'autre fois.

– Aujourd'hui c'est le match de championnat, le dernier match de la saison. À la fin du match, on offre du gâteau et du vin aux gagnants. Il faut bien que quelqu'un réunisse l'argent pour payer le gâteau et le vin. Si le boulanger n'est pas payé pour son gâteau, il ne pourra pas acheter la farine, le sucre et le beurre pour le gâteau suivant. C'est la règle : si tu veux manger du gâteau, il faut le payer. Même chose pour le vin.

– Pourquoi ?

– Pourquoi ? La réponse à tous tes “pourquoi”, passés, présents et à venir, est : parce que c’est comme ça que le monde marche. Le monde n’a pas été fait pour notre confort, mon jeune ami. C’est à nous de nous adapter. »

Le garçon ouvre la bouche pour répliquer. Prestement, il lui pose un doigt sur les lèvres.

« Plus de questions. Tais-toi et regarde le football. »

Après le match, ils reviennent à l’appartement. Inés est aux fourneaux ; une odeur de viande roussie flotte dans l’air.

« C’est l’heure du dîner. Va te laver les mains !

– Je vais m’en aller, dit-il. Au revoir. À demain.

– Faut-il que vous partiez ? dit Inés. Vous ne voulez pas rester et le regarder dîner ? »

Un seul couvert à table, pour le petit prince. Inés fait passer deux minces saucisses de la poêle à son assiette. Elle dispose autour les deux moitiés d’une pomme de terre bouillie, des rondelles de carotte et des branches de chou-fleur et verse sur le tout la graisse du fond de la poêle. Bolívar, qui dormait près de la fenêtre ouverte, se lève et s’approche lentement.

« Mmm, des saucisses ! dit le garçon. C’est ce qu’il y a de meilleur.

– Je n’ai pas vu de saucisses depuis longtemps, dit-il à Inés. Où les avez-vous achetées ?

– C’est Diego qui me les a procurées. Il est copain avec quelqu’un à la cuisine de la Residencia. »

Le garçon coupe ses saucisses en petits morceaux, coupe ses pommes de terre, mâche avec ardeur. Les deux adultes penchés au-dessus de lui ne semblent pas le déranger, ni le chien, qui a posé sa tête sur son genou et observe chacun de ses gestes.

« N'oublie pas tes carottes, dit Inés. Elles te font voir dans le noir.

– Comme un chat, dit le garçon.

– Comme un chat », dit Inés.

Le garçon mange ses carottes.

« Et le chou-fleur, c'est bon pour quoi ?

– Le chou-fleur est bon pour ta santé.

– Le chou-fleur est bon pour la santé, et la viande donne des forces, c'est ça ?

– C'est ça, la viande donne des forces.

– Il faut que je parte, dit-il à Inés. La viande donne des forces, mais vous devriez peut-être y regarder à deux fois avant de lui donner des saucisses à manger.

– Pourquoi ? demande le garçon. Pourquoi est-ce qu'Inés devrait y regarder à deux fois ?

– À cause de ce qu'ils mettent dans les saucisses. Ce qu'on met dans les saucisses n'est pas toujours bon pour toi.

– Qu'est-ce qu'ils mettent dans les saucisses ?

– Eh bien, qu'est-ce que tu crois ?

– De la viande.

– Oui, mais quel genre de viande ?

– De la viande de kangourou.

– Voyons, ne fais pas l'idiot.

– De la viande d'éléphant.

– Ils mettent de la viande de porc dans les saucisses, pas toujours mais quelquefois, et les porcs ne sont pas des animaux propres. Ils ne mangent pas de l'herbe, comme les vaches et les moutons. Ils mangent tout ce qu'ils trouvent. » Il jette un œil vers Inés. Elle lui retourne son regard, les lèvres pincées. « Par exemple, ils mangent de la crotte.

– De la crotte des toilettes ?

– Non, pas des toilettes. Mais s'ils tombent sur de la crotte dans un champ, ils la mangent. Sans y regarder à deux fois. Ils sont omnivores, ce qui veut dire qu'ils mangent n'importe quoi. Ils se mangent même les uns les autres.

– Ce n'est pas vrai, dit Inés.

– Il y a de la crotte dans les saucisses ? »

Le garçon a posé sa fourchette.

« Il dit des bêtises, ne l'écoute pas, il n'y a pas de crotte dans tes saucisses.

– Je ne dis pas qu'il y a de la vraie crotte dans tes saucisses. Mais il y a de la viande à base de crotte. Les porcs sont des animaux malpropres. La viande de porc est de la viande à base de crotte. Mais c'est seulement mon opinion. Tout le monde ne sera pas d'accord. À toi de voir ce que tu en penses.

– Je n'en veux plus, dit le garçon en repoussant son assiette. Bolívar peut les manger.

– Finis ton assiette et je te donnerai un chocolat, dit Inés.

– Non.

– J'espère que vous êtes fier de vous, dit Inés en se tournant vers lui.

– C'est une question d'hygiène. D'hygiène éthique. Si on mange du porc, on devient comme un porc. En partie. Pas totalement, mais en partie. On participe de la nature du porc.

– Vous êtes fou. » Puis elle s'adresse au garçon : « Ne l'écoute pas, il est devenu fou.

– Je ne suis pas fou. Cela s'appelle la consubstantiation. Pourquoi autrement y aurait-il des cannibales ?

Un cannibale est quelqu'un qui prend la consubstantiation au sérieux. Si nous mangeons une autre personne, nous incarnons cette personne. C'est ce que croient les cannibales.

– Qu'est-ce que c'est un cannibale ? demande le garçon.

– Les cannibales sont des sauvages, dit Inés. Ne t'inquiète pas, il n'y a pas de cannibales ici. Les cannibales ne sont qu'une fable.

– C'est quoi une fable ?

– Une histoire du temps jadis qui n'est plus vraie.

– Raconte-moi une fable. Je veux entendre une fable. Raconte-moi une fable sur les trois frères. Ou sur les frères dans le ciel.

– Je ne sais rien sur des frères dans le ciel. Maintenant, finis ton dîner.

– Si vous ne voulez pas lui raconter une histoire de frères, racontez-lui "Le Petit Chaperon rouge", dit-il. Racontez-lui comment le loup engloutit la grand-mère de la petite fille et se transforme en grand-mère. En grand-mère-loup. Par consubstantiation. »

Le garçon se lève, vide son assiette dans la gamelle du chien et met l'assiette dans l'évier. Le chien avale les saucisses.

« Je vais être sauveteur, annonce le garçon. Diego va m'apprendre comment faire dans la piscine.

– C'est bien. Et qu'est-ce que tu vas devenir d'autre, en dehors de sauveteur, illusionniste et prestidigitateur ?

– Rien d'autre. C'est tout.

– Porter secours à des gens dans une piscine, s'échapper d'une boîte et faire des tours de prestidigitation sont des passe-temps, ça ne fait pas une carrière, pas le travail d'une vie. Comment vas-tu réellement gagner ta vie ? »

Le garçon jette un œil à sa mère, comme pour prendre conseil. Puis, avec plus d'assurance, il dit :

« Je n'ai pas besoin de gagner ma vie.

– Nous devons tous gagner notre vie. Cela fait partie de la condition humaine.

– Pourquoi ?

– Pourquoi ? Pourquoi ? Pourquoi ? Ce n'est pas comme ça qu'on tient une conversation. Comment vas-tu manger si tu passes tout ton temps à sauver les gens, à te libérer de chaînes et à refuser de travailler ? Où trouveras-tu la nourriture pour prendre des forces ?

– Au magasin.

– Tu iras au magasin et ils te donneront de quoi manger. Pour rien ?

– Oui.

– Et qu'est-ce qui se passera quand les gens du magasin auront donné toute leur marchandise pour rien ? Qu'est-ce qui se passera quand le magasin sera vide ? »

D'un air serein, avec un drôle de petit sourire, l'enfant répond :

« Pourquoi ?

– Pourquoi quoi ?

– Pourquoi est-ce que le magasin est vide ?

– Parce que si tu as un nombre *x* de miches de pain et que tu les donnes toutes pour rien, alors il ne restera plus de miches de pain et tu n'auras pas d'argent pour en acheter d'autres. Parce que *x* moins *x* égale 0. Égale rien. Égale le vide. Égale un ventre vide.

– C'est quoi *x* ?

– *X* c'est n'importe quel nombre, 10, 100 ou 1 000.

Si tu as quelque chose et que tu le donnes, tu ne l'as plus. »

Le garçon plisse les yeux et fait une sorte de grimace. Il s'accroche à la jupe de sa mère, presse son visage contre sa cuisse et se met à pouffer, au point de devenir tout rouge.

« Qu'est-ce qu'il y a, mon chéri ? »

Mais le garçon ne cesse pas de rire.

« Il vaut mieux que vous partiez. Vous lui faites perdre son calme.

– Je fais son éducation. Si vous consentiez à l'envoyer à l'école, on n'aurait pas besoin de ces leçons à domicile. »

Le garçon s'est lié d'amitié avec un vieil homme de l'Immeuble E qui a un pigeonnier sur le toit. D'après la boîte aux lettres dans l'entrée de l'immeuble, il s'appelle Palamaki, mais le garçon l'appelle señor Paloma, monsieur Colombe. Le señor Paloma laisse le garçon nourrir les oiseaux dans le creux de sa main. Il lui a même donné un pigeon, rien que pour lui, un oiseau complètement blanc que le garçon appelle Blanco.

Blanco est un oiseau placide, engourdi même, qui se laisse promener posé sur le poignet tendu du garçon ou quelquefois perché sur son épaule. Il ne manifeste aucune envie de s'envoler, ni même de voler.

« Je pense que Blanco doit avoir les ailes taillées, dit-il au garçon. Cela expliquerait pourquoi il ne vole pas.

– Non. Regarde ! »

Il jette l'oiseau en l'air. L'oiseau bat mollement des ailes, tourne une ou deux fois, revient se poser sur son épaule et se lisse les plumes.

« Le señor Paloma dit que Blanco peut transporter

des messages, dit le garçon. Il dit que, si je me perds, je peux attacher un message à la patte de Blanco, et Blanco reviendra au pigeonnier et alors le señor Paloma viendra me chercher.

– C'est très gentil de la part du señor Paloma. Il ne faudra pas oublier d'emporter un crayon et du papier et un bout de ficelle pour attacher le papier à la patte de Blanco. Qu'est-ce que tu écriras ? Montre-moi ce que tu écriras quand tu voudras du secours. »

Ils traversent l'aire de jeux, déserte. Le garçon s'accroupit dans le bac à sable, lisse la surface, et d'un doigt se met à écrire. Penché au-dessus de lui, il lit ce qu'il écrit. O, puis E, puis un caractère qu'il n'identifie pas, puis O encore, puis X et un autre X.

L'enfant se relève.

« Lis voir.

– J'ai du mal. C'est de l'espagnol ? »

Le garçon fait signe que oui.

« Non, j'abandonne. Qu'est-ce que ça dit ?

– Ça dit: "Suivez Blanco, Blanco est mon meilleur ami."

– Certes. Mais avant c'était Fidel ton meilleur ami, et avant lui El Rey. Comment se fait-il que Fidel ne soit plus ton ami et qu'il ait été remplacé par un oiseau ?

– Fidel est trop vieux pour moi. Fidel est brutal.

– Je n'ai jamais vu Fidel se montrer brutal. C'est Inés qui t'a dit qu'il était brutal ? »

Un oui de la tête.

« Fidel est un garçon tout à fait gentil. Je l'aime bien, et toi aussi tu l'aimais bien. Je vais te dire quelque chose : Fidel est blessé parce que tu ne veux plus jouer avec lui. À mon avis, tu traites mal Fidel. En fait, tu le traites brutalement. À mon avis, tu devrais passer moins de temps sur le toit avec le señor Paloma et plus de temps avec Fidel. »

Le garçon caresse l'oiseau posé sur son bras. Le reproche est reçu sans protestation. Ou peut-être laisse-t-il simplement les mots lui glisser dessus.

« En plus, je pense que tu devrais informer Inés qu'il est temps pour toi d'aller à l'école. Tu devrais insister là-dessus. Je sais que tu es très intelligent et que tu t'es appris tout seul à lire et à écrire, mais dans la vie réelle il faut être capable d'écrire comme tout le monde. Ça ne sert à rien d'envoyer Blanco avec un message attaché à sa patte si personne ne peut le lire, pas même le señor Paloma.

– Moi, je peux le lire.

– Tu peux le lire parce que c'est toi qui l'as écrit. Mais le but des messages, c'est que d'autres gens puissent les lire. Si tu te perds et que tu envoies un message pour demander au señor Paloma de venir te secourir, il faut qu'il puisse lire ton message. Sinon il faudra que tu t'attaches à la patte de Blanco et que tu lui dises de te ramener à tire-d'aile. »

Le garçon le regarde, perplexe.

« Mais... » dit-il.

Et puis il comprend que c'est une blague et tous les deux sont pris de fou rire.

Ils sont dans l'aire de jeux des Barres Est. Il vient de pousser le garçon sur les balançoires, si haut qu'il criait de peur et de plaisir à la fois. Ils sont maintenant assis côte à côte, reprenant leur respiration, profitant des dernières lueurs du crépuscule.

« Est-ce qu'Inés peut avoir des jumeaux qui viennent de son ventre ?

– Bien sûr. C'est peut-être assez rare, mais c'est possible.

– Si Inés avait des jumeaux, alors je pourrais être le troisième frère. Est-ce que des jumeaux doivent être toujours ensemble ?

– Rien ne les y force, mais en général ils préfèrent être ensemble. Les jumeaux s'aiment naturellement, comme les Gémeaux dans le ciel. Si ce n'était pas le cas, ils pourraient partir chacun de son côté et se perdre dans le ciel. Mais leur amour mutuel les retient ensemble. Et continuera à les retenir ensemble jusqu'à la fin des temps.

– Mais ils ne sont pas ensemble, les jumeaux-étoiles, pas vraiment ensemble.

– Non, c'est vrai. Ils ne sont pas collés ensemble dans le ciel. Il y a un petit espace entre eux. La nature est faite ainsi. Pense à des amants. Si des amants étaient serrés l'un contre l'autre tout le temps, ils n'auraient plus besoin de s'aimer. Ils ne feraient qu'un. Ils n'auraient rien à désirer. C'est pour ça qu'il y a des espaces vides dans la nature. Si tout était étroitement accolé, tout dans l'univers, ni toi, ni Inés, ni moi n'existerions. Toi et moi ne serions pas en train de nous parler, il n'y aurait que le silence – l'union totale et le silence. Alors, dans l'ensemble, c'est bien qu'il y ait des vides entre les choses, et que toi et moi soyons deux plutôt qu'un.

– Mais on peut tomber. On peut tomber dans un vide. Dans une faille.

– Un vide n'est pas une faille, mon garçon. Les vides font partie de la nature, font partie de l'ordre des choses.

On ne peut pas tomber dans un vide et disparaître. Ça n'arrive pas, c'est tout. Une faille, c'est quelque chose d'autre. Une faille est une cassure dans l'ordre de la nature. C'est comme se couper avec un couteau, ou déchirer une page en deux. Tu ne cesses de dire qu'il faut faire attention aux failles, mais où sont-elles, ces failles ? Où vois-tu une faille entre toi et moi ? Montre-moi. »

Le garçon se tait.

« Les jumeaux dans le ciel sont comme des jumeaux sur la terre. Ils sont aussi comme des nombres. » Est-ce que tout cela est trop difficile pour un enfant ? Peut-être. Mais le garçon absorbera ses mots, il lui reste à l'espérer – il les absorbera, et les ruminera, et peut-être commencera-t-il à en voir le sens. « C'est comme 1 et 2. 1 et 2 ne sont pas la même chose, il y a une différence entre eux qui est un vide et pas une faille. C'est ce qui nous permet de compter, d'aller de 1 à 2 sans crainte de tomber.

– Est-ce qu'on pourra aller les voir un jour, les jumeaux dans le ciel ? Est-ce qu'on peut prendre un bateau pour y aller ?

– Je suppose, si nous trouvons le vaisseau qu'il faut. Mais ça prendrait longtemps pour arriver là-bas. Les Gémeaux sont très loin. Personne n'est encore allé jusqu'à eux, pas que je sache. Ça… » il tape du pied sur le sol « … c'est la seule étoile que nous, êtres humains, ayons jamais visitée. »

Le garçon le regarde, ahuri.

« Ça, ce n'est pas une étoile.

– Mais si. Sauf que de près ça n'a pas l'air d'une étoile.

– Ça ne brille pas.

– De près, rien ne brille. Mais de loin, tout brille.

Toi, tu brilles. Moi aussi. Et il est sûr que les étoiles brillent. »

Le garçon semble content.

« Est-ce que toutes les étoiles sont des nombres ?

– Non. J'ai dit que les jumeaux étaient comme des nombres, mais ce n'est qu'une façon de parler. Non, les étoiles ne sont pas des nombres. Les étoiles et les nombres sont des choses bien différentes.

– Moi, je pense que les étoiles sont des nombres. Je pense que ça c'est le nombre 11 », il pointe un doigt vers le ciel, « et ça le nombre 50, et ça le nombre 33 333.

– Ah. Est-ce que tu veux dire qu'on peut attribuer un nombre à chaque étoile ? Ce serait en effet une façon de les identifier, mais ce serait très ennuyeux, sans imagination. Je pense qu'il vaut mieux leur donner de vrais noms, comme l'Ourse, l'étoile du Berger, ou les Gémeaux.

– Mais non, tu es bête, j'ai dit que chaque étoile est un nombre. »

Il secoue la tête.

« Chaque étoile n'est pas un nombre. Les étoiles sont comme des nombres, à certains égards, mais, dans l'ensemble, elles sont bien différentes. Par exemple, les étoiles sont éparpillées dans le ciel n'importe comment alors que les nombres sont comme une flotte de bateaux qui voguent en bon ordre, chacun tenant sa place.

– Ils peuvent mourir. Les nombres peuvent mourir. Qu'est-ce qui leur arrive quand ils meurent ?

– Les nombres ne peuvent pas mourir. Les étoiles ne peuvent pas mourir. Les étoiles sont immortelles.

– Les nombres peuvent mourir. Ils peuvent tomber du ciel.

– Ce n'est pas vrai. Les étoiles ne peuvent pas tomber du ciel. Celles qui ont l'air de tomber, les étoiles filantes, ne sont pas de vraies étoiles. Quant aux nombres, si un nombre sortait du rang, alors il y aurait une faille, une cassure. Et ce n'est pas comme ça que les nombres fonctionnent. Il n'y a jamais de faille entre les nombres. Aucun nombre ne manque jamais.

– Mais si ! Tu ne comprends pas ! Tu ne te rappelles rien ! Un nombre peut tomber du ciel comme Don Quichotte quand il est tombé dans la faille.

– Don Quichotte n'est pas tombé dans une faille. Il est descendu dans une grotte avec une échelle de corde. Et de toute façon Don Quichotte n'a rien à voir avec tout ça. Il n'est pas réel.

– Si, il est réel ! C'est un héros !

– Pardon. Je ne voulais pas dire ce que j'ai dit. Bien sûr que le Don est un héros, et bien sûr qu'il est réel. Ce que je voulais dire, c'est que ce qui lui est arrivé n'arrive plus aux gens. Les gens vivent leur vie, du début jusqu'à la fin, sans tomber dans des failles.

– Mais si, ils tombent ! Ils tombent dans des failles et on ne les voit plus parce qu'ils ne peuvent plus en sortir. Tu l'as dit toi-même.

– Maintenant tu confonds les failles avec les trous. Tu penses aux gens qui meurent et qu'on enterre dans des tombes, des trous creusés dans le sol. Une tombe est creusée par des fossoyeurs avec des pelles. Ce n'est pas quelque chose contre nature comme une faille. »

Un bruissement de vêtements se fait entendre, et Inés surgit du noir.

« J'appelle, j'appelle, dit-elle, l'air fâchée. Personne n'écoute donc jamais ? »

Chapitre 21

Lors de sa visite suivante à l'appartement, dès qu'il frappe, le garçon ouvre en grand, excité et tout rouge.

« Simón, devine un peu ! crie-t-il. On a vu le señor Daga ! Il a un stylo magique ! Il me l'a montré. »

Il avait quasiment oublié Daga, l'homme qui a humilié Álvaro et le payeur sur les quais.

« Un stylo magique ! Ça a l'air intéressant. Je peux entrer ? »

Bolívar s'approche de lui avec autorité et lui renifle l'entrejambe. Inés est assise, penchée sur son ouvrage de couture. Il a une vision fugitive et troublante de ce qu'elle sera une fois vieille. Sans le saluer, elle commence à parler :

« Nous sommes allés en ville, à l'Asistencia, chercher l'allocation de l'enfant, et cet homme était là, cet ami à vous.

– Ce n'est pas un ami à moi. Nous n'avons jamais échangé un traître mot.

– Il a un stylo magique, dit le garçon. Il y a une dame à l'intérieur, et on dirait que c'est une image, mais non, c'est une vraie dame, une toute petite petite dame, et quand on tient le stylo à l'envers ses habits tombent et elle est toute nue.

– Hum... Et qu'est-ce que le señor Daga t'a montré d'autre, en dehors de la toute petite dame ?

– Il a dit que c'était pas sa faute si Álvaro s'est fait couper la main. Il a dit que c'est Álvaro qui avait commencé. Il a dit que c'était la faute à Álvaro.

– Les gens disent toujours ça. C'est toujours quelqu'un d'autre qui a commencé. C'est toujours la faute de quelqu'un d'autre. Est-ce que par hasard le señor Daga t'a dit ce qu'est devenu le vélo qu'il a pris ?

– Non.

– Eh bien, la prochaine fois que tu le verras, demande-lui. Demande-lui à qui c'est la faute si le payeur n'a pas de vélo et doit faire sa tournée à pied. »

Silence. Il est surpris qu'Inés ait si peu à dire sur les hommes qui prennent les enfants à part et leur montrent des stylos avec des dames nues à l'intérieur.

« C'est à qui la faute ? demande le garçon.

– Qu'est-ce que tu veux dire ?

– Tu as dit que c'est toujours la faute de quelqu'un d'autre. Est-ce que c'est la faute du señor Daga ?

– Si le vélo est parti ? Oui, c'est sa faute. Mais quand je dis que c'est toujours la faute de quelqu'un d'autre, je parle plus généralement. Quand quelque chose va de travers, on prétend sur-le-champ que ce n'est pas notre faute. C'est toujours ce qu'on dit depuis que le monde est monde. On dirait que c'est enraciné au plus profond de nous, que ça fait partie de notre nature. Nous ne sommes jamais prêts à admettre que c'est notre faute.

– C'est ma faute ?

– Qu'est-ce qui est ta faute ? Non, ce n'est pas ta faute. Tu n'es qu'un enfant, comment cela pourrait-il être ta faute ? Mais je pense que tu devrais garder tes distances avec le señor Daga. Il n'est pas un exemple à suivre pour quelqu'un de jeune. »

Il parle lentement et sur un ton sérieux : l'avertissement s'adresse autant à Inés qu'au garçon.

Quelques jours plus tard, en sortant de la cale d'un bateau, il est surpris de voir Inés en personne sur le bord du quai, en grande conversation avec Álvaro. Son cœur fait un bond dans sa poitrine. Elle n'est jamais venue sur les quais : elle ne peut apporter qu'une mauvaise nouvelle.

Le garçon a disparu, dit Inés, enlevé par le señor Daga. Elle a appelé la police, qui ne veut pas intervenir. Personne ne veut intervenir. Il faut qu'Álvaro vienne, et que lui, Simón, vienne aussi. Il faut qu'ils retrouvent la trace de Daga – ça ne doit pas être bien difficile, il travaille avec eux – et qu'il lui rende l'enfant.

On ne voit pas si souvent des femmes au bord des quais. Les hommes regardent avec curiosité cette femme, folle d'angoisse, les cheveux défaits, en tenue de ville.

Petit à petit, Álvaro et lui arrachent toute l'histoire à Inés. Il y avait une longue queue à l'Asistencia, le garçon ne tenait pas en place, par hasard le señor Daga se trouvait là, il a offert d'acheter une glace au garçon, et quand elle s'est retournée ils n'étaient plus là, comme s'ils avaient disparu de la surface de la terre.

« Mais comment avez-vous pu le laisser partir avec un homme pareil ? » s'indigne-t-il.

D'un mouvement de tête péremptoire, elle ignore la question.

« Un garçon qui grandit a besoin d'un homme dans sa vie. Il ne peut pas être tout le temps avec sa mère. Je pensais que c'était un homme gentil. Je le croyais sincère. David est fasciné par sa boucle d'oreille. Il en veut une aussi.

– Est-ce que vous lui avez dit que vous lui en achèteriez une ?

– Je lui ai dit qu'il pourrait porter une boucle d'oreille quand il serait plus âgé, mais pas encore.

– Je vous laisse à votre discussion, dit Álvaro. Appelez-moi si vous avez besoin de moi.

– Quel rôle avez-vous joué dans cette affaire ? demande-t-il quand ils se retrouvent seuls. Comment avez-vous pu confier votre enfant à cet homme-là ? Me cachez-vous quelque chose ? Est-ce que vous aussi vous le trouvez fascinant, avec sa boucle d'oreille en or et ses dames nues dans un stylo ? »

Elle fait comme si elle ne l'avait pas entendu.

« J'ai attendu et attendu, et puis j'ai pris l'autobus, pensant qu'ils étaient peut-être revenus à la maison. Mais comme ils n'étaient pas là j'ai appelé mon frère, et il a dit qu'il allait appeler la police, mais il a rappelé pour dire que la police ne voulait pas intervenir parce que je ne suis pas... parce que je n'ai pas les papiers qu'il faut pour David. » Elle s'arrête, les yeux fixés dans le lointain. « Il m'a dit... il m'a dit qu'il me donnerait un enfant. Il ne m'a pas dit... il ne m'a pas dit qu'il me prendrait mon enfant. » Et tout d'un coup elle se met à sangloter sans retenue. « Il ne m'a pas dit... il ne m'a pas dit... »

Sa colère ne retombe pas, mais, malgré tout, il est ému par cette femme. Sans se soucier des dockers qui les observent, il la prend dans ses bras. Elle sanglote sur son épaule.

« Il ne m'a pas dit… »

« Il m'a dit qu'il me donnerait un enfant. » La tête lui tourne.

« Venez, dit-il. Allons quelque part où nous pourrons parler en privé. » Il la conduit derrière l'appentis. « Écoutez-moi, Inés. David n'est pas en danger, j'en suis sûr. Daga n'oserait pas lui faire quoi que ce soit. Retournez à l'appartement et attendez. Je vais trouver où il habite et lui rendre visite. » Après une pause : « Qu'est-ce qu'il entendait en disant qu'il vous donnerait un enfant ? »

Elle se dégage de ses bras. Les sanglots cessent.

« Qu'est-ce que vous imaginez qu'il voulait dire ? »

Sa voix a pris un ton tranchant.

Une demi-heure plus tard, il est au Centre d'accueil.

« J'ai besoin de renseignements, dit-il à Ana. C'est urgent. Est-ce que vous connaissez un homme du nom de Daga ? La trentaine, mince, une boucle d'oreille. Il a travaillé sur les quais, brièvement.

– Pourquoi est-ce que vous voulez savoir ?

– Parce qu'il faut que je lui parle. Il a pris David à sa mère et a disparu. Si vous ne m'aidez pas, il faudra que j'aille à la police.

– Il s'appelle Emilio Daga. Tout le monde le connaît. Il habite dans les Barres En Ville. Du moins, c'est là qu'il est inscrit.

– Où se trouvent les Barres En Ville ? »

Elle va consulter les fiches dans les tiroirs du classeur et revient avec une adresse sur un bout de papier.

« La prochaine fois que vous viendrez, dites-moi

comment vous avez retrouvé la trace de sa mère – j'aimerais bien savoir, si vous avez le temps. »

Les Barres En Ville sont ce qu'il y a de mieux parmi les immeubles que gère le Centre. L'adresse que lui a donnée Ana le conduit à un appartement au dernier étage de l'immeuble principal. Il frappe. La porte est ouverte par une jeune femme séduisante, plutôt trop maquillée, et qui cherche son équilibre sur des hauts talons. Pas une femme, en fait – il doute qu'elle ait plus de seize ans.

« Je cherche quelqu'un du nom d'Emilio Daga. Est-ce qu'il habite ici ?

– Mais oui, dit la fille. Entrez. Vous venez chercher David ? »

À l'intérieur, ça sent la fumée de cigarette refroidie. Daga, vêtu d'un tee-shirt de coton et de jeans, pieds nus, est assis devant une grande fenêtre qui donne sur la ville et le soleil couchant. Il se tourne sur son siège et lève une main en guise de salutation.

« Je viens chercher David, dit-il.

– Il est dans la chambre en train de regarder la télévision. Est-ce que vous êtes l'oncle ? David, ton oncle est là ! »

Le garçon se précipite de la pièce voisine, très excité.

« Simón, viens voir ! C'est Mickey ! Il a un chien qui s'appelle Plato et il est dans un train, et les Peaux-Rouges tirent des flèches sur lui. Viens vite ! »

Il ne répond pas au garçon, et s'adresse à Daga :

« Sa mère était folle d'inquiétude. Comment avez-vous pu faire ça ? »

Il ne s'est jamais trouvé si près de Daga auparavant. La riche chevelure, toute en boucles dorées, est en fait hirsute, le cheveu gras. Il y a un trou sous la manche du tee-shirt. Il est surpris de n'éprouver aucune peur devant cet homme.

Daga ne se lève pas.

« Calme-toi, *viejo*. On s'est bien amusés. Et puis le gamin a fait une sieste. Il a dormi comme une souche, comme un ange. Maintenant il regarde le programme pour enfants. Quel mal y a-t-il dans tout ça ? »

Il ne répond pas.

« Viens, David ! Nous partons. Dis au revoir au señor Daga.

– Non ! Je veux regarder Mickey !

– Tu pourras regarder Mickey la prochaine fois, dit Daga. Je te le promets. On va le garder ici rien que pour toi.

– Et Plato ?

– Et Plato. On peut lui garder Plato aussi, mon chou, non ?

– Bien sûr, dit la fille. On va les enfermer dans la boîte à souris jusqu'à la prochaine fois.

– Viens, dit-il à l'enfant. Ta mère est malade d'inquiétude.

– C'est pas ma mère.

– Mais bien sûr que c'est ta mère. Elle t'aime beaucoup.

– Qui est-elle, jeune homme, si ce n'est pas ta mère ? dit Daga.

– C'est juste une dame. Je n'ai pas de mère.

– Tu as une mère. Inés est ta mère, dit-il, lui, Simón. Donne-moi la main.

– Non ! Je n'ai pas de mère et je n'ai pas de père. Je suis juste moi.

– Tu dis des bêtises. On a tous une mère et on a tous un père.

– Est-ce que vous avez une mère ? demande le garçon, s'adressant à Daga.

– Non, dit Daga. Moi non plus je n'ai pas de mère.

– Tu vois ! dit le garçon d'un air triomphant. Je veux rester chez vous, je ne veux pas aller chez Inés.

– Viens ici », dit Daga.

Le garçon traverse la pièce à toute allure. Il le soulève, l'installe sur ses genoux. Le garçon se blottit contre sa poitrine, le pouce dans la bouche.

« Tu veux rester avec moi ? »

Le garçon fait signe que oui.

« Tu veux habiter avec Fannie et moi, rien que nous trois ? »

Autre signe que oui.

« Ça te va, chérie – si David vient habiter avec nous ?

– Mais oui, dit la fille.

– Il n'est pas en mesure de choisir, dit Simón. Ce n'est qu'un enfant.

– Vous avez raison. Ce n'est qu'un enfant. C'est aux parents de décider. Mais, comme vous l'avez entendu, il n'a pas de parents. Alors qu'est-ce qu'on fait ?

– David a une mère qui l'aime autant que toute mère au monde. Quant à moi, je ne suis peut-être pas son père, mais je suis attaché à lui. Je suis attaché à lui, je me préoccupe de ce qui lui arrive et je m'occupe de lui. Il vient avec moi. »

Daga écoute ce petit discours en silence, puis, à sa surprise, il lui adresse un sourire, un sourire plutôt séduisant, qui découvre de fort belles dents.

« Bien, dit-il. Ramenez-le à madame sa mère. Dites-lui

qu'il s'est bien amusé. Dites-lui qu'il ne court aucun danger avec moi. Tu te sens en sécurité avec moi, non, jeune homme ? »

Le garçon fait oui de la tête, le pouce toujours dans la bouche.

« Bon, alors il est peut-être temps de partir avec monsieur ton gardien. » Il soulève le garçon. « Reviens bientôt. Tu promets ? Viens regarder Mickey. »

Chapitre 22

« Pourquoi est-ce qu'il faut que je parle espagnol tout le temps ?

– Il faut bien qu'on parle une langue ou une autre, mon garçon, à moins qu'on ne préfère hurler et aboyer comme des animaux. Et si on doit parler une langue, il vaut mieux que nous parlions tous la même. C'est raisonnable, non ?

– Mais pourquoi l'espagnol ? Je déteste l'espagnol.

– Tu ne détestes pas l'espagnol. Tu parles très bien espagnol. Ton espagnol est meilleur que le mien. Tu cherches à contrarier, c'est tout. Quelle langue veux-tu parler ?

– Je veux parler ma langue à moi.

– Une langue à soi, ça n'existe pas.

– Si ! Tiens : *la la fa fa yam ying tu tu.*

– Ça, c'est du charabia. Ça ne veut rien dire.

– Ça veut dire quelque chose. Ça veut dire quelque chose pour moi.

– Peut-être, mais ça ne veut rien dire pour moi. Un langage doit signifier quelque chose pour moi ainsi que pour toi, sinon ce n'est pas un langage. »

D'un mouvement de tête qu'il doit avoir pris d'Inés, le garçon rejette l'objection.

« *La la fa fa yam ying !* Regarde-moi ! »

Il regarde le garçon dans les yeux. L'espace d'un bref instant, il y voit quelque chose. Il ne sait comment l'appeler. C'est comme – c'est ce qui lui vient à l'esprit sur le moment –, comme un poisson qui se débat pour s'échapper quand on essaie de le saisir. Mais pas comme un poisson – non, comme comme un poisson. Ou comme comme comme un poisson. Et ainsi de suite. Puis cet instant passe et il se tient simplement là, debout, silencieux, le regard fixe.

« Tu as vu ? dit le garçon.

– Je ne sais pas. Arrête une minute. J'ai le vertige.

– Je vois ce que tu penses ! dit le garçon avec un sourire de triomphe.

– Non. Tu ne peux pas voir ça.

– Tu penses que je peux faire de la magie.

– Pas du tout. Tu n'as aucune idée de ce que je pense. Maintenant, fais attention. Je vais te dire quelque chose sur le langage, quelque chose de sérieux, quelque chose que je veux que tu prennes à cœur. Tout le monde arrive dans ce pays comme un étranger. Je suis arrivé comme un étranger. Tu es arrivé comme un étranger. Inés et ses frères ont aussi été des étrangers. Nous sommes venus de divers endroits, de passés divers, en quête d'une nouvelle vie. Mais maintenant nous sommes tous ensemble dans le même bateau. Alors il faut que nous nous entendions. Une des façons de s'entendre les uns avec les autres est de parler la même langue. C'est la règle. C'est une bonne règle que nous devrions respecter. Pas seulement respecter, mais respecter de bon cœur, pas comme une mule qui refuse d'avancer. De bon cœur et avec bonne volonté. Si tu refuses, si tu t'obstines à décrier l'espagnol, et à parler ta propre langue, alors tu vas te retrouver isolé dans ton petit monde. Tu n'auras pas d'amis. On te tiendra à l'écart.

– C'est quoi, "à l'écart" ?

– Tu n'auras nulle part où poser ta tête.

– Je n'ai pas d'amis, de toute façon.

– Cela va changer quand tu iras à l'école. À l'école, tu te feras beaucoup d'amis. Et de toute façon, des amis, tu en as. Fidel et Elena sont tes amis. Álvaro est ton ami.

– Et El Rey est mon ami.

– El Rey aussi est ton ami.

– Et le señor Daga.

– Le señor Daga n'est pas ton ami. Le señor Daga essaie de te faire succomber à la tentation.

– C'est quoi la tentation ?

– Il essaie de t'entraîner loin de ta mère avec Mickey et des glaces. Tu te souviens comme tu as été malade après toute cette glace qu'il t'a donnée ce jour-là ?

– Il m'a aussi donné de l'eau de feu.

– Qu'est-ce que tu veux dire, de l'eau de feu ?

– Ça m'a brûlé la gorge. Il dit que c'est un bon médicament quand on a le cafard.

– Est-ce que le señor Daga a son médicament dans une petite flasque en argent, qu'il met dans sa poche ?

– Oui.

– Je t'en prie, ne bois plus jamais rien de la flasque du señor Daga. C'est peut-être un médicament pour les grandes personnes, mais ce n'est pas bon pour les enfants. »

Il n'informe pas Inés pour l'eau de feu, mais il en parle à Elena.

« Il est en train de mettre l'enfant sous sa coupe, lui dit-il. Je ne peux pas me mesurer à lui. Il a une boucle d'oreille, un couteau, il boit de l'eau de feu. Il a une jolie petite amie. Il a Mickey à la maison dans une boîte. Je ne sais comment faire entendre raison au garçon. Et Inés est aussi sous le charme de cet homme.

– Mais il fallait t'y attendre. Vois les choses de son point de vue à elle. Elle est à un âge où une femme qui n'a pas eu d'enfant – d'enfant à elle – commence à être anxieuse. C'est une question de biologie. Elle est dans un état réceptif, biologiquement parlant. Je m'étonne que tu ne sentes pas ça.

– Je ne pense pas à Inés comme ça – en termes de biologie.

– Tu penses trop. Tout cela n'a rien à voir avec ce qu'on pense.

– Je ne vois pas pourquoi Inés voudrait un autre enfant, Elena. Elle a le garçon. Il lui est venu comme un don tombé du ciel, un don pur et simple. Un don pareil devrait suffire à n'importe quelle femme.

– Oui, mais il n'est pas son enfant naturel. Elle ne l'oubliera jamais. Si tu ne trouves pas de solution, le jeune David va un de ces jours avoir le señor Daga comme beau-père, et puis une couvée de petits Daga demi-frères et demi-sœurs. Et si ce n'est pas Daga, ce sera quelqu'un d'autre.

– Qu'est-ce que tu veux dire par "si je ne trouve pas de solution" ?

– Si tu ne lui donnes pas un enfant toi-même.

– Moi ? L'idée ne m'en viendrait même pas en rêve ! Je ne suis pas du genre à être père. Je suis fait pour être un oncle, pas un père. D'ailleurs, Inés n'aime pas les hommes – du moins c'est l'impression que j'ai. Elle n'aime pas leur verbe haut, leurs mauvaises manières, leurs poils. Ça ne m'étonnerait pas qu'elle essaie d'empêcher David de grandir et de devenir un homme.

– Être père n'est pas une carrière, Simón. Ce n'est pas non plus une sorte de destin métaphysique. Tu n'es pas obligé d'aimer la femme, elle n'est pas obligée de t'aimer. Tu as des rapports sexuels avec elle et, miracle, neuf mois plus tard te voilà père. Simple comme bonjour. N'importe quel homme est capable de ça.

– Pas d'accord. La paternité ne consiste pas seulement à avoir des rapports sexuels avec une femme, pas plus que la maternité ne se limite à fournir un réceptacle pour la semence de l'homme.

– Eh bien, ce que tu décris est ce qui passe pour la paternité et la maternité dans le monde réel. On ne peut entrer dans le monde réel sans que la semence d'un homme déclenche la gestation dans l'utérus d'une femme, ni sans descendre de là par le canal génital de cette femme. On est forcément né d'un homme et d'une femme. Pas d'exception. Excuse-moi de parler sans détour. Alors demande-toi : Est-ce que c'est mon ami le señor Daga qui va planter sa graine dans Inés ou est-ce que c'est moi ? »

Il secoue la tête.

« Ça suffit, Elena. Est-ce qu'on peut changer de sujet ? David me dit que Fidel lui a jeté une pierre l'autre jour. Qu'est-ce qui se passe ?

– Ce n'était pas une pierre, c'était une bille. Il faut que David s'attende à ce genre de choses si sa mère ne le laisse pas fraterniser avec d'autres enfants, si elle l'encourage à se considérer comme une espèce d'être supérieur. D'autres enfants vont se liguer contre lui. J'ai parlé à Fidel, je l'ai grondé, mais ça n'aura aucun effet.

– Ils étaient les meilleurs amis du monde.

– Ils étaient les meilleurs amis jusqu'à ce que tu mettes Inés dans le coup, avec les idées bizarres qu'elle a sur la façon d'élever les enfants. C'est une autre raison pour que tu t'imposes à nouveau chez eux. »

Il soupire.

« Est-ce que nous pouvons parler en privé ? dit-il à Inés. J'ai une proposition à vous faire.

– Est-ce que ça peut attendre ?

– Qu'est-ce que vous dites tout bas ? crie le garçon de la pièce voisine.

– Ça ne te regarde pas. » Et à Inés : « S'il vous plaît, est-ce qu'on peut sortir, rien qu'un instant ?

– Est-ce que vous parlez tout bas du señor Daga ?

– Cela n'a rien à voir avec le señor Daga. Il s'agit de quelque chose de privé entre ta mère et moi. »

Inés s'essuie les mains et pose son tablier. Elle et lui sortent de l'appartement, traversent l'aire de jeux, vont jusqu'au parc. Perché à la fenêtre, le garçon ne les perd pas de vue.

« Ce que j'ai à vous dire concerne le señor Daga. » Il marque une pause, respire profondément. « Je crois comprendre que vous voulez un autre enfant. Est-ce vrai ?

– Qui vous a dit ça ?

– David dit que vous allez lui donner un frère.

– Je lui racontais une histoire avant qu'il s'endorme. C'est quelque chose qui est venu en passant, rien qu'une idée.

– Eh bien, les idées peuvent devenir réalité, tout

comme la semence peut se faire chair et sang. Inés, je ne veux pas vous mettre mal à l'aise, alors laissez-moi simplement dire avec le plus grand respect que, si vous envisagez d'avoir des relations avec un homme pour avoir un enfant, vous pourriez me considérer. Je suis prêt à remplir ce rôle sans aller plus loin, tout en continuant à être votre protecteur, et à subvenir à vos besoins et aux besoins de vos enfants, quels qu'ils soient. Vous pourrez m'appeler leur parrain ou, si vous préférez, leur oncle. J'oublierai tout ce qui s'est passé entre nous, entre vous et moi. Ce sera lavé de la mémoire. Comme si ça ne s'était jamais passé. Voilà. Je l'ai dit. S'il vous plaît, ne répondez pas tout de suite. Réfléchissez. »

En silence, dans le crépuscule qui tombe, ils retournent à l'appartement. Inés marche devant, à grands pas. Il est clair qu'elle est fâchée, ou contrariée : elle ne veut même pas le regarder. Il maudit Elena, qui l'a embringué là-dedans, et il se maudit lui-même. Comment a-t-il pu s'offrir de façon si grossière ? Comme s'il offrait de faire un travail de plomberie !

Il la rattrape, lui prend le bras, tourne son visage vers lui.

« C'était impardonnable ! dit-il. Je suis désolé. Pardonnez-moi, je vous en prie. »

Elle ne dit mot. Elle se tient totalement immobile comme une pièce de bois sculpté, les bras le long du corps, attendant qu'il la lâche. Il desserre sa poigne et elle s'éloigne d'un pas mal assuré.

De la fenêtre là-haut, il entend le garçon qui les appelle :

« Inés ! Simón ! Venez ! Le señor Daga est là ! Le señor Daga est là ! »

Il jure entre ses dents. Si elle attendait Daga, pourquoi ne l'a-t-elle pas prévenu ? Qu'est-ce qu'elle lui trouve donc, à ce gars qui roule les mécaniques, qui sent la pommade et qui parle d'une voix plate et nasillarde ?

Le señor Daga n'est pas venu seul. Il a avec lui sa jolie petite amie, vêtue d'une robe blanche à volants d'un rouge criard et portant de lourdes boucles d'oreilles en forme de roues de chariot qui se balancent quand elle bouge. Inés la salue avec une réserve glaciale. Quant à Daga, il semble chez lui dans l'appartement, étendu sur le lit, ne faisant rien pour mettre la fille à l'aise.

« Le señor Daga veut qu'on aille danser, annonce le garçon. Est-ce qu'on peut aller danser ?

– On nous attend à la Residencia ce soir. Tu le sais bien.

– Je ne veux pas aller à la Residencia ! C'est ennuyeux ! Je veux aller danser !

– Tu ne peux pas aller danser. Tu es trop jeune.

– Je sais danser ! Je ne suis pas trop jeune ! Je vais vous montrer. » Et il se met à tournoyer autour de la pièce, le pied léger, non sans grâce, dans ses souples chaussures bleues. « Alors, vous voyez ?

– Nous n'allons pas danser, dit Inés d'un ton ferme. Diego vient nous chercher, et nous allons avec lui à la Residencia.

– Alors il faut que le señor Daga et Fannie viennent avec nous !

– Le señor Daga a son programme. Tu ne peux t'attendre à ce qu'il abandonne ses projets pour nous suivre. » Elle parle comme si Daga n'était pas dans la pièce. « En plus, comme tu le sais très bien, ils n'admettent pas les visiteurs à la Residencia.

– Je suis un visiteur et ils me laissent entrer, objecte le garçon.

– Oui, mais tu es quelqu'un de différent. Tu es mon enfant. Tu es la lumière de ma vie. »

« La lumière de ma vie ». C'est surprenant d'entendre dire une chose pareille devant des étrangers !

Et voilà que Diego fait son entrée, avec l'autre frère, celui qui n'ouvre jamais la bouche. Inés les accueille avec soulagement.

« Nous sommes prêts. David, va chercher tes affaires.

– Non ! dit le garçon. Je ne veux pas y aller. Je veux qu'on fasse une fête. Est-ce qu'on peut faire une fête ?

– On n'a pas le temps de faire une fête, et nous n'avons rien à offrir à nos invités.

– C'est pas vrai ! On a du vin ! Dans la cuisine ! »

Et en un rien de temps il grimpe sur le buffet de la cuisine et tend le bras vers l'étagère du haut.

« Vous voyez ! crie-t-il en brandissant la bouteille triomphalement. On a du vin ! »

Rouge comme une tomate, Inés essaie de lui prendre la bouteille.

« Ce n'est pas du vin, c'est du sherry. »

Mais elle n'arrive pas à l'arrêter.

« Qui veut du vin ? Qui veut du vin ? entonne-t-il.

– Moi, dit Diego.

– Moi aussi », dit le frère d'habitude silencieux.

Ils rient tous les deux de la déconfiture de leur sœur. Et Daga se met de la partie.

« Et moi aussi ! »

Il n'y a pas assez de verres pour tous les six, alors le garçon fait le tour de l'assemblée avec la bouteille et un gobelet, versant du sherry à chacun tour à tour et attendant solennellement que le gobelet soit vidé.

Il arrive à Inés. Plissant le front, elle repousse le gobelet.

« Toi aussi tu dois boire ! ordonne le garçon. Ce soir, je suis le roi, et je te donne l'ordre de boire ! »

Elle prend une petite gorgée de dame.

« Et maintenant à mon tour ! » clame le garçon.

Et avant qu'on puisse l'arrêter il porte la bouteille à ses lèvres et prend une bonne goulée. Pendant un instant, il regarde l'assemblée d'un air de triomphe. Puis il s'étrangle, tousse, crachouille.

« C'est affreux ! » dit-il en suffoquant.

La bouteille lui tombe des mains, adroitement rattrapée par Daga.

Diego et son frère se tiennent les côtes.

« Que t'arrive-t-il, mon bon roi ? Ne supportes-tu plus de boire ? » s'écrie Diego.

Le garçon reprend sa respiration.

« Encore ! crie-t-il. Encore du vin ! »

Si Inés ne met pas le holà, c'est à lui, Simón, d'intervenir.

« Ça suffit ! dit-il. Il est tard, David, il est temps que nos invités s'en aillent.

– Non ! dit le garçon. Il n'est pas tard ! Je veux jouer à un jeu. Je veux jouer à "Qui je suis ?".

– "Qui je suis ?" dit Daga. Et comment on joue à ça ?

– Il faut faire semblant d'être quelqu'un et tout le monde doit deviner qui tu es. La dernière fois, j'ai fait semblant d'être Bolívar et Diego a deviné tout de suite. C'est vrai, hein, Diego ?

– Et quel est ton gage ? demande Daga. Quelle est la pénalité à payer si on devine juste ? »

Le garçon a l'air dérouté.

« Autrefois on jouait à ce jeu et le gage, si on devinait

juste, c'était que tu devais dire un secret, ton secret le plus cher. »

Le garçon se tait.

« Il faut que nous partions. Il est trop tard pour des jeux, dit Inés sans conviction. L'heure du coucher pour lui est déjà passée.

– Non ! dit le garçon. Je veux jouer à un autre jeu. Je veux jouer à “La vérité ou les conséquences”.

– Ça a l'air plutôt mieux, dit Daga. Dis-nous comment on joue à “La vérité ou les conséquences”.

– Je pose une question, vous devez répondre et vous ne pouvez pas mentir. Il faut dire la vérité. Si vous ne dites pas la vérité, il y a une amende. D'accord ? Je commence. Diego, est-ce que tu as le derrière propre ? »

Le silence tombe dans la pièce. Le deuxième frère devient tout rouge, puis part d'un gros éclat de rire. Le garçon est aux anges et se met à tournoyer comme s'il dansait.

« Allez ! crie-t-il. La vérité ou les conséquences.

– Encore un tour, un seul, concède Inés. Et plus de questions déplacées.

– Pas de questions déplacées, d'accord. C'est encore mon tour. Ma question, c'est… » Ses yeux passent d'un visage à l'autre. « Ma question est pour… Inés ! Inés, qui aimes-tu le plus au monde ?

– Toi. C'est toi que j'aime le plus.

– Non, pas moi ! Quel homme est-ce que tu aimes le plus pour te faire un bébé dans le ventre ? »

Silence. Inés pince les lèvres.

« C'est lui que tu aimes ? Ou lui ? Ou lui ? Ou lui ? » demande le garçon, pointant le doigt tour à tour sur les quatre hommes dans la pièce.

Lui, Simón, le quatrième du lot, intervient :

« Pas de questions déplacées. C'était une question déplacée. Une femme ne fait pas un enfant avec son frère.

– Pourquoi pas ?

– C'est comme ça. Il n'y a pas de pourquoi.

– Il y a un pourquoi ! Je peux poser les questions que je veux ! Ça fait partie du jeu. Est-ce que tu veux que Diego te fasse un bébé dans le ventre, Inés ? Ou bien tu veux que ce soit Stefano ? »

Il intervient à nouveau, au secours d'Inés :

« Ça suffit ! »

Diego se lève.

« Partons, dit-il.

– Non ! dit le garçon. La vérité ou les conséquences ! Qui est-ce que tu aimes le plus, Inés ? »

Diego se tourne vers sa sœur.

« Dis quelque chose, n'importe quoi. »

Inés se tait.

« Inés ne veut pas avoir affaire aux hommes, dit Diego. Voilà la réponse à ta question. Elle ne veut aucun de nous. Elle veut être libre. Maintenant, partons.

– C'est vrai ? dit le garçon à Inés. Ce n'est pas vrai, tu as promis que je pourrais avoir un frère. »

De nouveau il intervient :

« Seulement une question chacun, David. C'est la règle. Tu as posé ta question, tu as eu ta réponse. Comme le dit Diego, Inés ne veut d'aucun d'entre nous.

– Mais je veux un frère ! Je ne veux pas être le seul fils ! C'est ennuyeux !

– Si tu veux vraiment un frère, trouve-t'en un toi-même. Commence par Fidel. Prends Fidel pour frère.

Les frères n'ont pas à venir tous du même ventre. Tu n'as qu'à former ta propre fraternité.

– Je ne sais pas ce que c'est, une fraternité.

– Je m'étonne de t'entendre dire ça. Si deux garçons sont d'accord pour s'appeler frères, ils forment une fraternité. C'est aussi simple que ça. Et ils peuvent rassembler d'autres garçons et en faire d'autres frères. Ils peuvent se jurer loyauté les uns envers les autres et se choisir un nom – la Fraternité des Sept Étoiles, ou la Fraternité de la Grotte, ou quelque chose comme ça. Même la Fraternité de David, si ça te dit.

– Ou ça peut être une fraternité secrète », ajoute Daga. Il a comme un éclair dans les yeux et affiche un petit sourire. Le garçon, qui l'a à peine écouté, lui, Simón, a l'air comme pétrifié. « Vous pouvez faire serment de garder le secret. Personne n'aura à savoir qui sont tes frères secrets. »

Il brise le silence :

« Ça suffit pour ce soir. David, va chercher ton pyjama. Tu as fait attendre Diego assez longtemps. Tâche de trouver un bon nom pour ta fraternité. Alors, quand tu reviendras de la Residencia, tu pourras inviter Fidel à être ton premier frère. » Il se tourne vers Inés. « Vous êtes d'accord ? Vous approuvez ce projet ? »

Chapitre 23

« Où est El Rey ? »

La charrette est au bord du quai, vide, prête à être chargée, mais à la place d'El Rey est attelé un cheval qu'ils n'ont jamais vu, un hongre noir, une étoile blanche sur le front. Quand le garçon s'approche un peu trop, le nouveau cheval roule des yeux inquiets et frappe le sol de ses sabots.

Álvaro appelle le charretier, qui somnole sur son siège.

« Hé ! Où est la grosse jument ? Le petit est venu spécialement pour la voir.

– Malade. La grippe équine.

– Il s'appelle El Rey, dit le garçon. Ce n'est pas une jument. Est-ce qu'on peut aller le voir ? »

Álvaro et le charretier échangent un regard entendu.

« El Rey est rentré à l'écurie et se repose, dit Álvaro. Le docteur des chevaux va lui donner des médicaments. On pourra aller le voir dès qu'il ira mieux.

– Je veux le voir maintenant. Je peux le soigner. »

Lui, Simón, intervient :

« Pas maintenant, mon garçon. On va d'abord en parler à Inés. On pourra peut-être alors aller aux écuries tous les trois demain.

– Il vaut mieux attendre quelques jours », dit Álvaro, et il lui lance un regard qu'il ne sait comment interpréter. « Donne le temps à El Rey de bien se remettre. La grippe équine est une sale maladie, pire que la grippe chez les hommes. Si un cheval a la grippe équine, il lui faut du calme et du repos, pas de visites.

– Mais si, il veut des visites, dit le garçon. Il me veut. Je suis son ami. »

Álvaro le prend, lui, Simón, à part.

« Il vaut mieux ne pas amener le gamin aux écuries », dit-il. Et comme il ne comprend toujours pas : « La jument est vieille, elle est au bout du rouleau. »

« Álvaro vient d'avoir un message du docteur des chevaux, dit-il au garçon. Ils ont décidé d'envoyer El Rey à la ferme d'élevage pour qu'il se rétablisse plus vite.

– Qu'est-ce que c'est une ferme d'élevage ?

– C'est là où naissent les jeunes chevaux et où les vieux chevaux vont trouver le repos.

– On peut y aller ?

– La ferme est à la campagne, je ne sais pas bien où. Je vais me renseigner. »

Quand les hommes finissent leur journée, à quatre heures, on ne trouve le garçon nulle part.

« Il est parti avec le dernier chargement, dit l'un des dockers. Je croyais que tu le savais. »

Il se met immédiatement en route. Quand il arrive à l'entrepôt à grains, le soleil se couche. L'entrepôt est désert, les grandes portes sont fermées à clé. Son cœur bat la chamade tandis qu'il cherche le garçon. Il le trouve derrière le bâtiment, sur une plate-forme de chargement, accroupi à côté du corps d'El Rey, lui caressant la tête, chassant les mouches de la main. Elle a encore autour du ventre la grosse courroie de cuir qu'on a dû utiliser pour la soulever.

Il grimpe sur la plate-forme.

« Pauvre, pauvre El Rey », murmure-t-il.

Puis il remarque le sang qui s'est coagulé dans l'oreille du cheval et au-dessus le trou noir laissé par une balle, et il se tait.

« Ça va, il ira bien dans trois jours, dit le garçon.

– C'est le docteur des chevaux qui t'a dit ça ? »

Le garçon fait non de la tête.

« El Rey.

– El Rey t'a dit ça lui-même ? Trois jours ? »

Le garçon fait signe que oui.

« Mais ce n'est pas seulement la grippe équine, mon garçon. Tu vois bien, sûrement. Il a été abattu avec un fusil, par miséricorde. Il souffrait et ils ont décidé de l'aider, pour soulager la douleur. Il ne va pas aller mieux. Il est mort.

– Non, il n'est pas mort. » Les joues du garçon ruissellent de larmes. « Il va aller à l'élevage pour se rétablir. C'est toi qui l'as dit.

– Il va aller à la ferme d'élevage, oui, mais pas celle dont on a parlé, pas celle d'ici. Il va aller dans un autre élevage, dans un autre monde. Où il n'aura pas à porter un harnais et tirer une lourde charrette mais où il pourra se promener au soleil dans les champs et manger des boutons-d'or.

– C'est pas vrai ! Il va à la ferme pour aller mieux. Ils vont le mettre sur la charrette et ils vont l'emmener à la ferme. »

Le garçon se penche et appuie sa bouche sur le profond naseau du cheval. Vivement, il saisit le bras du garçon et l'écarte du cheval.

« Ne fais pas ça ! Ce n'est pas hygiénique ! Tu vas être malade ! »

Le garçon gigote pour se libérer. Il pleure sans retenue.

« Je vais le sauver ! sanglote-t-il. Je veux qu'il vive ! C'est mon ami ! »

Il immobilise le garçon, qui se débat, le serre bien fort contre lui.

« Mon cher, très cher enfant, il arrive que ceux que nous aimons meurent, et on ne peut rien faire, sauf attendre le jour où nous serons de nouveau tous réunis.

– Je veux le faire respirer ! dit le garçon en sanglotant.

– C'est un cheval, il est trop gros pour que tu lui insuffles la vie.

– Alors toi tu peux souffler !

– Ça ne marchera pas. Mon souffle n'est pas ce qu'il lui faut. Je n'ai pas le souffle de vie. Tout ce que je peux faire, c'est être triste. Tout ce que je peux faire, c'est le pleurer et t'aider à le pleurer. Maintenant, vite, avant qu'il fasse nuit, pourquoi ne pas descendre, toi et moi, vers le fleuve chercher des fleurs pour El Rey ? Ça lui plaira. C'était un gentil cheval, n'est-ce pas, même si c'était un géant. Ça lui plaira d'arriver à l'élevage avec une couronne de fleurs autour du cou. »

Il cajole le garçon et l'entraîne loin du corps mort, le conduit sur la rive du fleuve, l'aide à cueillir des fleurs et à en faire une guirlande. Ils reviennent au cheval : le garçon dispose la guirlande sur les yeux morts, grands ouverts.

« Voilà, dit-il. Maintenant il faut quitter El Rey. Il a un long voyage à faire, jusqu'à la grande ferme d'élevage. Quand il arrivera, les autres chevaux le regarderont avec sa couronne de fleurs et ils se diront entre eux : "Là d'où il vient, il a dû être roi ! Ce doit être le grand El Rey, dont on a entendu parler, l'ami de David !" »

Le garçon lui prend la main. Sous la pleine lune qui se lève, ils reprennent d'un pas lourd le chemin vers les quais.

« Est-ce que El Rey se lève, maintenant, tu crois ?

– Il se lève, il se secoue, il lance ce hennissement que tu connais, il se met en route, clop, clop, clop, vers sa nouvelle vie. Plus de larmes. On ne pleure plus.

– On ne pleure plus », dit le garçon.

Et il se ragaillardit et a même un petit sourire enjoué.

Chapitre 24

Le garçon et lui ont leur anniversaire le même jour. C'est-à-dire que, comme ils sont arrivés le même jour sur le même bateau, on leur a donné comme date de naissance la date de leur arrivée ensemble, de leur entrée ensemble dans une nouvelle vie. On a estimé que le garçon avait cinq ans parce qu'il avait l'air d'avoir cinq ans, tout comme on a estimé qu'il avait quarante-cinq ans (c'est ce qui est inscrit sur sa carte) parce que c'est l'âge qu'il semblait avoir ce jour-là. (Ça l'avait froissé : il se sentait plus jeune que ça. Maintenant il se sent plus vieux. Il a l'impression d'avoir soixante ans ; il y a des jours où il lui semble en avoir soixante-dix.)

Comme le garçon n'a pas d'amis, pas même un ami-cheval, il n'y a pas lieu d'organiser une fête pour son anniversaire. Néanmoins, Inés et lui sont d'accord qu'il faut célébrer l'occasion convenablement. Inés fait donc un gâteau qu'elle glace et y plante six bougies. En secret, ils lui achètent des cadeaux : elle un pull-over (l'hiver est presque là) et lui un boulier (il s'inquiète de la résistance du garçon à la science des nombres).

La célébration de l'anniversaire est assombrie par une lettre arrivée au courrier, leur rappelant qu'à dater de son sixième anniversaire David doit être inscrit dans un établissement scolaire public, la responsabilité de l'inscription revenant à ses parents ou gardiens.

Jusque-là, Inés a encouragé le garçon à croire qu'il est trop intelligent pour l'école et que le peu d'instruction qui pourrait lui être nécessaire peut lui être dispensé à la maison. Mais son obstination à propos de *Don Quichotte* et ses prétentions de savoir lire, écrire et compter alors qu'il est clair qu'il ne sait pas ont semé le doute dans son esprit. Il vaudrait peut-être mieux, reconnaît-elle maintenant, qu'il soit confié à un enseignant expérimenté. Alors ils lui achètent un troisième cadeau, de leur part à tous les deux, une trousse en cuir rouge, avec l'initiale D imprimée en doré dans un coin, contenant deux crayons neufs, un taille-crayon et une gomme. Ils la lui offrent avec le pull et le boulier, le jour de son anniversaire. La trousse, lui disent-ils, est un cadeau surprise qui accompagne la bonne et surprenante nouvelle qu'il va bientôt, peut-être dès la semaine prochaine, aller à l'école.

Le garçon accueille cette nouvelle froidement.

« Je ne veux pas aller avec Fidel. »

Ils le rassurent : Fidel, étant plus vieux que lui, sera forcément dans une autre classe.

« Et je veux emporter *Don Quichotte* avec moi. »

Il essaie de le dissuader d'emporter le livre à l'école.

« Le livre appartient à la bibliothèque des Barres Est », dit-il.

S'il venait à être perdu, il ne sait pas comment ils le remplaceraient. D'ailleurs, l'école aura forcément sa propre bibliothèque, avec un exemplaire du livre. Mais le garçon ne veut rien entendre.

Le lundi, il arrive tôt à l'appartement pour accompagner le garçon et Inés jusqu'à l'arrêt où il va prendre l'autobus qui va l'emmener pour son premier jour à l'école. Le garçon porte son nouveau pull, a avec lui sa trousse de cuir rouge marquée de l'initiale D et serre sous son bras l'exemplaire tout déchiré du *Don Quichotte* des Barres Est. Fidel est déjà à l'arrêt d'autobus avec une demi-douzaine d'autres enfants du quartier. Ostensiblement, David ne le salue pas.

Comme ils veulent que l'école semble faire partie de la vie normale, ils tombent d'accord : ne pas tarabuster le garçon pour qu'il raconte ce qui se passe en classe ; et quant à lui, il tient sa langue, contrairement à son habitude.

« Est-ce que ça s'est bien passé à l'école aujourd'hui ? se risque-t-il à demander le cinquième jour.

– Hum, hum, répond le garçon.

– Est-ce que tu t'es fait de nouveaux amis ? »

Le garçon ne daigne pas répondre.

Les choses continuent comme ça pendant trois, quatre semaines. Puis au courrier arrive une lettre, avec l'adresse de l'école dans le coin en haut à gauche. Sous l'en-tête « Communication exceptionnelle », la lettre invite le ou les parents de l'élève en question à contacter la secrétaire de l'école dès que possible et à prendre un rendez-vous pour une consultation avec l'enseignant concerné afin de discuter de certaines difficultés liées à leur fils/fille.

Inés téléphone à l'école.

« Je suis disponible toute la journée, dit-elle. Donnez-moi une heure et je serai là. »

La secrétaire propose onze heures le lendemain matin ; le señor León n'a pas classe à cette heure-là.

« Ce serait mieux si le père du garçon venait aussi, ajoute-t-elle.

– Mon fils n'a pas de père, répond Inés. Je vais demander à son oncle de venir avec moi. Son oncle s'intéresse à lui. »

Le señor León, le maître des première année, se révèle être un jeune homme, grand, avec une barbe brune et un seul œil. L'œil mort, un œil de verre, ne bouge pas dans son orbite ; lui, Simón, se demande si cela ne met pas les enfants mal à l'aise.

« Nous n'avons pas beaucoup de temps, dit le señor León, je vais donc aller droit au but. À mon avis, David est un garçon intelligent, très intelligent. Il a l'esprit vif ; il saisit tout de suite les idées nouvelles. Cependant, il a du mal à s'adapter aux réalités de la salle de classe. Il croit qu'il peut faire ce qu'il veut tout le temps. C'est peut-être parce qu'il est plus vieux que la moyenne d'âge dans la classe. Ou peut-être a-t-il été habitué à n'en faire qu'à sa tête à la maison. Toujours est-il que ce n'est pas une situation satisfaisante. »

Le señor León marque une pause ; il place le bout des doigts d'une main contre le bout des doigts de l'autre et attend leur réaction.

« Un enfant devrait être libre, dit Inés. Un enfant devrait pouvoir profiter de son enfance. J'avais des doutes quant à l'opportunité de l'envoyer à l'école si jeune.

– Six ans, ce n'est pas jeune pour aller à l'école, dit le señor León. Au contraire.

– Néanmoins, il est jeune et il est habitué à sa liberté.

– Un enfant ne renonce pas à sa liberté parce qu'il entre à l'école, dit le señor León. Il ne renonce pas à sa liberté parce qu'il doit rester tranquille. Il ne renonce pas à sa liberté s'il écoute ce que le maître a à dire. La liberté n'est pas incompatible avec la discipline et un travail appliqué.

– Est-ce que David ne reste pas tranquille à sa place ? Est-ce qu'il n'écoute pas ce que vous dites ?

– Il ne tient pas en place et son agitation se communique aux autres enfants. Il quitte sa place et va et vient dans la classe. Il quitte la salle sans permission. Et, non, il ne fait pas attention à ce que je dis.

– C'est bizarre. Nous n'avons pas ces allées et venues dans l'appartement. S'il va et vient dans la classe, il doit y avoir une raison. »

L'œil solitaire perce Inés du regard.

« Quant à son agitation, dit-elle, il a toujours été comme ça. Il ne dort pas assez.

– Un régime sans excitants viendra à bout de cela, dit le señor León. Pas d'épices. Pas de thé, pas de café. J'en viens aux questions précises. En lecture, David n'a malheureusement fait aucun progrès, aucun progrès du tout. D'autres enfants qui ne sont pas aussi doués de nature lisent mieux que lui. Beaucoup mieux. Il y a quelque chose dans cette activité qu'est la lecture qu'il semble incapable de saisir. Même chose pour les chiffres. »

Lui, Simón, intervient :

« Mais il adore les livres. Vous avez dû le remarquer. Il emporte *Don Quichotte* partout où il va.

– Il s'accroche à ce livre parce qu'il y a des images, réplique le señor León. En général, il n'est pas recommandé d'apprendre à lire sur des livres qui ont des images. Les images détournent l'esprit des mots. Et *Don*

Quichotte, quoi qu'on en puisse dire par ailleurs, n'est pas un livre pour débutants en lecture. L'espagnol parlé de David n'est pas mauvais. Mais il ne sait pas lire. Il ne peut même pas prononcer les lettres de l'alphabet. Je n'ai jamais eu affaire à un cas aussi critique. J'aimerais vous proposer de faire venir un spécialiste, un psychologue. J'ai le sentiment – et les collègues que j'ai consultés partagent cette impression – qu'il y a peut-être chez lui un déficit.

– Un déficit ?

– Un déficit spécifique lié aux activités symboliques, comme le travail sur les mots et les nombres. Il ne sait pas lire. Il ne sait pas écrire. Il ne sait pas compter.

– À la maison, il lit et il écrit. Il passe des heures à ça tous les jours. Il s'absorbe dans sa lecture et son écriture. Et il sait compter jusqu'à 1 000, jusqu'à 1 million. »

Pour la première fois le señor León sourit.

« Il peut réciter toutes sortes de nombres, c'est vrai, mais pas dans le bon ordre. Quant à ce qu'il trace avec son crayon, vous pouvez appeler ça écrire, il peut appeler ça écrire, mais ce n'est pas ce qu'on entend en général par "écrire". Peut-être cela a-t-il un sens personnel, je ne saurais en juger. Peut-être. Peut-être cela suggère-t-il quelque talent artistique. Ce qui serait une deuxième raison, plus positive celle-là, de le faire voir à un spécialiste. Davis est un enfant intéressant. Ce serait dommage de perdre un élève pareil. Un spécialiste pourrait peut-être nous dire s'il y a un facteur commun derrière le déficit d'une part et l'esprit inventif d'autre part. »

La cloche sonne. Le señor León sort un carnet de sa poche, griffonne quelque chose, arrache la page.

« Voici le nom de la spécialiste dont je vous ai parlé, et son numéro de téléphone. Elle vient à l'école une fois par semaine. Vous pourrez donc la voir ici. Appelez-la et prenez rendez-vous. Entre-temps, David et moi poursuivrons nos efforts. Merci d'être venus me voir. Je suis sûr que tout cela débouchera sur un heureux résultat. »

Il va voir Elena, lui raconte l'entrevue.

« Est-ce que tu connais le señor León, de près ou de loin ? Est-ce que Fidel l'a eu comme maître ? Je trouve ses raisons de se plaindre difficiles à croire. Le fait que David soit désobéissant, par exemple. Il lui arrive d'être un peu volontaire, mais pas désobéissant, pas tel que je le connais. »

Elena ne répond pas mais elle fait venir Fidel dans la pièce.

« Fidel, mon chéri, parle-nous du señor León. David et lui semblent ne pas bien s'entendre, et Simón s'inquiète.

– Le señor León n'est pas mal, dit Fidel. Il est strict.

– Est-il strict avec les enfants qui parlent quand ce n'est pas leur tour ?

– Je suppose.

– À ton avis, pourquoi est-ce que David et lui ne s'entendent pas ?

– Je ne sais pas... David dit des choses dingues. Le señor León n'aime peut-être pas ça.

– Des choses dingues ? Quel genre de choses dingues ?

– Je ne sais pas... Il dit des choses dingues dans la cour de récré. Tout le monde pense qu'il est dingue, même les grands.

– Mais quel genre de choses dingues ?

– Qu'il peut faire disparaître les gens. Qu'il peut se faire disparaître lui-même. Il dit qu'il y a des volcans partout et que seulement lui peut les voir, pas nous.

– Des volcans ?

– Pas des gros volcans, des petits. Que personne ne peut voir.

– Peut-être est-ce qu'il fait peur aux autres enfants avec ses histoires…

– Je ne sais pas. Il dit qu'il va être magicien.

– Ça fait longtemps qu'il dit ça. Il m'a dit que lui et toi un jour vous vous produiriez dans un cirque. Lui fera des tours de prestidigitation et toi tu seras clown. »

Fidel et sa mère se regardent.

« Fidel sera musicien, pas magicien, ni clown, dit Elena. Fidel, est-ce que tu as dit à David que tu serais clown ?

– Non », dit Fidel, qui se dandine, mal à l'aise.

L'entrevue avec la psychologue se tient dans les locaux de l'école. On les fait entrer dans la pièce bien éclairée, plutôt aseptisée, où la señora Otxoa tient ses consultations.

« Bonjour, dit-elle en souriant, la main tendue. Vous êtes les parents de David. J'ai fait la connaissance de votre fils. Lui et moi avons parlé longuement, à plusieurs reprises. Quel jeune homme intéressant ! »

Il l'interrompt :

« Avant d'en venir à notre affaire, permettez-moi de dire clairement qui je suis. Bien que je connaisse David depuis longtemps, et que j'aie été en quelque sorte son gardien, je ne suis pas son père. Cependant… »

La señora Otxoa lève une main.

« Je sais. David m'a expliqué. David dit qu'il n'a jamais vu son père réel. Il dit aussi », là, elle se tourne vers Inés, « que vous n'êtes pas sa mère réelle. Discutons de ces convictions qu'il a avant toute autre chose. Parce que, même si des facteurs organiques l'affectent peut-être, la dyslexie, par exemple, je lis la conduite erratique de David en classe comme la conséquence de ce qui est pour un enfant une situation familiale qui le mystifie : conséquence de son incertitude sur qui il est, d'où il vient. »

Inés et lui échangent des regards.

« Vous avez employé le mot "réel", dit-il. Vous dites que nous ne sommes pas sa mère réelle ni son père réel. Qu'est-ce que vous voulez dire exactement par "réel" ? Sûrement, le côté biologique est surestimé. »

La señora Otxoa pince les lèvres, secoue la tête.

« Ne soyons pas trop théoriques. Concentrons-nous plutôt sur l'expérience de David et sur sa compréhension du réel. Je veux suggérer que le réel, c'est ce qui manque à David dans sa vie. Ne pas avoir l'expérience du réel inclut l'expérience de ne pas avoir de parents réels. Dans sa vie, David n'a pas d'ancrage. D'où son repli, et le refuge qu'il trouve dans un monde imaginaire sur lequel il sent qu'il a meilleure prise.

– Mais il a un ancrage, dit Inés. Son ancrage, c'est moi. Je l'aime. Je l'aime plus que tout au monde. Et il le sait. »

La señora Otxoa approuve de la tête.

« Certes, il le sait. Il m'a dit combien vous l'aimiez – combien vous l'aimiez l'un et l'autre. Vos bonnes intentions le rendent heureux ; en retour, il éprouve envers vous deux la plus grande bonne volonté. Néanmoins, il manque encore quelque chose, quelque chose que la bonne volonté et l'amour ne peuvent offrir. Parce que, même si un climat émotionnel positif compte pour beaucoup, cela ne saurait suffire. C'est pour discuter de cette différence, de ce manque de réelle présence parentale, que je nous ai réunis aujourd'hui. "Pourquoi ?" demanderez-vous. Parce que, comme je le disais, il me semble que les difficultés d'apprentissage de David ont leur source dans sa confusion entre un monde d'où ses réels parents ont disparu et un monde dans lequel il ne sait comment il est arrivé.

– David est arrivé par bateau, comme tout le monde, objecte-t-il. Du bateau au camp, du camp à Novilla. Aucun de nous n'en sait davantage sur ses propres origines. Nous sommes tous lavés, bien lavés de la mémoire, plus ou moins. En quoi David est-il un cas si spécial ? Et qu'est-ce que tout cela a à voir avec la lecture et l'écriture et les problèmes de David en classe ? Vous avez parlé de dyslexie. David souffre-t-il de dyslexie ?

– J'ai évoqué la dyslexie comme une possibilité. Mais je n'ai pas fait de tests pour la détecter. Cependant, s'il y a dyslexie, je penserais que ce n'est qu'un facteur qui contribue à sa condition. Non, pour répondre à votre question principale, je dirais que ce qui est spécial chez David, c'est qu'il se sent lui-même spécial, anormal, même. Il n'est bien sûr pas anormal. Quant à être spécial, mettons cette question de côté pour le moment. Au lieu de cela, faisons tous les trois un effort pour voir le monde avec ses yeux, sans lui imposer notre manière de voir le monde. David veut savoir qui il est réellement, mais quand il pose la question il reçoit des réponses évasives comme "Qu'est-ce que tu veux dire par *réel* ?" ou "Nous n'avons pas d'histoire, ni les uns ni les autres, nous en sommes lavés". Pouvez-vous le blâmer de se sentir frustré, de se rebeller et de se retirer dans un monde à lui où il est libre d'élaborer ses propres réponses ?

– Êtes-vous en train de nous dire que les pages illisibles qu'il écrit pour le señor León sont des histoires qui disent d'où il vient ?

– Oui et non. Ce sont des histoires pour lui-même, pas pour nous. C'est pour ça qu'il les écrit dans une écriture qui lui est propre.

– Comment savez-vous ça si vous ne pouvez pas les lire ? Est-ce qu'il vous en a donné l'interprétation ?

– *Señor*, pour que la relation que David a avec moi s'épanouisse, il est important qu'il puisse compter sur moi pour que je ne révèle pas ce qui s'est passé entre nous. Même un enfant doit avoir droit à ses petits secrets. Mais, des conversations que David et moi avons eues, je retire qu'il se dit dans sa tête qu'il écrit des histoires sur lui-même et sa vraie filiation. Ce que, par égard pour vous, pour vous deux, il tient caché, au cas où cela vous contrarierait.

– Et quelle est sa vraie filiation ? D'où, d'après lui, vient-il en réalité ?

– Ce n'est pas à moi de le dire. Mais il y a la question d'une certaine lettre. Il parle d'une lettre contenant les noms de ses vrais parents. Il dit que vous, *señor*, êtes au courant de cette lettre. C'est vrai ?

– Une lettre de qui ?

– Il dit qu'il avait cette lettre avec lui quand il est arrivé sur le bateau.

– Ah, cette lettre-là ! Non, vous faites erreur, cette lettre a été perdue avant que nous arrivions à terre.

Elle a été perdue pendant la traversée. Je ne l'ai jamais vue. C'est parce qu'il avait perdu la lettre que j'ai pris la responsabilité de l'aider à trouver sa mère. Autrement, il aurait été sans recours. Il serait encore à Belstar, dans les limbes. »

La señora Otxoa, d'un geste énergique, prend des notes sur son bloc.

« Nous en venons maintenant, dit-elle, reposant son stylo, au problème pratique du comportement de David en classe. À son insubordination. Son échec à faire des progrès. Aux conséquences de son manque de progrès et de son insubordination sur le señor León et sur les autres élèves.

– "Insubordination" ? »

Il attend qu'Inés dise son mot, mais non, elle le laisse parler seul.

« À la maison, *señora*, David est toujours poli et se conduit bien. J'ai du mal à prêter foi au rapport du señor León. Que veut-il dire exactement par "insubordination" ?

– Il veut dire les défis continuels à son autorité de maître d'école. Il veut dire le refus d'accepter les consignes. Ce qui m'amène à l'essentiel. Je voudrais vous proposer de retirer David de la classe régulière, du moins provisoirement, et de l'inscrire dans un programme d'enseignement adapté à ses besoins individuels. Un programme où il pourrait aller à son rythme, compte tenu de sa situation familiale difficile. Jusqu'à ce qu'il soit prêt à retourner dans sa classe. Je n'ai pas de doute qu'il pourra le faire, puisque c'est un enfant intelligent et à l'esprit vif.

– Et ce programme d'enseignement… ?

– Le programme auquel je pense est dispensé au Centre d'enseignement de Punto Arenas, non loin de Novilla, sur la côte, dans un cadre très agréable.

– C'est loin ?

– Cinquante kilomètres, plus ou moins.

– Cinquante kilomètres ! C'est un long déplacement à faire chaque jour pour un petit enfant, aller et retour. Y a-t-il un autobus ?

– Non. David sera pensionnaire au Centre d'enseignement et passera un week-end sur deux à la maison, s'il le souhaite. Selon notre expérience, le programme marche mieux si l'enfant est pensionnaire. Cela crée une certaine distance vis-à-vis d'une situation domestique qui peut contribuer au problème. »

Inés et lui échangent des regards.

« Et qu'en est-il si nous refusons ? dit-il. Qu'en est-il si nous préférons qu'il reste dans la classe du señor León ?

– Qu'en est-il si nous préférons le retirer de cette école où il n'apprend rien ? » C'est Inés qui maintenant intervient, haussant le ton. « Pour laquelle il est trop jeune de toute façon. Voilà la raison réelle pour laquelle il a des difficultés. Il est trop jeune.

– Le señor León n'est plus disposé à avoir David dans sa classe. J'ai fait ma propre enquête et je vois bien pourquoi. Pour ce qui est de son âge, David a l'âge normal pour être scolarisé. *Señor, señora*, je vous donne mon avis en ne pensant qu'à l'intérêt de David. Il ne fait aucun progrès à l'école. Il a une influence néfaste sur le bon ordre de la classe. Le retirer de l'école pour le remettre dans le cadre du foyer qu'il ressent comme déstabilisant ne saurait être la solution. Par conséquent, il nous faut considérer une alternative, envisager des mesures plus radicales. C'est pour cela que je vous recommande Punto Arenas.

– Et si nous refusons ?

– *Señor*, j'aimerais que vous ne posiez pas la question en ces termes. Croyez-moi, Punto Arenas est notre meilleure option. Si la señora Inés et vous souhaitez visiter Punto Arenas avant de prendre une décision, je peux organiser une telle visite, et vous vous rendrez compte par vous-mêmes que c'est un établissement de premier ordre.

– Mais si nous visitons l'établissement et persistons à refuser, que se passera-t-il ?

– Que se passera-t-il ? » La señora Otxoa écarte les mains dans un geste d'impuissance. « Au début de cette consultation, vous m'avez dit que vous n'étiez pas le père de l'enfant. Il n'y a rien dans ses papiers sur sa filiation. Sa filiation réelle. Je dirais… je dirais que vous êtes très faiblement qualifié pour imposer vos vues sur l'endroit où il devrait recevoir son éducation.

– Alors vous allez nous enlever notre enfant ?

– Je vous en prie, ne voyez pas les choses comme ça. Nous ne vous enlevons pas l'enfant. Vous le verrez régulièrement, toutes les deux semaines. Il continuera à être chez lui dans votre foyer. D'un point de vue pratique, vous resterez ses parents, sauf s'il souhaite être séparé de vous. Ce qu'il ne laisse nullement entendre. Au contraire, il vous aime beaucoup, l'un et l'autre – il vous aime beaucoup et vous est très attaché… Je vous le répète : à mon avis, Punto Arenas est la meilleure solution pour le problème que nous avons, et, qui plus est, une solution généreuse. Réfléchissez à la question. Prenez votre temps. Allez voir Punto Arenas, si vous le souhaitez. Ensuite, en collaboration avec le señor León, nous pourrons discuter des détails.

– Et entre-temps ?

– Entre-temps, je suggère que David rentre chez lui avec vous. Être dans la classe du señor León ne lui vaut rien, et ne vaut certainement rien à ses camarades. »

Chapitre 25

« Pourquoi est-ce qu'on rentre à la maison avant l'heure ? »

Ils sont dans l'autobus, tous les trois, en route pour les Barres.

« Parce que tout était une erreur, dit Inés. Ces garçons dans ta classe, ils sont trop vieux pour toi. Et ce maître, ce señor León, ne connaît pas son métier.

– Le señor León a un œil magique. Il peut l'enlever et le mettre dans sa poche. Un des garçons l'a vu. »

Inés garde le silence.

« Est-ce que je retourne à l'école demain ?

– Non.

– Pour être précis, intervient-il, tu ne retourneras pas à l'école du señor León. Ta mère et moi allons discuter d'une autre sorte d'école pour toi. Peut-être.

– Nous ne discutons d'aucune autre école, dit Inés. L'école était une mauvaise idée dès le départ. Je ne sais pas pourquoi j'ai autorisé ça. Qu'est-ce que cette femme disait à propos de la dyslexie ? Qu'est-ce que c'est, la dyslexie ?

– Un dyslexique n'est pas capable de lire les mots dans le bon ordre, de lire de gauche à droite. Quelque chose comme ça. Je ne sais pas.

– Je n'ai pas la dyslexie, dit le garçon. Ni rien d'autre. Est-ce qu'ils m'envoient à Punto Arenas ? Je ne veux pas y aller.

– Qu'est-ce que tu sais de Punto Arenas ? dit-il.

– Il y a du fil de fer barbelé et on doit dormir dans un dortoir et on n'a pas la permission de rentrer à la maison.

– Moi vivante, on ne t'enverra pas à Punto Arenas, dit Inés.

– Tu vas mourir ? dit le garçon.

– Non, bien sûr que non. Ce n'est qu'une façon de parler. Tu ne vas pas à Punto Arenas.

– J'ai oublié mon cahier. Mon cahier d'écriture. Il est dans mon pupitre. Est-ce qu'on peut retourner le chercher ?

– Non. Pas maintenant. J'irai le chercher un autre jour.

– Et ma trousse.

– La trousse qu'on t'a donnée pour ton anniversaire ?

– Oui.

– J'irai la chercher aussi. Ne t'inquiète pas.

– Est-ce qu'ils veulent m'envoyer à Punto Arenas à cause de mes histoires ?

– Ce n'est pas qu'ils veulent t'envoyer à Punto Arenas, dit-il. C'est plutôt qu'ils ne savent pas quoi faire de toi. Tu es un enfant exceptionnel, et ils ne savent pas quoi faire des enfants exceptionnels.

– Pourquoi est-ce que je suis exceptionnel ?

– Ce n'est pas à toi de poser la question. Tu es seulement exceptionnel, c'est un fait avec lequel tu devras vivre. Parfois, ça te rendra la vie plus facile, parfois, ça la rendra plus difficile. Dans le cas présent, ça rend les choses plus difficiles.

– Je ne veux pas aller à l'école. Je n'aime pas l'école. Je peux apprendre tout seul.

– Je ne pense pas, David. Je pense que tu as appris un peu trop tout seul, dernièrement. C'est la moitié du problème. Un peu plus d'humilité, un peu plus d'ouverture pour apprendre des autres, voilà ce qui est nécessaire.

– Toi, tu peux m'apprendre.

– Merci. Bien gentil de ta part. Comme tu te le rappelles peut-être, j'ai offert de t'enseigner différentes choses dans le passé, et tu n'as rien voulu savoir. Si tu m'avais laissé t'apprendre à lire, à écrire et à compter normalement, nous ne serions pas dans ce pétrin. »

La violence de sa réaction décontenance visiblement le garçon : il lui jette un regard surpris et peiné.

« Mais tout ça est derrière nous, se hâte-t-il d'ajouter. Toi et moi repartons sur de nouvelles bases.

– Pourquoi est-ce que le señor León ne m'aime pas ?

– Il se croit important et ça lui monte à la tête, dit Inés.

– Mais non, le señor León t'aime bien, dit-il. C'est seulement qu'il doit enseigner à toute une classe et n'a pas le temps de t'accorder une attention individuelle. Il attend des enfants qu'ils travaillent seuls une partie du temps.

– Je n'aime pas travailler.

– On doit tous travailler, alors tu ferais bien de te faire à cette idée. Le travail fait partie de la condition humaine.

– Je n'aime pas travailler. J'aime jouer.

– Oui, mais tu ne peux pas jouer tout le temps. Le temps de jouer vient quand tu as fini le travail de la journée. Quand tu arrives en classe le matin, le señor León attend de toi du travail. C'est raisonnable.

– Le señor León n'aime pas mes histoires.

– Il ne peut pas ne pas aimer tes histoires puisqu'il ne peut pas les lire. Quel genre d'histoires est-ce qu'il aime ?

– Des histoires sur les vacances. Sur ce que les gens font pendant les vacances. Qu'est-ce que c'est les vacances ?

– Les vacances sont des jours vides où on n'a pas à travailler. Tu as été mis en vacances pour le reste de la journée. Tu n'as plus à étudier pour aujourd'hui.

– Et demain ?

– Demain tu vas apprendre à lire, à écrire et à compter comme quelqu'un de normal. »

« Je vais écrire une lettre à l'école, dit-il à Inés, pour les aviser en bonne et due forme que nous retirons David de l'établissement. Que nous nous occuperons nous-mêmes de son éducation. Vous êtes d'accord ?

– Oui. Et tant que vous y êtes, écrivez donc aussi à ce señor León. Demandez-lui ce qu'il fait à enseigner à de jeunes enfants. Dites-lui que ce n'est pas un boulot pour un homme. »

Très estimé Señor León, écrit-il,

Merci de nous avoir présentés à la señora Otxoa.

La señora Otxoa a proposé que notre fils soit transféré à l'établissement spécialisé de Punto Arenas.

Après mûre réflexion, nous avons décidé de refuser ce transfert. David, à notre avis, est trop jeune pour vivre loin de ses parents. Nous doutons aussi qu'il reçoive l'attention qu'il lui faut à Punto Arenas. Nous allons donc nous occuper de son éducation à la maison. Nous espérons vivement que ses difficultés d'apprentissage appartiendront bientôt au passé. C'est, comme vous l'admettez, un enfant intelligent qui apprend vite.

Nous vous remercions des efforts que vous lui avez consacrés.

Ci-joint copie de la lettre adressée au chef d'établissement pour l'aviser du retrait de l'enfant.

Ils ne reçoivent pas de réponse. En revanche, arrive au courrier un formulaire, trois pages à remplir pour demander l'admission à Punto Arenas, plus une liste de vêtements et d'affaires personnelles (brosse à dents, pâte dentifrice, peigne) que tout nouvel élève doit apporter avec lui, ainsi qu'une carte de transport pour l'autobus. Ils ne prêtent aucune attention à tout cela.

Ensuite, ils reçoivent un appel téléphonique, ni de l'école ni de Punto Arenas, mais, à ce qu'Inés arrive à comprendre, d'un service administratif ou autre en ville.

« Nous avons décidé de ne pas renvoyer David à l'école, informe-t-elle la femme au bout du fil. Il ne tirait aucun profit de l'enseignement dispensé. Il apprendra à la maison.

– L'éducation d'un enfant à la maison n'est autorisée que si le parent a un diplôme d'enseignement. Êtes-vous un enseignant accrédité ?

– Je suis la mère de David et personne d'autre ne décidera de l'éducation qu'il doit recevoir », réplique Inés.

Et elle raccroche.

Une semaine plus tard arrive une nouvelle lettre. Sous l'en-tête « Avis du Tribunal », la lettre requiert le(s) parent(s) et/ou le(s) gardien(s), non nommés, de comparaître devant une commission d'enquête le 21 février à neuf heures, et de donner les raisons pour lesquelles l'enfant en question ne devrait pas être transféré au Centre d'enseignement spécialisé de Punto Arenas.

« Je refuse, dit Inés. Je refuse de me rendre à leur tribunal. Je vais emmener David à la Residencia et l'y garder. Si quiconque demande où nous sommes, dites que nous sommes partis dans l'arrière-pays.

– Je vous en prie, Inés, réfléchissez. Si vous faites ça, vous devenez une fugitive. Il y aura toujours quelqu'un à la Residencia – ce portier zélé, par exemple – pour vous signaler aux autorités. Comparaissons devant cette commission, vous, David et moi. Donnons-leur l'occasion de voir que David n'est pas une bête à cornes, que ce n'est qu'un enfant de six ans ordinaire, beaucoup trop jeune pour être séparé de sa mère. »

« On ne joue plus à présent, dit-il au garçon sur un ton d'avertissement. Si tu n'arrives pas à convaincre ces gens que tu es disposé à apprendre, ils vont t'envoyer à Punto Arenas avec ses barbelés. Va chercher ton livre. Tu vas apprendre à lire.

– Mais je sais lire, dit le garçon sans s'impatienter.

– Tu sais seulement lire à ta manière farfelue. Je vais t'apprendre à lire convenablement. »

Le garçon sort en trottant de la pièce, reviens avec son *Don Quichotte* et l'ouvre à la première page.

« "Quelque part dans la Manche, lit-il lentement mais avec assurance, donnant à chaque mot le poids qu'il faut, dans un endroit dont je ne me rappelle pas le nom, vivait un gentilhomme qui possédait une haridelle décharnée."

– Très bien. Mais comment savoir si tu n'as pas appris ce passage par cœur ? » Il prend une page au hasard. « Lis.

– “Dieu sait s’il existe une Dulcinée dans ce monde, ou pas, lit le garçon, si c’est un personnage fatanstique ou pas.”

– “Fantastique”. Continue.

– “Ce ne sont pas des choses qui peuvent être prouvées, ou le contraire. Je ne l’ai pas engendrée, je ne lui ai pas donné naissance…” Qu’est-ce que c’est “engendré” ?

– Don Quichotte dit qu’il n’est ni le père ni la mère de Dulcinée. Engendrer, c’est ce que fait le père pour aider à faire le bébé. Continue.

– “Je ne l’ai ni engendrée, ni ne lui ai donné naissance, mais je la vénère comme on devrait vénérer une dame douée de vertus qui la rendent célèbre dans le monde entier.” C’est quoi “vénérer” ?

– Vénérer, c’est adorer. Pourquoi ne m’as-tu pas dit que tu savais lire ?

– Je te l’ai dit, mais tu n’as pas voulu écouter.

– Tu faisais semblant de ne pas savoir. Est-ce que tu sais écrire aussi ?

– Oui.

– Prends ton crayon. Écris ce que je te lis.

– Je n’ai pas de crayon. J’ai laissé mes crayons à l’école. Tu devais aller les récupérer. Tu as promis.

– Je n’ai pas oublié.

– Pour mon prochain anniversaire, est-ce que je peux avoir un cheval ?

– Tu veux dire un cheval comme El Rey ?

– Non, un petit cheval qui peut dormir avec moi dans ma chambre.

– Sois raisonnable, mon enfant. Tu ne peux pas avoir un cheval dans un appartement.

– Inés a Bolívar.

– Oui, mais un cheval est beaucoup plus gros qu'un chien.

– Je peux avoir un bébé-cheval.

– Un bébé-cheval grandira et deviendra un grand cheval. Je vais te dire quelque chose : si tu te conduis bien, et si tu montres au señor León que tu as ta place dans sa classe, je t'achèterai un vélo.

– Je ne veux pas de vélo. On ne peut pas porter secours aux gens avec un vélo.

– Eh bien, tu n'auras pas de cheval, assez là-dessus. Écris : "Dieu sait s'il y a une Dulcinée ou pas en ce monde." Montre-moi. »

Le garçon écrit et lui montre son cahier. *Deos sabe si hay Dulcinea o no en el mundo* : les mots s'alignent régulièrement de gauche à droite ; les espaces entre les lettres sont réguliers, les lettres parfaitement formées.

« Je suis impressionné, dit-il. Un détail à retenir : en espagnol, Dieu s'écrit "*Dios*", pas "*Deos*". Autrement, c'est très bien. Excellent. Alors, comme ça, tout ce temps, tu savais lire et écrire, et tu te payais notre tête, à ta mère, à moi et au señor León.

– Je ne me payais pas votre tête. Qui est Dieu ?

– "Dieu sait" est une expression. C'est une façon de dire "personne ne sait". Tu ne peux pas…

– Est-ce que Dieu c'est personne ?

– Ne change pas de sujet. Dieu n'est pas personne mais il vit trop loin pour que nous puissions converser avec lui, ou avoir affaire à lui. Quant à savoir s'il a conscience que nous existons, *Dios sabe*. Qu'allons-nous dire à la señora Otxoa ? Qu'allons-nous dire au señor León ? Comment va-t-on leur expliquer que tu faisais l'idiot avec eux, que tout ce temps tu savais lire et écrire ? Inés, venez ! David a quelque chose à vous montrer. »

Il lui passe le cahier du garçon. Elle lit.

« Qui est Dulcinée ? demande-t-elle.

– Peu importe. C'est une femme et Don Quichotte est amoureux d'elle. Pas une femme réelle. Un idéal. Une idée qu'il a dans la tête. Voyez comme il a bien formé les lettres. Voilà longtemps qu'il sait écrire.

– Bien sûr qu'il sait écrire. Il peut faire n'importe quoi – n'est-ce pas, David ? Tu peux faire n'importe quoi. Tu es bien le fils de ta mère. »

Avec un grand sourire, un sourire, lui semble t-il, satisfait, David grimpe dans le lit, tend les bras vers sa mère, qui l'enlace tout entier. Ses yeux se ferment ; il sombre dans la béatitude.

« Nous retournons à l'école, annonce-t-il au garçon, toi, Inés et moi. On va emporter le *Don Quichotte*. On va montrer au señor León que tu sais lire. Cela fait, tu vas lui dire combien tu es désolé d'avoir causé toutes ces histoires.

– Je ne retourne pas à l'école. Je n'ai pas besoin. Je sais déjà lire et écrire.

– Le choix n'est plus entre l'école du señor León et rester à la maison. Le choix est entre l'école du señor León et l'école aux barbelés. En plus, l'école n'est pas seulement pour apprendre à lire et à écrire. C'est aussi pour apprendre à s'entendre avec les autres garçons et filles. C'est pour faire de toi un animal social.

– Il n'y a pas de filles dans la classe du señor León.

– Oui, mais tu rencontres des filles à la récréation et après la classe.

– J'aime pas les filles.

– C'est ce que disent tous les garçons. Puis un beau jour ils tombent amoureux et se marient.

– Je ne vais pas me marier.

– C'est ce que disent tous les garçons.

– Tu n'es pas marié, toi.

– C'est vrai. Mais je suis un cas à part. Je suis trop vieux pour me marier.

– Tu peux te marier avec Inés.

– David, j'ai avec ta mère une relation particulière que tu es trop jeune pour comprendre. Je n'en dirai pas plus là-dessus, sauf que ce n'est pas une relation pour fonder un mariage.

– Pourquoi pas ?

– Parce que en chacun de nous il y a une voix, qu'on appelle parfois la voix du cœur, qui nous dit quel genre de sentiment nous éprouvons pour une personne. Et le genre de sentiment que j'éprouve pour Inés est plus de la bonne volonté que de l'amour, le genre d'amour qui mène au mariage.

– Est-ce que le señor Daga va se marier avec elle ?

– Est-ce que c'est ça qui te tracasse ? Non, je doute fort que le señor Daga veuille épouser ta mère. Le señor Daga n'est pas du genre à se marier. D'ailleurs, il a déjà une petite amie tout à fait satisfaisante.

– Le señor Daga dit que lui et Fannie font des feux d'artifice. Il dit qu'ils font des feux d'artifice sous la lune. Il dit que je peux venir voir. Est-ce que je peux ?

– Non. Quand le señor Daga parle de feux d'artifice, il ne veut pas dire de vrais feux d'artifice.

– Mais si ! Il a un tiroir plein de feux d'artifice. Il dit qu'Inés a des seins parfaits. Il dit qu'il n'y a pas de seins aussi beaux au monde. Il dit qu'il va se marier avec elle pour ses seins et qu'ils vont faire des bébés.

– Il dit ça, vraiment ! Eh bien, Inés aura son propre avis là-dessus.

– Pourquoi est-ce que tu ne veux pas que le señor Daga se marie avec Inés ?

– Parce que si ta mère voulait vraiment se marier elle pourrait trouver mieux comme mari.

– Qui ?

– Qui ? Je ne sais pas. Je ne connais pas tous les hommes que ta mère connaît. Elle doit connaître beaucoup d'hommes à la Residencia.

– Elle n'aime pas les hommes de la Residencia. Elle dit qu'ils sont trop vieux. À quoi ça sert les seins ?

– Une femme a des seins pour donner du lait à son bébé.

– Il y a du lait dans les seins d'Inés ? Et moi, j'aurai du lait dans mes seins quand je serai grand ?

– Non. Tu vas grandir et devenir un homme, et les hommes n'ont pas de seins, pas à proprement parler. Seules les femmes donnent du lait de leurs seins. Les seins des hommes sont secs.

– Je veux avoir du lait aussi ! Pourquoi est-ce que je ne peux pas avoir de lait ?

– Je te l'ai dit : les hommes ne font pas de lait.

– Qu'est-ce que les hommes font ?

– Les hommes font du sang. Si un homme veut donner quelque chose de son corps, il donne du sang. Il va à l'hôpital et donne du sang aux gens malades et aux gens qui ont eu des accidents.

– Pour qu'ils aillent mieux ?

– Pour qu'ils aillent mieux.

– Je vais donner du sang. Est-ce que je peux donner du sang bientôt ?

– Non. Il va falloir attendre que tu sois plus vieux, que tu aies plus de sang dans le corps. Bon, il y a quelque chose d'autre que je voulais te demander : est-ce que ça rend les choses difficiles pour toi à l'école de ne pas avoir un père normal, comme les autres enfants, de n'avoir que moi ?

– Non.

– Tu es sûr ? Parce que la señora Otxoa, la dame à l'école, nous a dit que ça t'inquiétait peut-être de ne pas avoir un vrai père.

– Je ne m'inquiète pas. Je ne m'inquiète de rien du tout.

– Je suis content de l'entendre. Parce que, tu sais, les pères ne sont pas très importants, comparés aux mères. De son corps, une mère te met au monde. Elle te donne du lait, comme je l'ai dit. Elle te tient dans ses bras et te protège. Alors qu'il arrive qu'un père s'en aille, parte battre la campagne, comme Don Quichotte, qu'il ne soit pas toujours là quand tu as besoin de lui. Il contribue à te fabriquer, au tout début, et puis il va voir ailleurs. Quand tu viens au monde, il peut fort bien avoir disparu à l'horizon, en quête de nouvelles aventures. C'est pour ça qu'on a des parrains, à qui on peut faire confiance, de bons vieux parrains toujours là, et des oncles. De sorte que, lorsque le père n'est pas là, il y a quelqu'un à sa place, quelqu'un vers qui on peut se retourner.

– Est-ce que tu es mon parrain ou mon oncle ?

– Les deux. Tu peux me voir comme l'un ou l'autre.

– Qui est mon père réel ? Comment il s'appelle ?

– Je ne sais pas. *Dios sabe*. Son nom était probablement dans la lettre que tu avais avec toi, mais cette lettre est perdue, mangée par les poissons, et verser des larmes ne la fera pas revenir. Comme je te le disais, il arrive souvent qu'on ne sache pas qui est le père. Même la mère n'en est pas toujours sûre. Maintenant, es-tu prêt à voir le señor León ? Es-tu prêt à lui montrer comme tu es intelligent ? »

Chapitre 26

Une heure durant ils attendent patiemment à la porte du bureau de l'école ; enfin la dernière cloche sonne et la dernière salle de classe se vide. Puis le señor León passe devant eux, son cartable à la main, prêt à rentrer chez lui. Il est clair qu'il n'est pas content de les voir.

« Accordez-nous cinq minutes, señor León, je vous en prie. Nous voulons vous montrer comme David a fait des progrès en lecture. David, montre au señor León comment tu lis. »

Le señor León leur fait signe d'entrer dans la salle de classe. David ouvre *Don Quichotte*.

« "Quelque part dans la Manche, dans un endroit dont je ne me rappelle pas le nom, vivait un gentilhomme qui possédait une haridelle décharnée…" »

Le señor León l'interrompt d'un ton péremptoire :

« Je ne suis pas disposé à écouter une récitation. »

Il traverse la pièce à grands pas, ouvre un placard avec humeur, revient avec un livre, l'ouvre devant l'enfant.

« Allez, lis.

– Où est-ce que je lis ?

– Lis le début.

– “Juan et María vont à la mer. Aujourd’hui, Juan et María vont à la mer. Père leur dit que leurs amis Pablo et Ramona vont peut-être venir avec eux. Juan et María sont excités. Mère fait des sandwichs pour la route. Juan...”

– Arrête ! dit le señor León. Comment as-tu appris à lire en deux semaines ?

– Il a passé beaucoup de temps sur *Don Quichotte*, intervient-il, lui, Simón.

– Laissez le garçon s’expliquer lui-même, dit le señor León. Si tu ne savais pas lire il y a deux semaines, comment se fait-il que tu saches lire aujourd’hui ? »

Le garçon hausse les épaules.

« C’est facile.

– Très bien. Si c’est si facile de lire, dis-moi ce que tu as lu. Raconte-moi une histoire de *Don Quichotte*.

– Il tombe dans un trou dans la terre et personne ne sait où il est.

– Oui ?

– Et puis il s’échappe du trou. Avec une corde.

– Et quoi d’autre ?

– Ils l’enferment dans une cage et il fait caca dans sa culotte.

– Et pourquoi est-ce qu’ils font ça ? Pourquoi est-ce qu’ils l’enferment ?

– Parce qu’ils ne veulent pas croire qu’il est Don Quichotte.

– Non. Ils font ça parce qu’il n’existe pas de Don Quichotte. Parce que Don Quichotte est un nom inventé. Ils veulent le ramener chez lui pour qu’il retrouve la raison. »

Le garçon lui jette, à lui, Simón, un regard de doute.

« David a sa propre lecture du livre, dit-il au señor León. Il a beaucoup d'imagination. »

Le señor León ne daigne pas répondre.

« Juan et Pablo vont à la pêche, dit-il. Juan attrape cinq poissons. Écris ça au tableau : "5". Pablo en attrape trois. Écris ça en dessous du 5 : "3". Combien de poissons ont-ils pêchés à eux deux, Juan et Pablo ? »

Le garçon se tient debout devant le tableau, les yeux plissés, comme s'il attendait que soit prononcé un mot qui viendrait d'ailleurs. La craie ne bouge pas.

« Compte. Compte 1 – 2 – 3 – 4 – 5. Maintenant, compte 3 de plus. Combien cela fait-il ? »

Le garçon secoue la tête.

« Je ne les vois pas, dit-il d'une petite voix.

– Tu ne vois pas quoi ? Tu n'as pas besoin de voir des poissons. Regarde les chiffres. 5, et 3 de plus. Ça fait combien ?

– Cette fois… cette fois… dit le garçon de la même petite voix éteinte, ça fait 8.

– Bien. Tire une ligne sous le 3 et écris "8". Alors, tout ce temps où tu disais que tu ne savais pas compter, tu faisais semblant… Maintenant, montre-nous comment tu écris. Écris : *"Conviene que yo diga la verdad"* – Je dois dire la vérité. Écris-moi ça. *"Con-viene"*. »

Écrivant de gauche à droite, formant les lettres clairement, quoique lentement, le garçon écrit : « *Yo soy la verdad* » – Je suis la vérité.

« Vous voyez, dit le señor León en se tournant vers Inés. Voilà à quoi j'avais affaire, un jour après l'autre, quand votre fils était dans ma classe. Ce que je dis, c'est qu'il ne peut y avoir qu'une seule source d'autorité dans la classe. Pas deux. Vous n'êtes pas d'accord ?

– C'est un enfant exceptionnel, dit Inés. Qu'est-ce donc que votre école si vous êtes dépassé dès qu'il y a un seul enfant exceptionnel ?

– Refuser d'écouter son maître ne veut pas dire qu'un enfant est exceptionnel. Cela signifie simplement qu'il est désobéissant. Si vous voulez absolument que votre fils bénéficie d'un traitement spécial, qu'il aille à Punto Arenas. Ils savent s'y prendre avec les enfants exceptionnels, là-bas. »

Inés se redresse, les yeux étincelants.

« Il faudra me tuer pour qu'il aille à Punto Arenas ! Viens, mon chéri ! »

Le garçon remet soigneusement la craie dans sa boîte. Sans regarder à droite ni à gauche, il sort de la pièce derrière sa mère.

À la porte, Inés se retourne et décoche au señor León un dernier trait :

« Vous n'avez pas ce qu'il faut pour enseigner à des enfants. »

Le señor León a un haussement d'épaules indifférent.

Comme les jours passent, Inés se sent de plus en plus outragée. Elle passe des heures au téléphone avec ses frères, à organiser et réorganiser son départ de Novilla pour commencer une nouvelle vie ailleurs, hors d'atteinte de l'autorité du ministère de l'Éducation.

Quant à lui, ruminant la scène dans la salle de classe, il a de plus en plus de mal à supporter d'avoir été traité sans ménagement. Il n'aime pas le style autocratique du señor León ; il est d'accord avec Inés qu'on ne devrait pas lui confier de jeunes enfants. Mais pourquoi, chez le garçon, cette résistance à se laisser instruire ? Est-ce seulement un esprit inné de rébellion qui s'enflamme en lui, attisé par sa mère ; ou y a-t-il une cause plus précise à l'hostilité entre l'élève et le maître ?

Il prend le garçon à part.

« Je sais que le señor León peut être quelquefois très strict, dit-il, et que lui et toi ne vous êtes pas toujours bien entendus. J'essaie de comprendre pourquoi. Est-ce que le señor León t'a jamais dit quelque chose de méchant que tu ne nous as pas rapporté ? »

Le garçon le regarde, perplexe.

« Non.

– Comme je te l'ai dit, je ne blâme personne, j'essaie seulement de comprendre. Y a-t-il une raison pour laquelle tu n'aimes pas le señor León, en dehors du fait qu'il est strict ?

– Il a un œil de verre.

– Je le sais. Il a probablement perdu son œil dans un accident. Il est probablement susceptible là-dessus. Mais on ne se fait pas des ennemis des gens simplement parce qu'ils ont un œil de verre.

– Pourquoi est-ce qu'il dit qu'il n'y a pas de Don Quichotte ? Il y a un Don Quichotte. Il est dans le livre. Il sauve des gens.

– C'est vrai. Il y a un homme dans le livre qui se donne le nom de Don Quichotte et qui sauve des gens. Mais certains de ceux qu'il sauve ne veulent pas vraiment être sauvés. Ils sont heureux comme ils sont. Ils se fâchent contre Don Quichotte et lui crient après. Ils disent qu'il ne sait pas ce qu'il fait et qu'il met la pagaïe dans l'ordre social. Le señor León aime l'ordre, David. Il aime le calme et l'ordre dans sa classe. Il aime l'ordre dans le monde. Il n'y a rien à redire à ça. Le chaos peut être très inquiétant.

– Qu'est-ce que c'est le chaos ?

– Je te l'ai dit l'autre jour. Le chaos, c'est quand il n'y a pas d'ordre, pas de lois auxquelles se raccrocher. Le chaos, c'est quand les choses tourbillonnent dans tous les sens. Je ne sais pas le décrire mieux que ça.

– Est-ce que c'est comme quand les nombres s'espacent et qu'on tombe ?

– Non. Ce n'est pas ça, pas du tout. Les nombres ne s'espacent jamais. Avec les nombres, on est en sécurité. Ce sont les nombres qui maintiennent la cohésion de l'univers. Tu devrais te faire des amis des nombres. Si tu les traitais mieux, ils te traiteraient mieux. Alors tu n'aurais plus à craindre qu'ils s'affaissent sous tes pieds. »

Il parle aussi sérieusement qu'il peut, et le garçon semble s'en rendre compte.

« Pourquoi est-ce qu'Inés se disputait avec le señor León ? demande-t-il.

– Ils ne se disputaient pas. Ils se sont échauffés, l'un et l'autre, ce qu'ils regrettent probablement maintenant qu'ils ont eu le temps de réfléchir. Mais ce n'est pas la même chose que se disputer. Un échange de mots vifs ne fait pas une dispute. Il arrive que l'on ait à résister pour défendre ceux qu'on aime. Ta mère prenait ta défense. C'est ce qu'une bonne mère, une mère courageuse, fait naturellement pour ses enfants : elle prend leur défense, elle les protège aussi longtemps qu'il lui reste un souffle de vie. Tu devrais être fier d'avoir une mère comme ça.

– Inés n'est pas ma mère.

– Inés est ta mère. Elle est une vraie mère pour toi. C'est ta vraie mère.

– Est-ce qu'ils vont venir me chercher ?

– Qui va venir te chercher ?

– Les gens de Punto Arenas.

– Punto Arenas est une école. Les maîtres de Punto Arenas ne kidnappent pas les enfants. Ce n'est pas comme ça que le système éducatif fonctionne.

– Je ne veux pas aller à Punto Arenas. Promets que tu ne les laisseras pas m'emmener.

– Je te le promets. Ta mère et moi ne permettrons à personne de t'envoyer à Punto Arenas. Et tu as vu comme ta mère peut être une vraie tigresse quand il s'agit de te défendre… Elle tiendra bon contre vents et marées. »

L'audience se tient au siège des services du ministère de l'Éducation à Novilla. Inés et lui sont là à l'heure de la convocation. Après une courte attente, on les fait entrer dans une immense salle où les pas résonnent, où s'alignent des rangées et des rangées de chaises inoccupées. Face à la salle, sur un banc surélevé, siègent deux hommes et une femme, juges ou commissaires. Le señor León est déjà là. On ne se salue pas.

« Vous êtes les parents du jeune David ? demande le juge au centre.

– Je suis sa mère, dit Inés.

– Et je suis son parrain, dit-il. Il n'a pas de père.

– Son père est décédé ?

– Son père est inconnu.

– Avec lequel de vous deux le garçon vit-il ?

– Il vit avec sa mère. Sa mère et moi ne vivons pas ensemble. Notre relation n'est pas de nature conjugale. Néanmoins, à nous trois, nous formons une famille. En quelque sorte. Nous nous dévouons l'un et l'autre à David. Je le vois tous les jours, ou presque.

– À ce que nous comprenons, David est entré à l'école en janvier et a été placé dans la classe du señor León. Puis, au bout de quelques semaines, on vous a convoqués ensemble pour un entretien. Cela est-il exact ?

– Exact.

– Et quel compte-rendu de la situation le señor León vous a-t-il fait ?

– Il a dit que David faisait des progrès médiocres, et aussi qu'il était indiscipliné. Il a recommandé qu'on le retire de sa classe.

– Señor León, cela est-il correct ? »

Le señor León opine du chef.

« J'ai discuté du cas avec la señora Otxoa, la psychologue scolaire. Nous sommes tombés d'accord sur le fait qu'il serait profitable à David d'être transféré à l'école de Punto Arenas. »

Le juge balaie la salle des yeux.

« La señora Otxoa est-elle présente ? »

Un employé du tribunal lui chuchote quelque chose à l'oreille. Le juge reprend :

« La señora ne peut assister à cette session, mais elle a soumis un rapport qui… » il fouille dans ses papiers « … qui, comme vous le dites, señor León, préconise un transfert à Punto Arenas. »

La juge à gauche prend la parole :

« Señor León, pouvez-vous expliquer pourquoi une telle mesure est nécessaire ? Cela semble tout à fait sévère d'envoyer un enfant de six ans à Punto Arenas.

– *Señora*, j'ai douze ans d'expérience comme enseignant. Durant toutes ces années, je n'ai jamais eu affaire à un cas pareil. Le jeune David n'est pas stupide. Il n'est pas handicapé. Au contraire, il est à la fois doué et intelligent. Mais il se refuse à obéir aux instructions et à apprendre. J'ai consacré de nombreuses heures, au détriment des autres élèves de la classe, à tenter de lui faire assimiler en douceur les bases de la lecture, de l'écriture et de l'arithmétique. Il n'a fait aucun progrès. Il n'a rien saisi. Ou plutôt, il faisait semblant de ne rien saisir. Je dis "faisait semblant" parce que en fait il savait déjà lire et écrire quand il est entré à l'école.

– Cela est-il vrai ? demande le juge qui préside.

– Lire et écrire, oui, par intermittence, répond-il, lui, Simón. Il a de bons et de mauvais jours. Pour ce qui est de l'arithmétique, il rencontre certaines difficultés – j'aime à les qualifier de difficultés d'ordre philosophique – qui freinent ses progrès. C'est un enfant exceptionnel. Exceptionnellement intelligent, et exceptionnel aussi sous d'autres aspects. Il a appris seul à lire dans le livre de *Don Quichotte*, en version abrégée destinée aux enfants. Je ne m'en suis rendu compte que tout récemment.

– Le problème, dit le señor León, n'est pas de savoir si le garçon sait lire et écrire, ou qui lui a appris, c'est de savoir s'il a sa place dans une école ordinaire. Je n'ai pas le temps de m'occuper d'un enfant qui se refuse à apprendre, et qui par sa conduite interfère avec les activités normales de la classe.

– Il a à peine six ans ! s'exclame Inés. Quel genre de maître êtes-vous si vous ne pouvez pas tenir un enfant de six ans ? »

Le señor León se raidit.

« Je n'ai pas dit que je ne pouvais pas tenir votre fils. Ce que je ne peux pas faire, c'est remplir mes obligations envers les autres enfants quand il est dans la classe. Votre fils a besoin d'une attention spéciale que nous ne pouvons dispenser dans une école normale. C'est pourquoi j'ai recommandé Punto Arenas. »

Silence pesant.

« Avez-vous autre chose à dire, *señora* ? » demande le juge qui préside.

Inés secoue la tête avec colère.

« Et vous, *señor* ?

– Non.

– Je vais donc vous demander de vous retirer – vous aussi, señor León – et d'attendre notre décision. »

Ils sortent et vont dans la salle d'attente, tous les trois ensemble. Inés ne peut se résoudre à regarder le señor León. Au bout de quelques minutes, on les rappelle.

« La décision de ce tribunal, dit le président, est que la recommandation du señor León, approuvée et soutenue par la psychologue de l'école et le directeur, soit confirmée. Le jeune David sera transféré à l'école de Punto Arenas, lequel transfert se fera le plus tôt possible. C'est tout. Merci de votre présence.

– Votre Honneur, dit-il, puis-je demander si nous avons le droit de faire appel ?

– Vous pouvez, bien sûr, porter l'affaire devant les tribunaux civils. C'est votre droit. Mais une procédure d'appel ne peut pas être utilisée pour entraver la décision de ce tribunal. Cela signifie que le transfert à Punto Arenas se fera, que vous alliez devant les tribunaux ou pas. »

« Diego viendra nous chercher demain soir, dit Inés. Tout est organisé. Il n'a plus que quelques affaires à régler.

– Et où comptez-vous aller ?

– Comment voulez-vous que je le sache ? Quelque part hors d'atteinte de ces gens qui nous persécutent.

– Allez-vous réellement permettre à une bande d'administrateurs scolaires de vous chasser de la ville, Inés ? Comment allez-vous vivre, vous, Diego et l'enfant ?

– Je n'en sais rien. Comme des gitans, j'imagine. Pourquoi ne nous aidez-vous pas, au lieu de vous contenter de soulever des objections ?

– C'est quoi des gitans ? demande le garçon.

– "Vivre comme des gitans" n'est qu'une façon de parler, dit-il. Toi et moi étions un peu des gitans quand on vivait au camp à Belstar. Quand on est gitan, on n'a pas de maison à soi, pas d'endroit où poser sa tête. Ce n'est pas très amusant d'être un gitan.

– Est-ce qu'il faudra que j'aille à l'école ?

– Non. Les petits gitans ne vont pas à l'école.

– Alors je veux être gitan avec Inés et Diego. »

Il se tourne vers Inés.

« Je regrette que vous n'ayez pas discuté de ça avec moi. Avez-vous vraiment l'intention de dormir sous des haies et de manger des baies sauvages pendant que vous vous cachez de la justice ?

– Cela n'a rien à voir avec vous, réplique Inés sur un ton glacial. Peu vous importe que David aille dans une maison de correction. Moi, si.

– Punto Arenas n'est pas une maison de correction.

– C'est un dépotoir pour délinquants – délinquants et orphelins. Mon enfant n'ira pas dans un endroit pareil. Jamais, au grand jamais.

– Je suis d'accord avec vous. David ne mérite pas d'être envoyé à Punto Arenas. Non pas parce que c'est un dépotoir, mais parce qu'il est trop jeune pour être séparé de ses parents.

– Alors pourquoi n'avez-vous pas tenu tête à ces juges ? Pourquoi vous êtes-vous incliné et avez-vous rampé en disant *"Sí, señor, sí, señor"* ? Vous ne croyez donc pas en ce garçon ?

– Mais bien sûr que je crois en lui. Je crois qu'il est exceptionnel et mérite un traitement exceptionnel. Mais les gens dont vous parlez ont la loi pour eux, et nous ne sommes pas en mesure de défier la loi.

– Même si la loi est mauvaise ?

– Ce n'est pas la question de savoir si la loi est bonne ou mauvaise, Inés, c'est une question de pouvoir. Si vous vous sauvez, ils lanceront la police à vos trousses et la police vous attrapera. On vous déclarera mère inapte et on vous enlèvera l'enfant. On l'enverra à Punto Arenas, et il vous faudra vous battre à n'en plus finir pour qu'on vous rende la garde de l'enfant.

– Ils ne m'enlèveront jamais mon enfant. Pas tant que je vivrai. » Sa poitrine se soulève. « Pourquoi est-ce que vous ne m'aidez pas au lieu de prendre tout le temps leur parti ? »

Il tend la main pour la calmer, mais elle l'écarte d'un geste brusque, se laisse tomber sur le lit.

« Fichez-moi la paix ! Ne me touchez pas ! Vous ne croyez pas vraiment en cet enfant. Vous ne savez pas ce que ça veut dire de croire. »

Le garçon se penche sur elle, lui caresse les cheveux. Il a sur les lèvres un sourire.

« Chut, dit-il. Chut. »

Il s'allonge à côté d'elle, le pouce dans la bouche ; ses yeux prennent un regard vitreux, absent ; quelques minutes plus tard, il est endormi.

Chapitre 27

Álvaro réunit les dockers.

« Mes amis, dit-il, nous avons une question à discuter. Vous vous rappelez que notre camarade Simón a proposé que nous cessions de décharger les cargaisons à dos d'homme et que nous utilisions une grue mécanique… »

Les hommes hochent la tête. Certains tournent les yeux vers lui. Eugenio lui décoche un sourire.

« Eh bien, aujourd'hui, j'ai des nouvelles pour vous. Un camarade des Travaux publics me dit qu'à leur dépôt il y a une grue qui n'a pas été utilisée depuis des mois. Si nous voulons l'emprunter pour l'essayer, on nous la prête volontiers. Qu'est-ce qu'on fait, les amis ? Acceptons-nous cette offre pour voir si, comme le prétend Simón, une grue nous changera la vie ? Qui veut prendre la parole pour commencer ? Toi, Simón ? »

Il est pris totalement par surprise. Il n'a en tête qu'Inés et ses projets de fuite. Depuis des semaines il n'a pas eu une pensée pour des grues, des rats ou l'économie du transport de grain ; en fait, il en est venu à compter sur la routine du travail écrasant pour l'épuiser, et lui apporter la bénédiction d'un profond sommeil, sans rêves.

« Pas moi, dit-il. J'ai dit ce que j'avais à dire.

– Qui d'autre ? » dit Álvaro.

Eugenio prend la parole :

« Moi, je dis qu'on devrait essayer la grue. Notre ami Simón a la tête sur les épaules. Qui sait ? Il a peut-être raison. Nous devrions peut-être en effet évoluer avec le temps. On ne saura jamais si on n'essaie pas. »

Un murmure d'approbation circule parmi les hommes.

« Alors, on essaie la grue ? demande Álvaro. Je dis à notre camarade des Travaux publics de l'amener ?

– Pour ! dit Eugenio, qui lève la main.

– Pour ! » reprennent les dockers en chœur, en levant la main.

Même lui, Simón, lève la main. Le vote est unanime.

La grue arrive le lendemain à l'arrière d'un camion. Elle a été un jour peinte en blanc, mais la peinture s'est écaillée et le métal a rouillé. On dirait qu'elle est restée dehors sous la pluie pendant bien longtemps. Elle est aussi plus petite que ce à quoi il s'attendait. Elle se déplace sur des chenilles d'acier dans un bruit de ferraille ; le conducteur s'assied dans une cabine au-dessus des chenilles et manie les commandes qui contrôlent la flèche et activent le treuil.

Il faut près d'une heure pour descendre avec précaution la grue de l'arrière du camion. L'ami d'Álvaro, des Travaux publics, est pressé de repartir.

« Qui va la conduire ? demande-t-il. Je lui montre rapidement comment manœuvrer les commandes, et puis il faudra que je parte. »

Álvaro appelle Eugenio.

« Tu étais pour la grue. Est-ce que tu veux te mettre aux commandes ? »

Eugenio regarde autour de lui.

« Si personne d'autre ne veut le faire, je le ferai.

– Bien ! Tu es notre homme. »

Eugenio montre qu'il apprend vite. En un rien de temps il va et vient le long du quai à toute vitesse, faisant pivoter la flèche d'où le crochet se balance allègrement.

« Je lui ai appris tout ce que je peux, vient dire l'opérateur à Álvaro. Qu'il soit prudent pendant les premiers jours, et il s'en sortira bien. »

La flèche de la grue est tout juste assez longue pour atteindre le pont du navire. Les dockers montent les sacs un à un de la cale, comme avant ; mais ensuite, au lieu de les descendre par la passerelle, ils les laissent tomber dans une bâche à élingues. Lorsque la bâche est pleine pour la première fois, ils appellent Eugenio. Le crochet passe dans les élingues ; le filin d'acier se tend ; la bâche s'élève au-dessus du bastingage ; Eugenio fait décrire au chargement un arc de cercle spectaculaire, qui le fait descendre du pont en oscillant. Les hommes l'acclament ; mais leurs acclamations se changent en cris de peur quand la bâche va heurter le bord du quai et se met à tournoyer et se balancer, hors de contrôle. Les hommes s'écartent, tous sauf lui, Simón, trop absorbé dans ses pensées pour voir ce qui se passe, ou trop lent pour bouger. Il aperçoit Eugenio qui le regarde du haut de la cabine, lui adressant des mots qu'il n'entend pas. Puis la charge le heurte en plein diaphragme et le fait chavirer en arrière. Il vacille contre un étai, se prend les pieds dans un cordage et dégringole dans l'espace entre le quai et les plaques d'acier de la coque du cargo. Pendant un moment, il reste là, si étroitement coincé qu'il a du mal à respirer. Il se rend très bien compte qu'il suffirait que le bateau dérive à peine pour qu'il soit écrasé comme un insecte. Puis la pression diminue et il tombe à l'eau, les pieds les premiers.

« Au secours ! crie-t-il en suffoquant. À l'aide ! »

Une bouée de sauvetage peinte de bandes blanches et rouge vif tombe dans l'eau à côté de lui avec un claquement. D'en haut lui parvient la voix d'Álvaro :

« Simón, écoute : accroche-toi bien et on va te tirer de là. »

Il s'accroche à la bouée ; comme un poisson, il est entraîné le long du quai en pleine eau. La voix d'Álvaro de nouveau :

« Tiens bien, on va te remonter ! »

Mais, comme la bouée commence à remonter, la douleur est soudain intolérable. Il perd prise et retombe à l'eau. Il est couvert d'huile, il en a dans les yeux, dans la bouche. C'est donc comme ça que ça finit ? se dit-il. Comme un rat ? Quelle ignominie !

Mais maintenant Álvaro est à côté de lui, bouchonnant dans l'eau, les cheveux collés par l'huile sur son crâne.

« Du calme, mon vieux, dit Álvaro. Je vais te tenir. »

Reconnaissant, il se laisse aller dans ses bras.

« Hissez ! » crie Álvaro.

Et l'un et l'autre, s'étreignant étroitement, remontent de l'eau.

Il est en pleine confusion quand il revient à lui. Il est sur le dos, les yeux dans un ciel vide. Il y a autour de lui des silhouettes indistinctes, un brouhaha de paroles, mais il ne comprend pas un mot. Ses yeux se ferment, et il reperd conscience.

Il se réveille dans un martèlement sourd. Le bruit

semble venir de l'intérieur de lui-même, de l'intérieur de sa tête.

« Réveille-toi, *viejo* ! » dit une voix.

Il ouvre un œil et voit un visage empâté et suant au-dessus de lui. Je suis réveillé, voudrait-il dire, mais il n'a plus de voix.

« Regardez-moi ! disent les épaisses lèvres. Vous m'entendez ? Clignez des yeux si vous m'entendez. »

Il cligne des yeux.

« Bon. Je vais vous faire une piqûre contre la douleur, et puis on va vous sortir d'ici. »

Contre la douleur ? Je ne sens pas de douleur, veut-il dire. Pourquoi devrais-je sentir de la douleur ? Mais ce qui d'habitude parle pour lui ne veut pas s'exprimer aujourd'hui.

Comme il est membre du Syndicat des dockers – auquel il ne se savait pas affilié –, il a droit à une chambre pour lui seul à l'hôpital. Il est soigné avec gentillesse par une équipe d'infirmières ; dans les semaines qui suivent, il s'attache en particulier à l'une d'elles, une femme d'âge moyen avec des yeux gris et un sourire paisible nommée Clara.

Tout le monde semble d'accord pour dire qu'il s'est sorti de cet accident à moindre mal. Il a trois côtes cassées. Un éclat d'os lui a percé un poumon, et une petite intervention chirurgicale a été nécessaire pour l'extraire (est-ce qu'il aimerait garder le petit bout d'os comme souvenir ? – il est dans une fiole sur sa table de nuit). Il a des coupures et des bleus sur le visage et sur le haut du corps, il a perdu un peu de peau, mais on ne décèle aucune blessure au cerveau. Quelques jours en observation, quelques semaines de plus à se ménager, et il devrait de nouveau être lui-même. D'ici là, la priorité sera de contrôler la douleur.

Son visiteur le plus assidu est Eugenio, plein de remords pour son incompétence avec la grue. Il fait de son mieux pour réconforter cet homme plus jeune que lui – « Comment pouvait-on s'attendre à ce que tu saches manœuvrer une nouvelle machine en si peu de temps ? » –, mais Eugenio ne se laisse pas réconforter. Quand il émerge de ses somnolences, c'est le plus souvent Eugenio qui flotte devant ses yeux, gardant un œil sur lui.

Álvaro aussi vient le voir, et d'autres camarades des docks. Álvaro a parlé avec les médecins et lui apporte la nouvelle que, même s'il peut espérer se remettre complètement, il ne serait pas sage, à son âge, de reprendre une activité de docker.

« Je pourrais peut-être me faire opérateur de grue, propose-t-il. Je ne pourrai pas être pire qu'Eugenio.

– Si tu veux manœuvrer une grue, il faudra te faire transférer aux Travaux publics, réplique Álvaro. Les grues sont trop dangereuses, elles n'ont pas d'avenir sur les docks. Les grues, c'était dès le début une mauvaise idée. »

Il espère qu'Inés viendra le voir, mais elle ne vient pas. Il craint le pire : elle a mis en œuvre son projet de prendre la fuite et d'emmener le garçon.

Il fait part de son inquiétude à Clara.

« J'ai une amie, dit-il, dont le fils m'est très cher. Pour des raisons que je ne vais pas expliquer, les autorités du ministère de l'Éducation ont menacé de le lui enlever et de l'envoyer dans un établissement spécialisé. Est-ce que je peux vous demander un service ? Pourriez-vous lui téléphoner pour savoir s'il y a du nouveau ?

– Bien sûr, dit Clara. Mais n'aimeriez-vous pas lui parler vous-même ? Je peux apporter un téléphone jusqu'à votre lit. »

Il appelle les Barres. C'est une voisine qui répond, le fait attendre, revient pour dire qu'Inés n'est pas chez elle. Il rappelle plus tard dans la journée. Sans plus de succès.

Tôt le lendemain matin, dans l'espace sans nom entre la veille et le sommeil, il a un rêve ou une vision. Avec une clarté peu commune, il voit un chariot à deux roues qui plane en l'air au pied de son lit. Le chariot est en ivoire, ou en métal incrusté d'ivoire, tiré par deux chevaux blancs, dont ni l'un ni l'autre n'est El Rey. Tenant les rênes fermement dans une main, l'autre levée bien haut en un geste royal, le garçon se dresse, nu si ce n'est un pagne de coton.

Comment le chariot et les deux chevaux trouvent place dans la petite chambre d'hôpital est pour lui un mystère. Le chariot semble en suspens dans l'air, sans effort de la part des chevaux, ni de l'aurige. Loin d'être figés, les chevaux piaffent de temps à autre, ou secouent la tête et s'ébrouent. Quant au garçon, il ne paraît pas se fatiguer de garder le bras levé. L'expression sur son visage est familière : autosatisfaction, peut-être même air triomphant.

À un moment, le garçon le regarde bien en face. Lis dans mes yeux, semble-t-il dire.

Le rêve, ou la vision, dure deux ou trois minutes, puis s'évanouit, et la pièce redevient ce qu'elle était.

Il en parle à Clara.

« Est-ce que vous croyez à la télépathie ? demande-t-il. J'ai eu l'impression que David essayait de me dire quelque chose.

– Et qu'est-ce que c'était ?

– Je ne suis pas sûr. Peut-être que sa mère et lui ont besoin d'aide. Ou peut-être pas. Le message était… comment dire ?… obscur.

– Eh bien, n'oubliez pas que l'analgésique que vous prenez est un médicament opiacé. Les opiacés nous apportent des rêves, des rêves d'opium.

– Ce n'était pas un rêve d'opium. C'était bel et bien réel. »

De ce moment-là il refuse les calmants, et souffre d'autant plus. Surtout la nuit : le moindre mouvement déclenche une décharge électrique de douleur dans sa poitrine.

Il n'a pas de quoi se distraire, rien à lire. L'hôpital n'a pas de bibliothèque, rien d'autre à offrir que d'anciens numéros de magazines grand public (recettes, hobbies, mode féminine). Il s'en plaint à Eugenio, qui réagit en lui apportant le manuel de son cours de philosophie (« Je sais que tu es quelqu'un de sérieux »). Le livre traite, comme il le craignait, de tables et de chaises. Il le met de côté.

« Désolé, mais ce n'est pas mon genre de philosophie.

– Quel genre de philosophie préférerais-tu ? demande Eugenio.

– Le genre qui vous secoue. Qui change votre vie. »

Eugenio lui jette un regard perplexe.

« Il y a donc quelque chose qui ne va pas dans ta vie ? En dehors de tes blessures.

– Il me manque quelque chose, Eugenio. Je sais qu'il ne devrait pas en être ainsi, mais c'est comme ça. La vie que j'ai ne me suffit pas. Je voudrais que quelqu'un, quelque Sauveur, descende des cieux, agite une baguette magique en disant : "Tenez, lisez ce livre et vous y trouverez la réponse à toutes vos questions." Ou : "Tenez, voici une vie toute nouvelle pour vous." Tu ne comprends pas ce genre de discours, n'est-ce pas ?

– Non, je ne peux pas prétendre que je comprends.

– Peu importe. Ce n'est qu'une humeur passagère. Demain je serai de nouveau tel que j'étais. »

Il devrait organiser sa sortie de l'hôpital, lui dit son médecin. A-t-il quelque part où aller ? Y a-t-il quelqu'un pour lui faire la cuisine, pour s'occuper de lui, pour l'aider à se déplacer le temps qu'il se remette ? Veut-il voir une assistante sociale ? « Pas d'assistante sociale, répond-il. Laissez-moi discuter de la question avec mes amis et voir ce qui peut être organisé. »

Eugenio lui offre une chambre dans l'appartement qu'il partage avec deux camarades. Lui, Eugenio, dormira volontiers sur le canapé. Il remercie Eugenio mais n'accepte pas son offre.

À sa demande, Álvaro se renseigne sur les maisons de repos. Les Barres Ouest, lui rapporte-t-il, ont un établissement qui, bien qu'il soit conçu pour les personnes âgées, prend aussi des convalescents. Il demande à Álvaro de l'inscrire sur la liste d'attente.

« C'est un peu honteux à dire, mais j'espère qu'une place se libérera avant pas trop longtemps. »

Álvaro le rassure :

« Si au fond de ton cœur tu ne souhaites de mal à personne, on peut qualifier cet espoir d'admissible.

– "Admissible" ? » demande-t-il.

Álvaro confirme :

« Admissible. »

Puis, tout d'un coup, toutes ses misères se trouvent balayées. Du couloir arrive le son clair de voix jeunes. Clara paraît à la porte.

« Vous avez de la visite », annonce-t-elle.

Elle s'efface et Fidel et David se précipitent dans la chambre, suivis d'Inés et d'Álvaro.

« Simón ! crie David. Est-ce que tu es vraiment tombé dans la mer ? »

Son cœur bondit. Délicatement, il tend les bras.

« Viens là ! Oui, j'ai eu un petit accident, je suis tombé à l'eau, mais c'est à peine si j'ai été mouillé. Mes amis m'ont tiré de là. »

Le garçon grimpe sur le lit surélevé, se cogne sur lui, déclenchant des élancements douloureux dans tout son corps. Mais la douleur n'est rien.

« Mon garçon chéri ! Mon trésor ! Lumière de ma vie ! »

Le garçon se dégage de son étreinte.

« Je me suis échappé, annonce-t-il. Je t'avais dit que je m'échapperais… J'ai traversé les barbelés. »

« Échappé » ? « Traversé les barbelés » ? Il est dans le brouillard. De quoi parle le garçon ? Et pourquoi cette nouvelle tenue bizarre : un pull à col roulé, trop étroit, des culottes courtes (très courtes), des chaussures par-dessus de petites socquettes blanches qui lui couvrent à peine les chevilles ?

« Merci d'être venus, merci à tous, dit-il. Mais, David, d'où t'es-tu échappé ? Est-ce que tu parles de Punto Arenas ? Est-ce qu'ils t'ont emmené à Punto Arenas ? Inés, les avez-vous laissés l'emmener à Punto Arenas ?

– Je ne les ai pas laissés faire. Ils sont venus pendant

qu'il jouait dehors. Ils l'ont emmené dans une voiture. Comment aurais-je pu les arrêter ?

– Je n'aurais jamais imaginé qu'on en viendrait là. Mais tu t'es échappé, David ? Raconte-moi. Raconte-moi comment tu t'es échappé. »

Mais Álvaro intervient :

« Avant de parler de ça, Simón, pouvons-nous parler de ta sortie d'ici ? Quand penses-tu que tu pourras marcher ?

– Il ne peut pas marcher ? demande le garçon. Tu ne peux pas marcher, Simón ?

– Pendant une courte période, je vais avoir besoin d'aide. Jusqu'à ce que toutes les misères et les douleurs soient parties.

– Est-ce que tu vas être dans une chaise roulante ? Est-ce que je pourrai te pousser ?

– Oui, tu pourras me pousser dans une chaise roulante, tant que tu ne vas pas trop vite. Et Fidel pourra me pousser aussi.

– Je t'ai posé la question, dit Álvaro, parce que j'ai de nouveau été en contact avec la maison de repos. Je leur ai dit que tu devais juste te remettre complètement et que tu n'aurais pas besoin de soins particuliers. Dans ce cas, ont-ils dit, ils peuvent t'admettre tout de suite, à condition que tu n'aies pas d'objection à partager une chambre. Qu'est-ce que tu en dis ? Ça résoudrait beaucoup de problèmes. »

Partager une chambre avec un vieux. Qui ronfle la nuit et qui crache dans son mouchoir. Qui se plaint de sa fille qui l'a abandonné. Qui en veut à ce nouveau venu qui envahit son espace vital.

« Non, bien sûr, je n'ai pas d'objection, dit-il. C'est un soulagement d'avoir un endroit précis où aller. Ça enlève un poids à tout le monde. Merci, Álvaro, de t'être occupé de ça.

– Et le syndicat paiera, bien sûr, dit Álvaro. Frais de séjour, repas et tout ce qu'il te faudra tant que tu seras dans le service.

– Bien.

– Bon, il faut que je retourne au travail. Je te laisse à Inés et aux garçons. Je suis sûr qu'ils ont beaucoup de choses à te raconter. »

Est-ce qu'il se fait des idées ou voit-il Inés jeter un regard furtif à Álvaro comme il s'en va ? Ne me laissez pas seule avec lui, avec cet homme que nous sommes en train de trahir ! Parqué dans une chambre aseptisée, dans les Barres Ouest, loin de tout, où il ne connaît personne. Où on le laisse moisir. Ne me laissez pas avec lui !

« Asseyez-vous, Inés. David, raconte-moi ton histoire du début jusqu'à la fin. N'oublie rien. Nous avons tout le temps.

– Je me suis échappé, dit le garçon. Je t'avais dit que je le ferais. J'ai traversé à pied les fils de fer barbelés.

– J'ai reçu un coup de téléphone, dit Inés. D'une femme, complètement inconnue. Elle a dit qu'elle avait trouvé David en train d'errer dans les rues, sans rien sur lui.

– Sans rien sur lui ? Tu t'es sauvé de Punto Arenas sans vêtements ? C'était quand ? Et personne n'a essayé de t'arrêter ?

– Mes vêtements sont restés dans les barbelés. Est-ce que je ne t'avais pas promis que je m'échapperais ? Je peux m'échapper de n'importe où.

– Et où est-ce que cette dame t'a trouvé – la dame qui a téléphoné à Inés ?

– Elle l'a trouvé dans la rue, dans le noir. Il avait froid et il était tout nu.

– Je n'avais pas froid. Je n'étais pas tout nu, dit le garçon.

– Tu n'avais pas un vêtement sur le corps, dit Inés. Ça veut dire que tu étais tout nu.

– Laissons ça, interrompt-il, lui, Simón. Pourquoi cette dame vous a-t-elle contactée, vous, plutôt que l'école ? C'était sûrement la chose la plus évidente à faire.

– Elle déteste l'école. Tout le monde déteste cette école, dit le garçon.

– C'est vraiment un endroit terrible à ce point ? »

Le garçon hoche la tête avec conviction.

Fidel parle pour la première fois :

« Ils t'ont battu ?

– Ils ne peuvent pas te battre avant que tu aies quatorze ans. Quand tu as quatorze ans, ils peuvent te battre si tu es insubordonné.

– Parle du poisson à Simón, dit Inés.

– Tous les jours ils nous donnaient du poisson à manger. » Le garçon a un frisson dramatique. « Je déteste le poisson. Les poissons ont des yeux comme le señor León. »

Fidel ricane. Un instant plus tard les deux garçons sont pris de fou rire.

« Et qu'est-ce qu'il y avait d'autre de si horrible à Punto Arenas, en dehors du poisson ?

– Ils nous obligeaient à porter des nu-pieds. Ils ne laissaient pas Inés venir me voir. Ils disaient qu'elle n'était pas ma mère. Ils disaient que j'étais un pupille. Un pupille c'est quelqu'un qui n'a ni mère ni père.

– C'est une sottise. Inés est ta mère et je suis ton

parrain, ce qui vaut bien un père – mieux qu'un père, parfois. Ton parrain veille sur toi.

– Tu n'as pas veillé sur moi. Tu les as laissés m'emmener à Punto Arenas.

– C'est vrai. J'ai été un mauvais parrain. Je dormais alors que j'aurais dû veiller. Mais c'est une bonne leçon. Je prendrai mieux soin de toi à l'avenir.

– Tu te battras contre eux s'ils reviennent ?

– Oui, de mon mieux. J'emprunterai une épée. Je dirai : "Essayez donc de me revoler mon garçon, et vous aurez affaire à Don Simón !" »

Le garçon rayonne de plaisir.

« Bolívar aussi, dit-il. Bolívar peut me garder la nuit. Est-ce que tu viens habiter avec nous ? » Il se tourne vers sa mère. « Est-ce que Simón peut venir habiter avec nous ?

– Simón doit aller dans une maison de repos pour récupérer. Il ne peut pas marcher. Il ne peut pas monter les escaliers.

– Mais si, il peut. Tu peux marcher, non, Simón ?

– Bien sûr que je peux. Normalement je ne peux pas à cause de mes douleurs. Mais pour toi je peux faire n'importe quoi : monter les escaliers, aller à cheval, n'importe quoi. Tu n'as qu'un mot à dire.

– Quel mot ?

– Le mot magique. Le mot qui va me guérir.

– Je connais ce mot-là ?

– Bien sûr. Dis-le.

– Le mot est… abracadabra ! »

Il repousse le drap (il porte le pyjama de l'hôpital, heureusement) et fait pivoter ses jambes amaigries sur le bord du lit.

« Je vais avoir besoin d'aide, les gars. »

Prenant appui sur les épaules de Fidel et David, il se met debout, en équilibre précaire, fait un premier pas hésitant, puis un autre.

« Tu vois, tu connais le mot ! Inés, pouvez-vous rapprocher le fauteuil roulant ? » Il se laisse tomber dans le fauteuil. « Maintenant, on part en promenade. J'aimerais voir à quoi le monde ressemble après tout ce temps passé enfermé. Qui veut pousser ?

– Tu ne rentres pas avec nous à la maison ? demande le garçon.

– Pas encore. Pas avant que j'aie retrouvé mes forces.

– Mais on va être des gitans ! Si tu restes à l'hôpital, tu ne peux pas être un gitan ! »

Il se tourne vers Inés.

« Qu'est-ce qu'il dit ? Je croyais qu'on avait renoncé à cette affaire de gitans. »

Inés se crispe.

« Il ne peut pas retourner dans cette école. Je ne le permettrai pas. Mes frères vont venir avec nous, tous les deux. Nous prendrons la voiture.

– Quatre personnes dans cette vieille guimbarde ? Et si elle tombe en panne ? Et de quoi vivrez-vous ?

– Peu importe. On fera des petits boulots. La cueillette des fruits. Le señor Daga nous a prêté de l'argent.

– Daga ! Alors c'est lui qui est derrière tout ça !

– En tout cas, David ne retournera pas dans cette horrible école.

– Où ils vous font porter des nu-pieds et manger du poisson. Ça ne paraît pas si terrible.

– Il y a des garçons qui boivent et qui fument et qui ont des couteaux. C'est une école pour criminels. Si David y retourne, il sera marqué à vie.

– Ça veut dire quoi “marqué à vie” ?

– Ce n’est qu’une façon de parler, dit Inés. Ça veut dire que l’école aura un mauvais effet sur toi.

– Comme une blessure ?

– Oui, comme une blessure.

– J’ai déjà plein de blessures. Elles me viennent des barbelés. Tu veux voir mes blessures, Simón ?

– Ta mère voulait dire quelque chose d’autre. Elle veut dire une blessure à l’âme. Le genre de blessure qui ne guérit pas. Est-ce que c’est vrai que des garçons à l’école ont des couteaux ? Tu es sûr que ce n’est pas un garçon seulement ?

– Beaucoup de garçons. Et ils ont une cane et des canetons et un des garçons a marché sur un caneton et ses tripes sont sorties par son derrière, et je voulais les repousser à l’intérieur mais le maître ne m’a pas laissé faire, il a dit que je devais laisser le caneton mourir, et j’ai dit que je voulais lui souffler dans le corps, mais il ne m’a pas laissé faire. Et on nous faisait faire du jardinage. Tous les après-midi après les classes, on nous faisait bêcher. Je déteste bêcher.

– C’est bon pour toi de bêcher. Si personne ne voulait bêcher nous n’aurions pas de récoltes, rien à manger. Bêcher te rend fort. Ça te fait les muscles.

– On peut faire pousser des graines sur du papier buvard. Notre maître nous a montré. On n’a pas besoin de bêcher.

– Une ou deux graines, oui. Mais si tu veux une vraie récolte, si tu veux faire pousser assez de blé pour faire du pain et nourrir les gens, il faut mettre la graine dans la terre.

– Je déteste le pain. Le pain, c’est ennuyeux. J’aime les glaces.

– Je sais que tu aimes les glaces. Mais tu ne peux pas vivre de glaces, alors que tu peux vivre de pain.

– On peut vivre de glaces. Le señor Daga en vit.

– Le señor Daga fait semblant de vivre de glaces. En privé, je suis sûr qu'il mange du pain comme tout le monde. Quoi qu'il en soit, tu ne devrais pas prendre le señor Daga pour modèle.

– Le señor Daga me fait des cadeaux. Toi et Inés, vous ne me faites jamais de cadeaux.

– Ce n'est pas vrai, mon garçon, pas vrai et pas gentil. Inés t'aime et s'occupe de toi, et moi aussi. Alors qu'au fond de son cœur le señor Daga n'a aucun amour pour toi.

– Si, il m'aime ! Il veut que je vienne habiter avec lui ! Il l'a dit à Inés et Inés me l'a dit.

– Je suis sûr qu'elle ne le permettra jamais. Ta place est avec ta mère. C'est pour ça qu'on s'est battus tout ce temps. Le señor Daga peut t'éblouir, il peut te fasciner, mais, quand tu seras plus vieux, tu te rendras compte que les gens éblouissants et fascinants ne sont pas forcément des gens bien.

– C'est quoi "éblouissant" ?

– "Éblouissant" veut dire qu'on porte une boucle d'oreille et qu'on a un couteau.

– Le señor Daga est amoureux d'Inés. Il va lui faire des bébés dans le ventre. »

Inés explose.

« David !

– C'est vrai. Inés a dit qu'il ne fallait pas te le dire, tu serais jaloux. C'est vrai, Simón ? Tu es jaloux ?

– Non, bien sûr, je ne suis pas jaloux. Ça ne me regarde pas. Ce que j'essaie de te dire, c'est que le señor Daga n'est pas un homme bon. Il peut t'inviter chez lui et te donner des glaces, mais il n'a pas à cœur le mieux de tes intérêts.

– Et c'est quoi le mieux de mes intérêts ?

– Ton premier intérêt est de grandir pour devenir un homme bon. Comme la bonne graine qu'on enfonce profondément dans la terre et qui produit de fortes racines, et puis, le temps venu, jaillit à la lumière et se multiplie. C'est ainsi que tu devrais être. Comme Don Quichotte. Don Quichotte portait secours aux jeunes filles. Il protégeait les pauvres contre les riches et les puissants. Prends-le pour modèle. Pas le señor Daga. Protège les pauvres. Sauve les opprimés. Et honore ta mère.

– Non ! C'est ma mère qui doit m'honorer ! De toute façon, le señor Daga dit que Don Quichotte est démodé. Il dit que personne ne monte plus à cheval.

– Eh bien, si tu voulais, tu pourrais lui montrer qu'il a tort. Enfourche ton cheval et lève bien haut ton épée. Ça fera taire le señor Daga. Enfourche El Rey.

– El Rey est mort.

– Non, il n'est pas mort. Il vit toujours. Tu le sais bien.

– Où ça ? » dit le garçon à voix basse.

Ses yeux se remplissent soudain de larmes, ses lèvres tremblent, il peut à peine articuler ses mots.

« Je ne sais pas, mais quelque part El Rey attend que tu viennes le rejoindre. Si tu cherches bien, tu le trouveras, c'est sûr. »

Chapitre 28

C'est le jour de sa sortie de l'hôpital. Il fait ses adieux aux infirmières. À Clara il dit :

« Je ne suis pas près d'oublier vos soins attentifs. J'aimerais croire qu'il y avait derrière plus que de la simple bonne volonté. »

Clara ne répond pas ; mais, vu le regard direct qu'elle lui adresse, il sait qu'il a raison.

L'hôpital a réservé une voiture et un chauffeur pour le transférer dans ses nouveaux quartiers dans les Barres Ouest : Eugenio a offert de l'accompagner pour s'assurer qu'il est confortablement installé. Une fois en route cependant, il demande au chauffeur de faire un détour par les Barres Est.

« Je ne peux pas, répond le chauffeur, ça ne fait pas partie de mes instructions.

– Je vous en prie, dit-il. J'ai besoin de prendre quelques vêtements. Je n'en ai que pour cinq minutes. »

À contrecœur, le chauffeur accepte.

« Tu as fait état de difficultés que tu as avec la scolarité de ton jeune garçon, dit Eugenio comme ils tournent pour aller vers l'est. Quel genre de difficultés ?

– Les autorités du ministère de l'Éducation veulent

nous le retirer. Par la force, s'il le faut. On veut l'envoyer à Punto Arenas.

– À Punto Arenas ! Pourquoi ?

– Parce qu'ils ont construit une école à Punto Arenas spécialement destinée aux enfants qu'ennuient les histoires de Juan et María et ce qu'ils ont fait à la mer. Ils s'ennuient et manifestent leur ennui. Les enfants qui n'obéissent pas aux règles de l'addition et de la soustraction établies par le maître. Les règles inventées par les hommes. 2 plus 2 égalent 4, et ainsi de suite.

– C'est moche. Mais pourquoi ton garçon refuse-t-il de faire les opérations comme le lui dit son maître ?

– Pourquoi le devrait-il quand une voix en lui dit que la méthode du maître n'est pas la vraie ?

– Je ne te suis pas. Si les règles sont vraies pour toi et moi, et pour tout le monde, comment peuvent-elles n'être pas vraies pour lui ? Et pourquoi les appelles-tu des "règles inventées par les hommes" ?

– Parce que 2 et 2 pourraient tout aussi bien égaler 3 ou 5, ou 99, si on en décidait ainsi.

– Mais 2 et 2 égalent 4. À moins que tu ne donnes un sens bizarre à "égaler". Tu peux compter toi-même : 1, 2, 3, 4. Si 2 et 2 égalaient 3, alors tout tomberait dans le chaos. Nous serions dans un autre univers, avec d'autres lois physiques. Dans l'univers qui existe, 2 et 2 égalent 4. C'est une règle universelle, indépendante de nous, pas du tout inventée par les hommes. Même si toi et moi devions cesser d'exister, 2 et 2 continueraient à faire 4.

– Oui, mais quel 2 et quel 2 font 4 ? La plupart du temps, Eugenio, je crois que l'enfant tout simplement ne comprend pas les nombres, tout comme un chat ou un chien ne les comprend pas. Mais de temps en temps je dois me poser la question : y a-t-il qui que ce soit sur terre pour qui les nombres sont plus réels ? Pendant que j'étais à l'hôpital, avec rien d'autre à faire, j'ai essayé, comme exercice mental, de voir le monde avec les yeux de David. Tu mets une pomme devant lui, que voit-il ? Une pomme : pas une seule pomme, simplement une pomme. Mets deux pommes devant lui. Que voit-il ? Une pomme et une pomme : pas deux pommes, pas deux fois la même pomme, simplement une pomme et une pomme. Alors le señor León entre en scène (le señor León est le maître de sa classe) : "Des pommes, combien, petit ?" Quelle est la réponse ? Que sont des pommes ? Quel est le singulier de "des pommes" ? Trois hommes en route vers les Barres Est : quel est le singulier dont "trois hommes" est le pluriel – Eugenio ou Simón ou notre ami le chauffeur dont je ne sais pas le nom ? Sommes-nous trois ou sommes-nous un et un et un ? Tu lèves les bras en signe d'exaspération, et je vois bien pourquoi. "1 et 1 et 1 font 3", dis-tu, et je suis forcé d'être d'accord. Trois hommes dans une voiture : simple. Mais David ne nous suit pas. Il ne suit pas les étapes que nous faisons quand nous comptons : étape un, étape deux, étape trois. C'est comme si les nombres étaient des îles flottantes sur une mer de néant, vaste et noire, et comme si, chaque fois, on lui demandait de fermer les yeux et de se lancer dans le vide. Et si je tombe ? Voilà ce qu'il se demande. Et si je tombe, et continue à tomber pour toujours ? Dans mon lit, au milieu de la nuit, j'aurais parfois juré que moi aussi je tombais – tombais sous le même charme qui tient l'enfant prisonnier. Si passer de 1 à 2 est si difficile, me demandais-je, comment vais-je jamais passer de 0 à 1 ? De nulle part à quelque part ? Cela semble exiger un miracle chaque fois.

– Le garçon a certainement une vive imagination, dit Eugenio, songeur. Des îles flottantes… Mais ça lui passera. Ça doit lui venir d'un vieux sentiment d'insécurité. On ne peut s'empêcher de remarquer combien il est tendu, comme il s'énerve sans raison. Y a-t-il une histoire derrière tout ça – est-ce que tu le sais ? Est-ce que ses parents se disputaient beaucoup ?

– Ses parents ?

– Ses parents réels. Est-ce qu'une cicatrice, un traumatisme, lui viendrait du passé ? Non ?… Peu importe. Quand il se sentira plus en sécurité dans la vie qu'il a, quand il prendra conscience que l'univers – pas seulement le domaine des nombres, mais tout le reste – est régi par des lois, que rien n'arrive par hasard, il deviendra raisonnable et se calmera.

– C'est ce qu'a dit la psychologue de l'école, la señora Otxoa : quand il prendra pied dans le monde, quand il acceptera ce qu'il est, les difficultés qu'il a à apprendre disparaîtront.

– Je suis sûr qu'elle a raison. Mais ça va prendre du temps.

– Peut-être. Peut-être. Mais si nous avions tort et si c'était lui qui a raison ? S'il n'y avait pas de pont entre 1 et 2, rien qu'un espace vide ? Et si nous, qui faisons le pas avec tant de confiance, étions en fait en train de tomber dans l'espace, sauf que nous ne le savons pas parce que nous tenons à garder notre bandeau sur les yeux ? Et si ce garçon était le seul d'entre nous avec des yeux pour voir ?

– Ça revient à dire : et si les fous étaient en réalité sains d'esprit et les sains d'esprit en fait des fous ? Tout ça, ne m'en veux pas de le dire, Simón, c'est de la philosophie d'écolier. Certaines choses sont tout simplement vraies. Une pomme est une pomme est une pomme. Une pomme et une autre pomme font deux pommes. Un Simón et un Eugenio font deux passagers dans une voiture. Un enfant ne trouve pas ce genre de déclarations si difficiles à accepter – un enfant ordinaire. Il ne les trouve pas difficiles parce qu'elles sont vraies, parce que dès notre naissance nous sommes, pour ainsi dire, en harmonie avec leur vérité. Quant à avoir des espaces vides entre les nombres, as-tu jamais signalé à David que le nombre des nombres est infini ?

– Plus d'une fois. Il n'existe pas de dernier nombre, je le lui ai dit. Les nombres se suivent à l'infini. Mais qu'est-ce que ça a à voir avec notre propos ?

– Il existe des infinités qui sont bonnes et d'autres mauvaises, Simón. Nous avons déjà parlé des mauvaises infinités – tu te rappelles ? Une infinité mauvaise, c'est comme se retrouver dans un rêve à l'intérieur d'un rêve, lui-même dans un autre rêve, et ainsi de suite, sans fin. Ou se retrouver dans une vie qui n'est que le prélude d'une autre vie, qui n'est qu'un prélude, et cetera. Mais il n'en va pas ainsi des nombres. Les nombres constituent une bonne infinité. Pourquoi ? Parce que, comme ils sont infinis en nombre, ils remplissent tous les espaces de l'univers, scellés les uns aux autres comme des briques. Nous sommes donc en sécurité. Il n'y a nulle part où tomber. Explique ça au garçon. Ça le rassurera.

– Je le ferai. Mais, malgré tout, je ne pense pas que ça le réconfortera.

– Ne te méprends pas, mon ami. Je ne suis pas pour le système scolaire. Je suis d'accord : tout cela semble bien rigide, bien démodé. À mes yeux, on pourrait défendre un type d'éducation beaucoup plus pratique, un apprentissage plus professionnel. David pourrait apprendre à devenir un plombier ou un menuisier, par exemple. On n'a pas besoin de mathématiques de haut niveau pour ça.

– Ou pour être docker.

– Ou pour être docker. Docker est un métier tout à fait honorable, comme nous le savons l'un et l'autre. Non, je suis d'accord avec toi : ton garçon est traité sans ménagement. Néanmoins, le point de vue de ses maîtres est valable, non ? Il ne s'agit pas seulement d'observer les règles en arithmétique, mais d'apprendre à observer les règles en général. La señora Inés est une dame très gentille, mais elle gâte l'enfant à outrance, ça saute aux yeux. Si on cède à un enfant sur tout, si on ne cesse de lui dire qu'il est spécial, si on lui permet d'établir ses propres règles comme ça lui chante, quel genre d'homme va-t-il devenir ? Peut-être qu'un peu de discipline à ce stade ne ferait pas de mal au jeune David. »

Bien qu'il soit plein de bonne volonté envers Eugenio, bien qu'il ait été touché par son empressement à se lier d'amitié avec un camarade plus âgé, ainsi que par ses nombreuses gentillesses, bien qu'il ne le blâme pas du tout pour l'accident sur les docks – il n'aurait pas fait mieux si on l'avait flanqué aux commandes d'une grue –, au fond de son cœur il n'a jamais trouvé de quoi aimer vraiment cet homme. Il le trouve guindé, borné, plein de lui-même. Sa critique d'Inés le hérisse. Néanmoins, il garde son calme.

« Il y a deux écoles de pensée sur la façon d'élever les enfants, Eugenio. L'une prescrit de les modeler comme de l'argile pour en faire des citoyens vertueux ; l'autre dit que nous ne sommes enfants qu'une seule fois, et qu'une enfance heureuse est la base d'une vie ultérieure heureuse. Inés appartient à cette dernière école ; et parce qu'elle est sa mère, parce que les liens entre une mère et son enfant sont sacrés, je partage son point de vue. Donc, non, je ne crois pas que plus de discipline scolaire sera bon pour David. »

Ils continuent la route en silence.

Une fois aux Barres Est, il demande au chauffeur d'attendre pendant qu'Eugenio l'aide à descendre de voiture. Lentement ils montent ensemble l'escalier. Comme ils arrivent dans le couloir du deuxième étage, ils sont accueillis par un spectacle consternant. Devant la porte de l'appartement d'Inés se tiennent deux personnes, un homme et une femme, en uniformes bleu foncé identiques. La porte est ouverte ; de l'intérieur leur parvient la voix d'Inés, haut perchée, en colère. « Non ! dit-elle. Non, non et non ! Vous n'avez pas le droit ! »

Ce qui empêche ces étrangers d'entrer – il le voit comme ils s'approchent –, c'est le chien Bolívar, couché sur le seuil, les oreilles rabattues, montrant les dents, grognant légèrement, observant leur moindre mouvement, prêt à bondir.

« Simón ! lui crie Inés. Dites à ces gens de s'en aller ! Ils veulent remmener David dans cette terrible maison de correction. Dites-leur qu'ils n'ont pas le droit ! »

Il respire un grand coup.

« Vous n'avez aucun droit sur ce garçon, dit-il, s'adressant à la femme en uniforme, petite et fringante comme un oiseau, à l'inverse de son compagnon, plutôt massif. C'est moi qui l'ai amené ici à Novilla. Je suis son gardien. À toutes fins utiles, je suis son père. La señora Inés… » il fait un geste vers Inés « … est à tous égards sa mère. Vous ne connaissez pas notre fils comme nous. Il n'y a rien chez lui qui demande à être corrigé. C'est un garçon sensible qui a certaines difficultés avec le programme scolaire – rien de plus. Il voit des embûches, des embûches philosophiques, qu'un enfant ordinaire ne verrait pas. Vous ne pouvez le punir pour un désaccord philosophique. Vous ne pouvez pas l'enlever de son foyer et de sa famille. Nous ne le permettrons pas. »

Son discours est suivi d'un long silence. De derrière son chien de garde, Inés fixe sur la femme un regard belliqueux.

« Nous ne le permettrons pas, finit-elle par répéter.

– Et vous, *señor* ? » demande la femme, s'adressant à Eugenio.

Lui, Simón, intervient :

« Le señor Eugenio est un ami. Il m'a gentiment accompagné depuis l'hôpital. Il n'a rien à voir dans cet imbroglio.

– David est un enfant exceptionnel, dit Eugenio. Son père lui est tout dévoué. Je l'ai constaté de mes propres yeux.

– Des fils de fer barbelés ! dit Inés. Quel genre de délinquants avez-vous donc dans votre école, qui nécessitent des barbelés pour les empêcher de partir ?

– Les barbelés sont un mythe, dit la femme. Une pure invention. Je n'ai pas la moindre idée de son origine. Il n'y a pas de barbelés à Punto Arenas. Au contraire, nous pratiquons…

– Il a traversé les barbelés ! l'interrompt Inés, élevant de nouveau la voix. Il y a laissé ses vêtements en lambeaux ! Et vous avez le toupet de dire qu'il n'y a pas de barbelés !

– Au contraire, nous pratiquons une politique de porte ouverte, poursuit la femme bravement. Nos enfants sont libres d'aller et venir. Les portes n'ont même pas de serrure. David, dis-nous franchement : y a-t-il des fils de fer barbelés à Punto Arenas ? »

Maintenant qu'il regarde plus attentivement, il voit que le garçon assiste à toute cette altercation, à demi dissimulé derrière sa mère, écoutant solennellement, le pouce dans la bouche.

« Y a-t-il réellement des fils de fer barbelés ? répète la femme.

– Il y a des fils de fer barbelés, dit le garçon lentement. J'ai traversé les fils de fer barbelés. »

La femme hoche la tête et a un petit sourire incrédule.

« David, dit-elle doucement, tu sais comme moi que c'est un mensonge. Il n'y a pas de barbelés à Punto Arenas. Je vous invite tous à venir le constater vous-mêmes. Nous pouvons monter dans la voiture et y aller tout de suite. Pas l'ombre de barbelés.

– Je n'ai pas besoin d'aller voir, dit Inés. Je crois mon enfant. S'il dit qu'il y a des barbelés, c'est vrai.

– Mais est-ce que c'est vrai ? dit la femme, s'adressant au garçon. Est-ce que c'est réellement du fil de fer barbelé qu'on peut voir de ses yeux, ou bien est-ce que c'est le genre de fil de fer barbelé que seules certaines personnes peuvent voir et toucher, certaines personnes qui ont une grande imagination ?

– C'est réel. C'est vrai », dit le garçon.

Un silence s'installe.

« C'est donc là la question, dit enfin la femme. Du fil de fer barbelé. Si je peux vous prouver qu'il n'y a pas de barbelés, *señora*, que l'enfant raconte simplement des histoires, le laisserez-vous partir avec nous ?

– Vous ne pourrez jamais prouver ça. Si l'enfant dit qu'il y a des barbelés, je le crois, il y a des barbelés.

– Et vous ? demande la femme.

– Je le crois aussi, répond-il, lui, Simón.

– Et vous, *señor* ? »

Eugenio a l'air mal à l'aise.

« Il faudrait que je voie moi-même, finit-il par dire. Vous ne pouvez attendre de moi que je prenne parti sans avoir vu.

– Bon. Il semble que nous soyons dans une impasse, dit la femme. *Señora*, je vous dirai simplement ceci : vous avez le choix, ou bien vous obéissez à la loi et vous nous remettez l'enfant, ou nous sommes obligés d'appeler la police. Qu'est-ce que vous décidez ?

– Pour l'emmener, il faudra me passer sur le corps », dit Inés. Elle se tourne vers lui. « Simón ! Faites quelque chose ! »

Il lui jette un regard d'impuissance.

« Qu'est-ce que je dois faire ?

– Ce ne sera pas une séparation définitive, dit la femme. David pourra venir à la maison un week-end sur deux. »

Inés se tait, l'air menaçante.

Une dernière fois il fait appel à la femme :

« *Señora*, je vous en prie, réfléchissez. Ce que vous proposez de faire va briser le cœur d'une mère. Et pour quoi ? Il se trouve que nous avons là un enfant qui a des idées à lui sur, parmi tous les domaines possibles, l'arithmétique – pas l'histoire, pas la langue, mais l'humble arithmétique –, des idées qu'il abandonnera très probablement en grandissant, d'ici peu de temps. Quel crime est-ce donc pour un enfant de dire que 2 et 2 font 3 ? Cela va-t-il mettre l'ordre social sens dessus dessous ? Pourtant c'est pour ça que vous voulez l'arracher à ses parents et l'enfermer derrière des fils de fer barbelés ! Un enfant de six ans !

– Il n'y a pas de fils de fer barbelés, répète la femme patiemment. Et l'enfant a été dirigé vers Punto Arenas non parce qu'il ne sait pas compter, mais parce qu'il a besoin de soins spécialisés. Pablo, dit-elle, s'adressant à son compagnon silencieux, attendez ici. Je voudrais avoir un mot en privé avec ce monsieur. » Et à lui : « *Señor*, est-ce que je peux vous demander de venir avec moi ? »

Eugenio lui prend le bras, mais il écarte le jeune homme.

« Ça va, merci, tant que je n'ai pas à me presser. » Il explique à la femme : « Je sors tout juste de l'hôpital. Un accident du travail. J'ai encore quelques douleurs. »

Lui et elle sont seuls dans l'escalier.

« *Señor*, dit la femme à voix basse, comprenez, je vous en prie : je ne suis pas une espèce d'agent de surveillance. J'ai une formation de psychologue. Je travaille avec les enfants de Punto Arenas. Durant la courte période où David a été avec nous, avant qu'il ne se sauve, je l'ai observé de près. Parce que – je suis d'accord avec vous – il est très jeune pour être éloigné de chez lui, et je craignais qu'il ne se sente abandonné. J'ai vu un enfant attachant, très honnête, très direct, qui ne craint pas de parler de ce qu'il ressent. Mais j'ai vu autre chose.

J'ai vu comment les autres garçons se sont vite attachés à lui, les plus vieux en particulier. Même les plus durs. Je n'exagère pas en disant qu'ils l'adoraient. Ils voulaient faire de lui leur mascotte.

– Leur mascotte ? Le seul genre de mascotte que je connaisse est un animal qu'on coiffe d'une guirlande et qu'on promène attaché à une ficelle. Y a-t-il de quoi être fier d'être une mascotte ?

– C'était leur chouchou, le chouchou de tout le monde. Ils ne comprennent pas pourquoi il s'est sauvé. Ça leur brise le cœur. Ils demandent de ses nouvelles tous les jours. Pourquoi est-ce que je vous dis ça, *señor* ? Pour que vous compreniez que dès le premier jour David a trouvé sa place dans notre communauté de Punto Arenas. Punto Arenas n'est pas comme une école normale, où un enfant passe quelques heures par jour à recevoir de l'instruction et puis rentre chez lui. À Punto Arenas, les enseignants, les élèves et les conseillers entretiennent des liens étroits. "Pourquoi David s'est-il sauvé ?" allez-vous demander. Pas parce qu'il était malheureux, je peux vous l'assurer. C'est parce que c'est un cœur tendre et qu'il ne pouvait pas supporter l'idée que la señora Inés se languisse de lui.

– La señora Inés, sa mère », dit-il.

La femme hausse les épaules.

« S'il avait attendu quelques jours de plus, il aurait pu rentrer chez lui pour une visite. Ne pouvez-vous pas persuader votre femme de le laisser partir ?

– Et, à votre avis, *señora*, comment devrais-je m'y prendre pour la persuader ? Vous l'avez vue. Quelle formule magique croyez-vous que j'aie qui fera changer d'avis une femme comme elle ? Non, votre problème n'est pas comment faire pour enlever David à sa mère. Vous avez le pouvoir de le faire. Votre problème est que vous ne pouvez pas le garder. Tant qu'il aura en tête de revenir chez ses parents, il reviendra. Vous n'avez aucun moyen de l'arrêter.

– Il continuera à se sauver tant qu'il croira que sa mère l'appelle. C'est pour ça que je vous demande de lui parler. Persuadez-la que le mieux c'est qu'il vienne avec nous. Parce que c'est le mieux.

– Vous ne persuaderez jamais Inés que lui enlever son enfant est le mieux.

– Alors persuadez-la au moins de le laisser partir sans larmes ni menaces, sans le bouleverser. Parce que, d'une manière ou d'une autre, il faudra qu'il vienne. La loi est la loi.

– C'est peut-être le cas, mais il y a d'autres considérations, des considérations plus élevées, que d'obéir à la loi, des impératifs d'un autre ordre.

– Vraiment ? Je n'en sais rien. Pour moi, merci bien, la loi suffit. »

Chapitre 29

Les deux fonctionnaires sont partis. Eugenio est parti. Le chauffeur est parti aussi, sans avoir accompli sa mission. Il reste avec Inés et le garçon, en sécurité pour l'instant derrière la porte verrouillée de son ancien appartement. Bolívar, ayant fait son devoir, a repris sa place devant le radiateur, d'où, l'œil grave, les oreilles dressées, il attend le prochain intrus.

« Asseyons-nous et considérons la situation calmement, tous les trois », propose-t-il.

Inés secoue la tête.

« On n'a pas le temps de discuter davantage. Je vais appeler Diego et lui dire de venir nous chercher.

– Vous chercher pour vous emmener à la Residencia ?

– Non. Nous allons rouler jusqu'à ce que nous soyons hors d'atteinte de ces gens. »

Pas de plan à long terme, pas de combine astucieuse pour s'échapper, c'est clair. Il est de cœur avec elle, cette femme sans imagination, sans humour, dont il a mis sens dessus dessous la vie de parties de tennis et de cocktails à la tombée du jour quand il lui a donné un enfant ; dont l'avenir maintenant se résume à errer en voiture sur des routes de l'arrière-pays jusqu'à ce que ses frères se lassent ou qu'ils soient à court d'argent et qu'il ne reste plus à Inés qu'à rentrer et livrer sa précieuse cargaison.

« Qu'est-ce que tu dirais, David, de retourner à Punto Arenas, pour quelque temps seulement – d'y retourner pour leur montrer comme tu es intelligent en arrivant premier de la classe ? Montre-leur que tu sais faire des additions mieux que n'importe qui d'autre, que tu peux obéir aux règles et être un garçon sage. Quand ils auront vu ça, ils te laisseront revenir à la maison, je te le promets. Et tu pourras de nouveau avoir une vie normale, la vie d'un garçon normal. Qui sait ? Un jour ils poseront peut-être une plaque avec ton nom à Punto Arenas : LE CÉLÈBRE DAVID A ÉTÉ DES NÔTRES.

– Et pour quoi je serai célèbre ?

– Il va falloir attendre pour le savoir. Tu seras peut-être un prestidigitateur célèbre. Peut-être un mathématicien célèbre.

– Non. Je veux partir en voiture avec Inés et Diego. Je veux être un gitan. »

Il se tourne vers Inés.

« Je vous en supplie, Inés. Réfléchissez. Laissez tomber ce projet imprudent. Il doit y avoir une meilleure solution. »

Inés se dresse de toute sa hauteur.

« Est-ce que vous avez changé d'avis, une fois de plus ? Vous voulez que j'abandonne mon enfant à des étrangers – que j'abandonne la lumière de ma vie ? Pour quel genre de mère me prenez-vous ? » Et au garçon : « Va faire tes bagages.

– J'ai fini de faire mes bagages. Est-ce que Simón peut me pousser sur la balançoire avant qu'on parte ?

– Je ne suis pas sûr de pouvoir pousser qui que ce soit, dit-il. Je n'ai plus la force que j'avais avant, tu sais.

– Juste quelques tours, s'il te plaît. »

Ils descendent jusqu'à l'aire de jeux. Il a plu ; le siège de la balançoire est mouillé. Il l'essuie d'un revers de manche.

« Juste deux ou trois tours », dit-il.

Il ne peut pousser que d'une main ; la balançoire bouge à peine. Mais le garçon a l'air content.

« Maintenant, à ton tour, Simón. »

Avec soulagement il s'installe sur la balançoire et laisse le garçon le pousser.

« Tu avais un père ou tu avais un parrain, Simón ?

– Je suis à peu près sûr que j'avais un père, et il me poussait sur les balançoires, tout comme tu me pousses. On a tous un père, c'est une loi de la nature, comme je te l'ai dit ; malheureusement, certains pères disparaissent ou se perdent.

– Est-ce que ton père te poussait haut ?

– Aussi haut que possible.

– Tu es tombé ?

– Je ne me rappelle pas être jamais tombé.

– Qu'est-ce qui arrive quand on tombe ?

– Ça dépend. Si tu as de la chance, tu t'en sors avec une bosse. Si tu n'as pas de chance, pas de chance du tout, tu peux te casser un bras ou une jambe.

– Non. Qu'est-ce qui arrive quand on tombe ?

– Je ne comprends pas. Tu veux dire, quand tu tombes dans l'air ?

– Oui. Est-ce que c'est comme voler ?

– Non, pas du tout. Voler et tomber ne sont pas la

même chose. Seuls les oiseaux peuvent voler ; nous autres, êtres humains, sommes trop lourds.

– Mais pour juste un petit moment, quand tu es tout en haut, c'est comme voler, non ?

– Je suppose, si tu oublies que tu es en train de tomber. Pourquoi tu demandes ça ? »

Le garçon lui fait un sourire énigmatique.

« Parce que. »

Revenant vers l'appartement, dans l'escalier ils se trouvent nez à nez avec Inés, qui a un air sinistre.

« Diego a changé d'avis, dit-elle. Il ne vient plus. Je savais que ça se passerait comme ça. Il dit qu'il faut que nous prenions le train.

– Le train ? Et pour où ? Jusqu'au terminus ? Et qu'est-ce que vous ferez une fois arrivés, l'enfant et vous, tout seuls ? Non. Appelez Diego. Dites-lui d'amener la voiture. Je prends les choses en main. Je ne sais pas du tout où nous irons, mais je viens avec vous.

– Il ne sera pas d'accord. Il ne laissera pas la voiture.

– La voiture n'est pas à lui. Elle appartient à vous trois. Dites-lui qu'il en a profité assez longtemps, maintenant c'est votre tour. »

Une heure plus tard, Diego arrive, l'air renfrogné, prêt à la bagarre. Mais Inés ne le laisse pas rouspéter. Avec ses bottes et son manteau, il ne l'a jamais vue montrer autant d'autorité. Alors que Diego est à côté, les mains dans les poches, elle soulève une lourde valise et l'arrime sur le toit de la voiture. Quand le garçon arrive, traînant sa boîte d'objets trouvés, avec fermeté elle fait non de la tête.

« Trois choses, pas plus, dit-elle. Des choses petites. Fais ton choix. »

Le garçon choisit un mouvement de réveil cassé, une pierre avec une strie blanche, un grillon mort dans un flacon de verre, et le bréchet desséché d'une mouette. Sans un mot, elle prend l'os du bout de deux doigts et le lance au loin.

« Maintenant, tu jettes le reste à la poubelle. »

Le garçon la dévisage, ahuri.

« Les gitans n'ont pas de musée dans leurs bagages », dit-elle.

La voiture est enfin chargée. Lui, Simón, s'installe avec précaution sur la banquette arrière, suivi du garçon, suivi de Bolívar qui se couche à leurs pieds. À toute allure, Diego prend la route de la Residencia. Là, sans un mot, il descend, claque la portière et s'éloigne à grands pas.

« Pourquoi est-ce que Diego est si fâché ? demande le garçon.

– Il a l'habitude d'être le prince, dit Inés. Il a l'habitude de ne faire que ce qu'il veut.

– Et maintenant c'est moi le prince ?

– Oui, c'est toi le prince.

– Et toi tu es la reine et Simón le roi ? Est-ce qu'on est une famille ? »

Inés et lui échangent des regards.

« Une sorte de famille, dit-il. L'espagnol n'a pas de mot pour dire ce que sommes exactement, alors disons que nous sommes la famille de David. »

Le garçon se recale sur le siège, l'air content de lui.

Conduisant lentement – il éprouve un élancement douloureux chaque fois qu'il change de vitesse –, il quitte la Residencia et se met à la recherche de la grand-route vers le nord.

« Où est-ce qu'on va ? demande le garçon.

– Vers le nord. Tu as une meilleure idée ?

– Non, mais je ne veux pas vivre sous la tente, comme dans cet autre endroit.

– Belstar ? Pas une mauvaise idée, en fait. On peut aller à Belstar et prendre un bateau qui nous ramènera à la vie d'avant. Alors c'en sera fini de tous nos soucis.

– Non ! Je ne veux pas de la vie d'avant. Je veux une nouvelle vie !

– Je ne faisais que plaisanter, mon garçon. Le capitaine du port de Belstar ne laissera personne s'embarquer pour la vie d'avant. Il est très strict là-dessus : pas de retour. Alors, c'est soit une vie nouvelle, soit la vie que nous avons. Vous avez quelque chose à proposer, Inés, pour savoir où trouver une vie nouvelle ?… Non ? Alors continuons et nous verrons bien ce qui se présente. »

Ils trouvent la route vers le nord et s'y engagent, traversant d'abord les banlieues industrielles de Novilla, puis une zone de maigres cultures. La route commence à serpenter en entrant dans les montagnes.

« J'ai envie de faire caca, annonce le garçon.

– Ça ne peut pas attendre ? dit Inés.

– Non. »

Ils s'aperçoivent qu'ils n'ont pas de papier toilette. Dans sa hâte de déguerpir, qu'est-ce qu'Inés a oublié d'autre ?

« Est-ce que nous avons *Don Quichotte* dans la voiture ? » demande-t-il au garçon.

Le garçon fait signe que oui.

« Est-ce que tu es disposé à renoncer à une page de *Don Quichotte* ? »

Le garçon fait signe que non.

« Alors il faudra simplement que tu aies le derrière sale. Comme un gitan.

– Il peut utiliser un mouchoir », dit Inés d'un air pincé.

Ils s'arrêtent ; ils repartent. Il commence à aimer la voiture de Diego. Elle n'est peut-être pas bien belle à voir, elle ne se manœuvre pas facilement, mais le moteur semble assez solide, répond assez bien.

Des hauteurs ils descendent dans un paysage de maquis, avec des habitations dispersées ici et là, très différent des zones sableuses, désertiques, du sud de la ville. Sur de longues distances leur voiture est la seule sur la route.

Ils arrivent dans une petite ville qui s'appelle Laguna Verde (pourquoi ? – il n'y a pas de lagune), où ils font le plein. Encore une heure de route, cinquante bons kilomètres, avant la ville suivante.

« Il se fait tard, dit-il, on devrait chercher un endroit pour la nuit. »

Ils longent la rue principale. Pas un hôtel en vue. Ils s'arrêtent à une station-service.

« Quel est l'endroit le plus proche où nous pouvons trouver à nous loger ? » demande-t-il au pompiste.

L'homme se gratte la tête.

« Si vous voulez un hôtel, il faudra aller jusqu'à Novilla.

– Novilla, on en vient.

– Alors je ne sais pas, dit le pompiste. En général, les gens campent. »

Ils retournent à la grand-route, dans la nuit qui tombe.

« Est-ce qu'on va être des gitans, ce soir ? demande le garçon.

– Les gitans ont des roulottes, dit-il. Nous n'avons

pas de roulotte, rien que cette petite voiture où on est à l'étroit.

– Les gitans dorment à l'abri des haies, dit le garçon.

– Très bien. Quand tu vois une haie, tu me le dis. »

Ils n'ont pas de carte. Il n'a aucune idée de ce qui les attend plus loin. Ils continuent leur route en silence.

Il jette un coup d'œil par-dessus son épaule. Le garçon s'est endormi, les bras autour du cou de Bolívar. Il regarde le chien dans les yeux. Garde-le bien, dit-il, sans toutefois prononcer les mots. Les yeux d'ambre, glacés, lui rendent son regard, sans ciller.

Il sait que le chien ne l'aime pas. Mais peut-être ce chien n'aime-t-il personne ; aimer est peut-être au-delà de ce dont son cœur est capable. Quelle importance, aimer bien, aimer tout court, comparé à être fidèle ?

« Il dort », dit-il à Inés, à voix basse. Puis : « Je suis désolé que ce soit moi qui vous accompagne. Vous auriez préféré votre frère, non ? »

Inés hausse les épaules.

« J'ai toujours su qu'il me ferait faux bond. Il doit être la personne la plus égocentrique au monde. »

C'est la première fois qu'il l'entend critiquer un de ses frères, la première fois qu'elle prend parti pour lui.

« On devient très égocentrique quand on vit à la Residencia », ajoute-t-elle.

Il attend qu'elle continue – sur la Residencia, sur ses frères –, mais elle en a dit assez.

« Je n'ai jamais osé vous le demander… dit-il. Pourquoi avez-vous accepté le garçon ? Le jour où nous nous sommes rencontrés, vous avez semblé nous trouver si déplaisants.

– C'était trop soudain, une trop grosse surprise. Vous êtes sortis de nulle part.

– Tous les grands dons viennent de nulle part. Vous devriez savoir ça. »

Est-ce vrai que les grands dons viennent de nulle part ? Qu'est-ce qui lui a pris de dire ça ?

« Est-ce que vous pensez vraiment, dit Inés (et, derrière ses mots, il ne peut pas ne pas entendre ce qu'elle ressent), est-ce que vous pensez vraiment que je n'avais pas désiré avoir un enfant à moi ? Comment croyez-vous que c'était d'être cloîtrée à la Residencia tout le temps ? »

Maintenant il peut mettre un nom sur son sentiment : l'amertume.

« Je n'en ai pas la moindre idée. Je n'ai jamais compris la Residencia, ni comment vous vous êtes retrouvée là. »

Elle n'entend pas la question, ou pense qu'elle ne mérite pas de réponse.

« Inés, dit-il, je vous le demande pour la dernière fois : êtes-vous bien sûre que c'est ce que vous voulez faire – fuir la vie que vous connaissez –, tout ça parce que l'enfant ne s'entend pas avec son maître ? »

Elle se tait.

« Ce n'est pas une vie pour vous, une vie de fuite, insiste-t-il. Et ça ne me convient pas non plus. Quant au garçon, il ne peut être un fugitif que pendant un certain temps. Tôt ou tard, en grandissant, il faudra bien qu'il fasse la paix avec la société. »

Ses lèvres se crispent. Elle plonge un regard furieux dans l'obscurité devant eux.

« Réfléchissez-y, conclut-il. Réfléchissez bien. Mais, quoi que vous décidiez, soyez assurée que… » il marque une pause, résistant aux mots qui cherchent à sortir de sa bouche « … que je vous suivrai jusqu'au bout du monde.

– Je ne veux pas le voir finir comme mes frères, dit Inés d'une voix si basse qu'il doit faire un effort pour l'entendre. Je ne veux pas qu'il devienne employé de bureau ou maître d'école comme ce señor León. Je veux qu'il fasse quelque chose de sa vie.

– Je n'ai aucun doute là-dessus. C'est un enfant exceptionnel, avec un avenir exceptionnel. Nous le savons l'un et l'autre. »

La lumière des phares éclaire un panneau indicateur sur le côté de la route. Dessus est peint CABAÑAS 5 KM. Peu après, un autre panneau : CABAÑAS 1 KM.

Les *cabañas* signalées sont à l'écart de la route, dans l'obscurité totale. Ils trouvent le bureau ; il descend de voiture et frappe à la porte. Elle est ouverte par une femme en robe de chambre, qui tient une lanterne. Depuis trois jours il n'y a pas d'électricité, les informe-t-elle. Pas d'électricité, donc pas de *cabañas* à louer.

C'est Inés qui parle :

« Nous avons un enfant dans la voiture. Nous sommes épuisés et ne pouvons pas rouler toute la nuit. Vous n'avez pas des bougies qu'on pourrait utiliser ? »

Il retourne à la voiture, secoue l'enfant.

« C'est l'heure de se réveiller, mon trésor. »

D'un seul mouvement, en souplesse, le chien se lève et se glisse hors de la voiture, l'écartant de ses fortes épaules comme un brin de paille.

Le garçon frotte ses yeux ensommeillés.

« On est arrivés ? »

À la lumière de sa lanterne, la femme les conduit

jusqu'à la plus proche des *cabañas*. C'est meublé sommairement mais il y a deux lits.

« On la prend, dit Inés. Est-ce qu'on peut avoir un repas quelque part ?

– Les *cabañas* sont équipées pour la cuisine. Vous avez un réchaud à gaz là-bas. » Elle dirige la lanterne vers le réchaud. « Vous n'avez pas apporté de provisions ?

– Nous avons une miche de pain, et un peu de jus de fruits pour l'enfant, dit Inés. Nous n'avons pas eu le temps de faire des courses. Est-ce qu'on peut vous acheter de quoi manger ? Des côtelettes ou des saucisses, peut-être. Pas de poisson – l'enfant ne mange pas de poisson. Et quelques fruits. Et ce que vous avez comme restes pour le chien.

– Des fruits ! dit la femme. Voilà longtemps que nous n'avons plus vu de fruits. Mais venez. On va voir ce qu'on peut trouver. »

Les deux femmes sortent, les laissant dans le noir.

« Je mange du poisson, sauf s'il a des yeux. »

Inés revient avec une boîte de haricots en conserve, une boîte de ce que l'étiquette décrit comme des saucisses de cocktail en gelée, un citron, ainsi qu'une bougie et des allumettes.

« Et pour Bolívar ? demande le garçon.

– Il faudra que Bolívar mange du pain.

– Il peut avoir mes saucisses, dit le garçon. Je déteste les saucisses. »

Ils font un repas frugal à la lumière de la chandelle, assis côte à côte sur le lit.

« Va te laver les dents, dit Inés. Et puis c'est l'heure de te coucher.

– Je ne suis pas fatigué, dit le garçon. Est-ce qu'on

peut jouer à quelque chose ? Est-ce qu'on peut jouer à "La vérité ou les conséquences" ? »

C'est son tour de regimber :

« Merci, David, mais j'ai eu assez de conséquences pour la journée. J'ai besoin de me reposer.

– Alors est-ce que je peux ouvrir le cadeau du señor Daga ?

– Quel cadeau ?

– Le señor Daga m'a fait un cadeau. Il a dit que je devais l'ouvrir dans un moment difficile. C'est un moment difficile maintenant.

– Le señor Daga lui a donné un cadeau à emporter avec lui, dit Inés, évitant son regard.

– Le moment difficile, c'est maintenant, alors, je peux l'ouvrir ?

– Ce n'est pas réellement un moment difficile, les moments difficiles restent à venir, dit-il. Mais oui, ouvre-le. »

Le garçon court jusqu'à la voiture et revient avec une boîte en carton qu'il déchire pour l'ouvrir. Elle contient une longue robe de satin noir. Il la sort et la déplie. Pas une robe mais une cape.

« Il y a une note, dit Inés. Lis-la. »

Le garçon approche le papier de la bougie et lit :

« "Voici le manteau de l'invisibilité. Quiconque le portera parcourra le monde sans être vu." Je vous l'avais dit ! s'écrie-t-il, dansant d'excitation. Je vous l'avais dit que le señor Daga connaît la magie ! » Il s'enveloppe dans la cape. Elle est beaucoup trop grande. « Tu me vois, Simón ? Est-ce que je suis invisible ?

– Pas tout à fait. Pas encore. Tu n'as pas lu toute la note. Écoute : "Instructions à celui qui porte la cape.

Pour arriver à l'invisibilité, se draper dans la cape devant un miroir, puis enflammer la poudre magique et prononcer la formule secrète. C'est alors que le corps terrestre disparaîtra dans le miroir, ne laissant derrière lui que l'esprit, qui est sans trace." » Il se tourne vers Inés. « Qu'en pensez-vous, Inés ? Allons-nous laisser notre jeune ami se draper dans la cape de l'invisibilité et prononcer la formule magique ? Et s'il disparaît dans le miroir pour ne jamais revenir ?

– Tu pourras porter la cape demain, dit Inés. Il est trop tard maintenant.

– Non ! dit le garçon. Je vais la porter maintenant ! Où est la poudre magique ? »

Il fouille dans la boîte, en sort un flacon de verre.

« Est-ce que c'est la poudre magique, Simón ? »

Il ouvre le flacon et sent la poudre argentée. Ça ne sent rien.

Sur le mur de la *cabaña*, il y a un miroir en pied taché de chiures de mouches. Il place le garçon devant le miroir, boutonne la cape autour de son cou. Elle retombe en plis lourds autour de ses pieds.

« Là. Tiens la bougie dans une main, la poudre magique dans l'autre. Tu es prêt avec le charme magique ? »

Le garçon fait signe que oui.

« Très bien. Saupoudre la poudre sur la flamme de la bougie et prononce la formule.

– Abracadabra », dit le garçon, et il saupoudre. Brièvement, une pluie de poudre tombe sur le sol. « Est-ce que je suis invisible, maintenant ?

– Pas encore. Saupoudre un peu plus. »

Le garçon plonge la flamme de la bougie dans le flacon. Il y a une énorme éruption de lumière, puis c'est l'obscurité totale. Inés pousse un cri ; lui-même, aveuglé, a un mouvement de recul. Le chien se met à aboyer comme s'il était possédé.

La voix du garçon, faible, hésitante, se fait entendre : « Vous me voyez ? Est-ce que je suis invisible ? »

Ni lui ni elle ne disent mot.

« Je n'y vois rien, dit le garçon. Simón, sauve-moi. »

À tâtons, il rejoint le garçon, le soulève et d'un coup de pied le dégage de la cape.

« Je n'y vois rien, dit le garçon. J'ai mal à la main. Est-ce que je suis mort ?

– Non, bien sûr que non. Tu n'es ni invisible ni mort. »

Il rampe par terre dans le noir, trouve la bougie, l'allume.

« Montre-moi ta main… Elle n'a rien, ta main.

– Elle fait mal. »

Le garçon suce ses doigts.

« Tu as dû te brûler la main. Je vais aller voir si la dame est encore éveillée. Elle pourra, peut-être, nous donner du beurre, pour calmer la brûlure. »

Il fait passer le garçon dans les bras d'Inés. Elle le serre fort, l'embrasse, l'allonge sur le lit, fredonne doucement à son oreille.

« Il fait noir, dit le garçon. Je n'y vois rien. Est-ce que je suis dans le miroir ?

– Non, mon chéri, dit Inés, tu n'es pas dans le miroir, tu es avec ta mère, et tout ira bien. » Elle se tourne vers lui, Simón. « Allez chercher un médecin ! dit-elle entre ses dents.

– Ça devait être de la poudre de magnésium, dit-il. Je n'arrive pas à comprendre comment votre ami Daga a pu faire un cadeau aussi dangereux à un enfant. Mais il est vrai », il cède à la méchanceté, « qu'il y a beaucoup de choses que je ne comprends pas dans votre amitié avec cet homme. Et, s'il vous plaît, faites taire le chien. Ses aboiements de fou furieux me rendent malade.

– Arrêtez de vous plaindre ! Faites quelque chose ! Et ne vous occupez pas du señor Daga. Allez-y ! »

Il quitte la *cabaña*, suit le chemin qu'éclaire la lune jusqu'au bureau de la señora. Tout comme un vieux couple, pense-t-il en lui-même. On n'a jamais couché ensemble, on ne s'est même pas embrassés, et pourtant on se chamaille comme si nous étions mariés depuis des années !

Chapitre 30

L'enfant dort profondément, mais à son réveil il est clair que sa vue reste affectée. Il décrit des rayons de lumière verte qui passent dans son champ de vision, des cascades d'étoiles. Loin d'en être inquiété, il semble ravi de ces phénomènes.

Il frappe à la porte de la señora Robles.

« Nous avons eu un accident hier au soir, lui dit-il. Notre fils a besoin de voir un médecin. Où est l'hôpital le plus proche ?

– Novilla. On peut appeler une ambulance, mais elle devra venir de Novilla. Ce serait plus rapide si vous l'emmeniez vous-mêmes.

– Novilla n'est pas tout près. Il n'y a pas de médecin dans le coin ?

– Il y a un cabinet médical à Nueva Esperanza, à environ soixante kilomètres d'ici. Je vais vous chercher l'adresse. Pauvre enfant. Qu'est-ce qui s'est passé ?

– Il jouait avec un produit inflammable qui a pris feu. La lumière éblouissante l'a aveuglé. Nous avons cru que sa vue reviendrait au matin, mais ce n'est pas le cas. »

La señora Robles a un gloussement de sympathie.

« Laissez-moi voir ce qu'il en est », dit-elle.

Ils trouvent Inés qui s'énerve, impatiente de partir. Le garçon est assis sur le lit, la cape sur les épaules, les yeux fermés, un sourire béat sur le visage.

« La señora Robles dit qu'il y a un médecin à une heure de route d'ici », annonce-t-il.

La señora Robles s'agenouille péniblement devant le garçon.

« Mon chou, ton père dit que tu n'y vois pas. C'est vrai ? Tu ne me vois pas ? »

Le garçon ouvre les yeux.

« Je vous vois, dit-il. Il y a des étoiles qui sortent de vos cheveux. Si je ferme les yeux », il ferme les yeux, « je peux voler. Je peux voir le monde entier.

– C'est merveilleux de pouvoir voir le monde entier, dit la señora Robles. Tu vois ma sœur ? Elle habite à Margueles, près de Novilla. Elle s'appelle Rita. Elle me ressemble, mais elle est plus jeune et plus jolie que moi. »

Le front du garçon se plisse tant il se concentre.

« Je ne la vois pas, finit-il par dire. J'ai trop mal à la main.

– Il s'est brûlé les doigts hier soir, explique-t-il. Je voulais aller vous demander du beurre pour mettre sur la brûlure, mais il était tard et je n'ai pas voulu vous réveiller.

– Je vais aller chercher du beurre. Est-ce que vous avez essayé de lui laver les yeux avec du sel ?

– C'est le genre de perte de la vue qui arrive quand on regarde le soleil en face. Le sel n'y fera rien. Inés, sommes-nous prêts à partir ? *Señora*, combien vous devons-nous ?

– Cinq réaux pour la *cabaña* et deux pour le ravitaillement d'hier soir. Voulez-vous du café avant de partir ?

– Merci, mais nous n'avons pas le temps. »

Il prend la main de l'enfant, qui la lui retire avec brusquerie.

« Je ne veux pas partir, dit-il. Je veux rester ici.

– On ne peut pas rester. Il faut que tu voies un médecin et la señora Robles a besoin de faire le ménage dans la *cabaña* pour ses prochains clients. »

Le garçon croise fermement les bras, refusant de bouger.

« Je vais te dire quelque chose, dit la señora Robles. Tu vas voir le docteur et après toi et tes parents vous pouvez revenir et rester de nouveau avec moi.

– Ils ne sont pas mes parents et on ne revient pas. On est en route pour une vie nouvelle. Vous voulez venir avec nous vers notre vie nouvelle ?

– Moi ? Je ne pense pas, mon chou. C'est gentil à toi de m'inviter, mais j'ai trop de choses à faire ici. Et de toute façon je suis malade en voiture. Et où vas-tu trouver cette vie nouvelle ?

– À Estell… À Estrellita del Norte. »

La señora Robles hoche la tête d'un air de doute.

« Je ne crois pas que vous trouverez de quoi mener une vie bien nouvelle à Estrellita. J'ai des amis qui sont partis s'installer là-bas, et ils disent qu'il n'y a pas d'endroit plus mortel au monde. »

Inés s'interpose :

« Viens, ordonne-t-elle au garçon. Si tu ne viens pas, il faudra que je te porte. Je compte jusqu'à trois. Un. Deux. Trois. »

Sans un mot le garçon se met debout, et, relevant le bas de la cape, traîne les pieds sur le chemin qui va à la voiture. Une moue sur le visage, il prend sa place sur la banquette arrière. Le chien saute allègrement à sa suite.

« Tiens, voilà le beurre, dit la señora Robles. Étale-le sur les doigts qui font mal et enveloppe-les avec un mouchoir. La brûlure va vite passer. Et aussi, voilà une paire de lunettes noires que mon mari ne porte plus. Mets-les jusqu'à ce que tes yeux aillent mieux. »

Elle pose les lunettes sur le nez du garçon. Elles sont beaucoup trop grandes, mais il ne les enlève pas.

Ils font au revoir de la main et prennent la route vers le nord.

« Tu ne devrais pas raconter que nous ne sommes pas tes parents, dit-il. D'abord, ce n'est pas vrai. Ensuite, les gens pourraient penser que nous te kidnappons.

– Ça m'est égal. Je n'aime pas Inés. Je ne t'aime pas. Je n'aime que des frères. Je veux avoir des frères.

– Tu es de mauvaise humeur aujourd'hui », dit Inés.

Le garçon ne l'écoute pas. À travers les lunettes noires de la señora il fixe le soleil maintenant levé au-dessus des montagnes bleues à l'horizon.

Ils arrivent à un panneau indicateur : ESTRELLITA DEL NORTE 475 KM, NUEVA ESPERANZA 50 KM. À côté du panneau se tient un auto-stoppeur, un jeune homme qui porte un poncho vert olive, un sac à dos à ses pieds, l'air bien solitaire dans le paysage désert. Il ralentit.

« Qu'est-ce que vous faites ? dit Inés. Nous n'avons pas le temps de ramasser des inconnus.

– Ramasser qui ? » dit le garçon.

Dans le rétroviseur il voit l'auto-stoppeur qui trotte

vers la voiture. Comme un coupable, il accélère pour s'éloigner.

« Ramasser qui ? dit le garçon. De qui est-ce que vous parlez ?

– C'est juste un homme qui mendie une place dans la voiture, dit Inés. Nous n'avons pas la place de le prendre. Et nous n'avons pas le temps. Il faut qu'on t'amène à un médecin.

– Non ! Si tu ne t'arrêtes pas, je saute de la voiture ! »

Et il ouvre la portière près de lui.

Lui, Simón, freine à mort et coupe le contact.

« Ne refais jamais ça ! Tu pourrais tomber et te tuer.

– Ça m'est égal ! Je veux aller dans l'autre vie ! Je ne veux pas être avec toi et Inés ! »

Il tombe un silence de stupéfaction. Inés a les yeux fixés sur la route devant eux.

« Tu ne sais pas ce que tu dis », murmure-t-elle.

Un crissement de pas, et un visage barbu apparaît à la vitre du côté du volant.

« Merci », dit l'inconnu essoufflé. D'un geste brusque, il ouvre la portière arrière. « Bonjour, jeune homme ! » dit-il. Puis il se fige quand le chien étendu à côté du garçon lève la tête et grogne sourdement. « Quel chien énorme ! dit-il. Comment il s'appelle ?

– Bolívar. C'est un berger allemand. Tais-toi, Bolívar ! »

Le garçon prend le chien à bras-le-corps et tant bien que mal arrive à le faire descendre de la banquette. À contrecœur, le chien s'installe à ses pieds sur le plancher.

« Bolívar, dit le jeune homme. Ce n'est pas un nom fréquent. Et comment tu t'appelles ?

– Je n'ai pas de nom. J'ai encore à recevoir mon nom.

– Alors je t'appellerai señor Anónimo, dit le jeune homme. Salut, señor Anónimo, moi c'est Juan. »

Il tend la main, que le garçon ne prend pas.

« Pourquoi portes-tu une cape ?

– C'est magique. Ça me rend invisible. Je suis invisible. »

Il les interrompt :

« David a eu un accident et nous l'amenons chez un médecin. Alors, malheureusement, nous ne pouvons vous emmener que jusqu'à Nueva Esperanza.

– Ça me va.

– Je me suis brûlé la main, dit le garçon. On va chercher des médicaments.

– Ça fait mal ?

– Oui.

– J'aime tes lunettes. J'aimerais bien en avoir de pareilles.

– Tu peux les avoir. »

Après la fraîcheur du petit matin, passé à l'arrière d'un camion transportant du bois de construction, leur passager est content de trouver confort et chaleur dans la voiture. De son bavardage il ressort qu'il travaille dans l'imprimerie et qu'il est en route vers Estrellita, où il a des amis et où, si on croit ce qui se raconte, on peut facilement trouver du travail.

À l'embranchement vers Nueva Esperanza, il s'arrête pour laisser le nouveau venu descendre.

« On est arrivés chez le docteur ? demande le garçon.

– Pas encore. Mais c'est ici qu'on se sépare de notre ami. Lui va continuer son voyage vers le nord.

– Non ! Il faut qu'il reste avec nous ! »

Il s'adresse à Juan :

« On peut vous laisser ici ou vous pouvez venir avec nous en ville. À vous de choisir.

– Je vais venir avec vous. »

Ils trouvent le cabinet médical sans difficulté. Le docteur García est sorti pour une visite à domicile, les informe l'infirmière, mais ils peuvent l'attendre s'ils veulent.

« Je vais aller chercher le petit déjeuner, dit Juan.

– Non, il ne faut pas que tu partes, dit le garçon. Tu vas te perdre.

– Je ne vais pas me perdre », dit Juan.

Il a la main sur la poignée de la porte.

« Reste, je te l'ordonne ! » aboie le garçon.

Lui, Simón, reprend l'enfant :

« David ! Qu'est-ce qui te prend, ce matin ? On ne parle pas comme ça à des inconnus !

– Ce n'est pas un inconnu. Et ne m'appelle pas David.

– Comment faut-il donc que je t'appelle ?

– Il faut m'appeler par mon vrai nom.

– Et ce serait quoi, ton vrai nom ? »

L'enfant garde le silence.

Il s'adresse à Juan :

« Si vous voulez aller explorer le coin, ne vous gênez pas. On se retrouvera ici.

– Non, je pense que je vais rester », dit Juan.

Le médecin fait son entrée ; c'est un homme de petite taille, costaud, qui a un air énergique et une abondante chevelure argentée. Il les regarde, feignant l'inquiétude.

« Qu'est-ce que c'est que ça ? Et un chien, en plus ! Qu'est-ce que je peux faire pour vous tous ?

– Je me suis brûlé la main, dit le garçon. La dame m'a mis du beurre dessus mais ça fait encore mal.

– Voyons ça… Oui, oui… ça doit faire mal. Viens dans le cabinet et on va voir ce qu'on peut faire.

– Docteur, nous ne sommes pas là pour la main, dit Inés. Nous avons eu un accident avec un feu, hier soir, et maintenant mon fils n'y voit pas bien. Voulez-vous examiner ses yeux ?

– Non ! » s'écrie le garçon, qui se lève pour faire face à Inés. Le chien se lève aussi, traverse la pièce à pas feutrés, et prend sa place à côté du garçon. « Je n'arrête pas de vous dire que j'y vois. Mais vous, vous ne me voyez pas à cause de la cape magique d'invisibilité. Elle me rend invisible.

– Est-ce que je peux regarder ? dit le docteur García. Est-ce que ton gardien va le permettre ? »

Le garçon retient le chien par son collier.

Le médecin soulève les lunettes noires du nez du garçon.

« Est-ce que tu me vois maintenant ?

– Vous êtes tout petit petit, comme une fourmi, et vous agitez les bras en disant "Est-ce que tu me vois maintenant ?".

– Aha, je commence à comprendre. Tu es invisible et aucun de nous ne peut te voir. Mais tu as aussi mal à une main, qui, elle, n'est pas invisible. Alors, si toi et moi nous allons dans le cabinet, vas-tu me laisser regarder cette main – regarder ta partie visible ?

– D'accord.

– Je viens aussi ? dit Inés.

– Dans un petit moment, dit le médecin. D'abord il faut que le jeune homme et moi ayons un mot en privé.

– Il faut que Bolívar vienne avec moi, dit le garçon.

– Bolívar peut venir avec toi à condition qu'il se tienne tranquille », dit le médecin.

« Qu'est-ce qui est arrivé à votre fils, en fait ? demande Juan quand ils sont seuls.

– Il s'appelle David. Il jouait avec du magnésium qui a pris feu et l'éclair l'a aveuglé.

– Il dit que son nom n'est pas David.

– Il dit beaucoup de choses. Il a une imagination fertile. David est le nom qu'on lui a donné à Belstar. S'il veut prendre un autre nom, libre à lui.

– Vous êtes passés par Belstar ? Moi aussi je suis passé par Belstar.

– Alors vous savez comment ça marche. Les noms que nous utilisons sont les noms qui nous ont été attribués là-bas, mais on aurait aussi bien pu nous donner des numéros. Des numéros, des noms – ils sont également arbitraires, donnés au hasard, et pareillement sans importance.

– En fait, aucun nombre n'est dû au hasard, dit Juan. Vous dites "Pensez à un nombre au hasard" et je dis "96 513", parce que c'est le premier nombre qui me vient à l'esprit, mais ce n'est pas dû au hasard, c'est mon numéro d'immatriculation à l'Asistencia, ou mon ancien numéro de téléphone, ou quelque chose comme ça. Il y a toujours une raison derrière un numéro.

– Alors vous êtes un autre mystique des nombres ! David et vous devriez ouvrir une école. Vous pourriez y enseigner les causes secrètes derrière les nombres et il pourrait enseigner aux gens comment passer d'un nombre à l'autre sans tomber dans le cratère d'un volcan. Bien sûr, il n'y a pas de nombre dû au hasard aux yeux de Dieu. Mais nous ne sommes pas sous les yeux de Dieu. Dans le monde où nous vivons, il y a des nombres dus au hasard, des noms attribués au hasard, et des événements de hasard, comme d'être pris par hasard dans une voiture occupée par un homme, une femme et un enfant nommé David. Et un chien. Quelle était la cause secrète derrière cet événement, à votre avis ? »

Avant que Juan puisse répondre à sa tirade, la porte du cabinet s'ouvre brusquement.

« Entrez, je vous en prie », dit le docteur García.

Inés et lui entrent. Juan hésite, mais la jeune voix claire du garçon parvient de l'intérieur de la pièce :

« C'est mon frère. Il faut qu'il vienne aussi. »

Le garçon est assis au bord du divan du médecin, un sourire confiant et serein sur les lèvres, les lunettes noires relevées sur son front.

« Nous avons eu une longue et fructueuse conversation, notre jeune ami et moi, dit le docteur García. Il m'a expliqué comment il se fait qu'il nous est invisible. Et je lui ai expliqué pourquoi nous avons à ses yeux l'air d'insectes qui agitent leurs antennes tandis qu'il plane bien au-dessus. Je lui ai dit que nous aimerions mieux qu'il nous voie tels que nous sommes, et non comme des insectes, et il m'a répondu que lorsqu'il redeviendra visible il voudrait que nous le voyions comme il est en réalité. Est-ce que je rapporte bien notre conversation, jeune homme ? »

Le garçon approuve d'un signe de tête.

« Notre jeune ami dit aussi que vous », il jette un regard qui en dit long vers lui, Simón, « n'êtes pas son vrai père, et », se tournant vers Inés, « que vous n'êtes pas sa vraie mère. Je ne vous demande pas de vous défendre. J'ai une famille, moi aussi, je sais que les enfants peuvent dire n'importe quoi. Néanmoins, y a-t-il quelque chose que vous aimeriez me dire ?

– Je suis sa vraie mère, dit Inés, et nous empêchons qu'on l'envoie dans une maison de correction où on fera de lui un criminel. »

Elle a dit son mot, elle serre les lèvres et lance un regard de défi.

« Et ses yeux, docteur ? demande-t-il, lui, Simón.

– Ses yeux n'ont rien d'anormal. Je les ai examinés et j'ai testé sa vision. Comme organes de la vue, ses yeux sont parfaitement normaux. Quant à sa main, j'ai mis un pansement. La brûlure n'est pas grave, et ça ira mieux d'ici un jour ou deux. Maintenant j'ai une question : devrais-je m'inquiéter de l'histoire que ce jeune homme me raconte ? »

Il jette un regard à Inés.

« Vous devriez prêter grande attention à tout ce que vous dit le garçon. S'il dit qu'il ne veut plus être avec nous et qu'il veut être ramené à Novilla, renvoyez-le à Novilla. C'est votre malade, vous le soignez. » Il se tourne vers le garçon. « C'est ça que tu veux, David ? »

Le garçon ne répond pas mais lui fait signe de s'approcher. À l'abri de sa main, il lui chuchote quelque chose à l'oreille.

« Docteur, David m'informe qu'il ne veut pas retourner à Novilla, mais il veut savoir si vous viendriez avec nous.

– Pour aller où ?

– Dans le Nord, à Estrellita.

– Pour la nouvelle vie, dit le garçon.

– Et mes malades ici, à Esperanza, qui comptent sur moi, alors ? Qui va s'occuper d'eux si je les laisse pour m'occuper de toi ?

– Vous n'avez pas à vous occuper de moi. »

Le docteur García le regarde, lui, Simón, d'un air médusé. Il prend une profonde respiration.

« David suggère que vous abandonniez votre cabinet et que vous veniez avec nous dans le nord du pays pour commencer une vie nouvelle. Dans ce projet, c'est à vous qu'il pense, pas à lui. »

Le docteur García se lève.

« Ah oui, je comprends ! Très généreux de ta part, jeune homme, de m'inclure dans tes projets. Mais la vie que j'ai ici à Esperanza est assez heureuse et satisfaisante. Je n'ai nul besoin d'être sauvé de quoi que ce soit. Merci. »

Les revoilà dans la voiture, en route vers le nord. Le garçon est d'humeur enthousiaste, il a oublié sa main douloureuse. Il parle sans relâche à Juan, se débat avec Bolívar sur la banquette arrière. Juan se met de la partie, même s'il se méfie du chien, qui ne l'a pas encore adopté.

« Est-ce que le docteur García t'a plu ? demande-t-il, lui, Simón.

– Il est OK, dit le garçon. Il a des poils sur les doigts comme un loup-garou.

– Pourquoi est-ce que tu voulais qu'il vienne avec nous à Estrellita ?

– Parce que.

– Tu ne peux pas inviter tous les inconnus que tu rencontres à venir avec nous, dit Inés.

– Pourquoi pas ?

– Parce qu'il n'y a pas la place dans la voiture.

– Il y a de la place. Bolívar peut s'installer sur mes genoux – pas vrai, Bolívar ? » Pause. « Qu'est-ce qu'on va faire quand on sera arrivés à Estrellita ?

– Estrellita, c'est encore loin. Sois patient.

– Mais qu'est-ce qu'on va y faire ?

– On va trouver le centre d'accueil, on va se présenter au bureau, toi, Inés et moi, et…

– Et Juan. Tu n'as pas dit Juan. Et Bolívar.

– Toi, Inés et Juan et Bolívar et moi, et on dira : "Bonjour, nous sommes de nouveaux arrivants, et nous cherchons un endroit où loger."

– Et puis ?

– C'est tout. "Nous cherchons un endroit où loger, pour commencer notre nouvelle vie." »

Du même auteur

AUX MÊMES ÉDITIONS

Au cœur de ce pays
roman, 1981 (Maurice Nadaud) et 2006
et « Points », n° P1846

Michael K, sa vie, son temps
roman, 1985
et « Points », n° P719
Booker Prize
prix Femina étranger, 1985

En attendant les barbares
roman, 1987
et « Points », n° P720

Terres de crépuscule
nouvelles, 1987
et « Points », n° P1369

Foe
roman, 1988
et « Points », n° P1097

L'Âge de fer
roman, 1992
et « Points », n° P1036

Le Maître de Pétersbourg
roman, 1995
et « Points », n° P1186

Scènes de la vie d'un jeune garçon
récit, 1999
et « Points », n° P947

Disgrâce
roman, 2001
et « Points », n° P1035
Booker Prize
Commonwealth Prize
National Book Critics Circle Award
prix du Meilleur Livre étranger, 2002
prix Amphi

Vers l'âge d'homme
récit, 2003
et « Points », n° P1266

Elizabeth Costello
roman, 2004
et « Points », n° P1454

L'Homme ralenti
roman, 2006
et « Points », n° P1809

Doubler le cap
essais et entretiens, 2007

Journal d'une année noire
roman, 2008
et « Points », n° P2273

L'Été de la vie
roman, 2010
et « Points », n° P2667

De la lecture à l'écriture
Chroniques littéraires 2000-2005, 2012

RÉALISATION : PAO ÉDITIONS DU SEUIL
IMPRESSION : NORMANDIE ROTO IMPRESSION S.A.S. À LONRAI
DÉPÔT LÉGAL : AOÛT 2013. N° 109985 (131995)
IMPRIMÉ EN FRANCE